Gesuino Némus
**Die Frömmigkeit der Schafe**

GESUINO
NÉMUS

# Die Frömmigkeit der Schafe

AUS DEM ITALIENISCHEN
VON SYLVIA SPATZ

EISELE

Besuchen Sie uns im Internet:
www.eisele-verlag.de

Die Originalausgabe »Il catechismo della pecora«
erschien 2019 bei Lit Edizioni Srl, Rom.

© 2019 Gesuino Némus
© 2023 der deutschsprachigen Ausgabe
Julia Eisele Verlags GmbH, München
This translation of *Il catechismo della pecora* is published by arrangement with
Ampi Margini Literary Agency and with the authorization of Lit Edizioni.
Alle Rechte vorbehalten
Gesetzt aus der Alegreya
Satz: LVD GmbH, Berlin
Druck und Bindearbeiten: CPI books GmbH, Leck
Printed in Germany
ISBN 978-3-96161-154-6

**Warnungen an den Leser**
Das hier ist ein Buch. Mit Vorsicht und nur nach Absprache mit einem Lektor lesen, der das Vertrauen der Familie genießt. Möglichst keine Lektüre allein im stillen Kämmerlein, nicht zur Selbsttherapie geeignet. Die empfohlene Tagesdosis sollte möglichst nicht überschritten werden, wenn nicht lange im Voraus der Verlag Elliot, Via Isonzo 34, Rom in Kenntnis gesetzt wurde.

**Zusammensetzung**
Bei dem aktiven Wirkstoff handelt es sich um gesuloide®, ein Derivat von nemusolina®, das vor Kurzem in unserem Labor Santini&D'Amore s. a. f. unter Anwendung der Formel

$$e^x = 1 + \frac{x}{1!} + \frac{x^2}{2!} + \frac{x^3}{3!} + \quad -\infty < x < \infty.$$

entwickelt wurde.

Doch wenn gilt: M2,3,4 [Ca5, 5REE5, O?1,5] 2M1 (Al1,1Fe3+O,9) (OH) 4 [Si8B8O40 (OH) 4], ist unbegreiflich, warum sie sich auf X4 Y2 Z T2 [B4 Si4 O22] W2 kürzen lässt, vor allem, wenn man bedenkt, dass:

$$(x+a)^n = \sum_{k=0}^{n} \binom{n}{k} x^k a^{n-k}$$

**Trägerstoffe**
Bitterschokolade mit Nüssen oder Mandeln, gehackte Pistazienkerne aus der Ogliastra, Ricotta mit Orangenschale und Wildbienenhonig, cremig gerührter Schafskäse, Cannonau Jahrgang 1969 (noch in Spuren enthalten).

**Anwendungsgebiete**
Hypomanie, Depression aufgrund von Nicht-Veröffentlichung eigener Werke, geistige Überreizung nach der Lektüre von Elias Canetti oder der Biographie von Franz Kafka, chronische, seit mindestens 45 Jahren nachgewiesene Erschöpfungszustände nach der Lektüre von *Ulysses* von James Joyce, unverständliches Gegrummel, auch *kreativer Mumble* genannt, wirre Theorien, die der Patient/die Patientin mit dem auf den ersten Blick unverfänglichen Satz »Liebe Loretta Santini und liebe Lavinia Emberti Gialloretti, die folgenden Punkte zerstören das ganze Romankonzept« eingeleitet hat.

**Gegenanzeigen**
Darf nicht angewendet werden: bei diagnostizierter Allergie gegen den Konjunktiv, Risiko eines anaphylaktischen Schocks infolge von *consecutio temporum* und *captatio benevolentiae*, während der Teilnahme an einer öffentlichen, durch Fotos (oder Polaroid) dokumentierten Bücherverbrennung von *Die Theologie des Wildschweins*.

**Warnhinweise**
Die empfohlene Dosis sollte nicht überschritten werden. Im Falle einer Schwangerschaft möglichst kein Vorlesen. Der Fötus hört mit.

**Wechselwirkung bei gleichzeitiger Einnahme mit anderen Arzneimitteln**
Der Wirkstoff gesuloide® verstärkt die Wirksamkeit des Zeichentrickfilms *Il topo con gli occhiali* (44. Ausgabe des Zecchino d'Oro, 2001) und des gesungenen Songtexts: »Es lebe die Literatur! Das Abenteuer beginnt. Ein Traum mit offenen Augen in einer Welt, wie du sie dir wünschst. Bücher sind wie Flügel, die dich fliegen lassen. Bücher sind wie Segel, mit denen man übers Meer fahren kann. Bücher sind wie Freunde, die Gesellschaft leisten. Bücher sind Träume voller Fantasie. Bücher sind Augenblicke voller Emotionen, von Freude bis zur Gänsehaut.«

**Dosierungshinweise**
Buchseiten nicht ohne Rücksprache mit dem Lektor in Säure auflösen. Alle drei bis vier Stunden eine Seite lesen, nicht unmittelbar vor und nach den Mahlzeiten. Kann abführend wirken und zu Gewichtsverlust führen.

**Unerwünschte Nebenwirkungen**
Übergroßes Verlangen nach Metonymien und Synästhesien. Kann Verlangen nach Synekdochen oder Anaphern auslösen. Im Fall von Überdosierung wurden folgende Symptome festgestellt: Chiasmus, Anakoluth, Hendiadyoin und Paronomasie. In lediglich einem Fall traten Anastrophen und Hyperbata auf. Bei Patienten, die zu Litotes neigen, kann es zu Hystera-Protera kommen.

# 1.

TELÉVRAS, JUNI 2017

Sein Klebsamenstrauch verkümmerte mit einem Mal, aber das schien Marcellino Nonies, Dorfschullehrer für alle Klassen, nicht zu interessieren, und auch nicht, dass die Knospen an seinem Oleander mit der Blüte spät dran waren.

Die Beschlüsse des G20-Gipfels zum Klimawandel kümmerten ihn anscheinend ebenso wenig.

Vom Preisanstieg für Benzin und Weizen Type 00 ganz zu schweigen.

Oder dem letzten Jahrgang Cannonau, der für das Schicksal der Menschheit auch nicht ohne Bedeutung war.

Seine schwarze Drillichjacke hatte er zusammen mit der bunten Weste und dem weißen Hemd in den Schrank gehängt. Darüber, so dass der Henkel des Bügels fast bedeckt war, seinen Hut, ebenfalls schwarz und abgewetzt. Im Halbdunkel sah das Ensemble fast echt und lebendig aus, wie eine Art selbstgefertigte Marionette, so viel Sorgfalt hatte er darauf verwandt, die Kleidungsstücke mit seinen anderen wenigen Habseligkeiten ordentlich zu verwahren.

Er hatte es gerade noch geschafft, zwei Löffel kalte Suppe zu essen und ein Glas von seinem selbstgebrannten Kräuterschnaps zu trinken. Das Schlucken hatte ihm große Beschwerden bereitet.

Dann hatte er sich in die Nähe der Eingangstür vor seinem Steinhäuschen auf einen Stuhl aus Bast gesetzt und den Kopf nach rechts sinken lassen.

Doch davor hatte er noch einmal tief Luft geholt.

Er glich einem Darsteller, wie man sie einst bei Varietévorstellungen vor Filmvorführungen sah. Nach der letzten Darbietung traten sie vor den Vorhang, um einem undankbaren herzlosen Publikum zu danken, müde Lebensklugheit und ein beiläufiges Lächeln im Gesicht.

Eine tiefe letzte Verbeugung, ganz wie sein geliebter Charlie Chaplin.

Reaktionen von Seiten des Publikums waren nicht vorgesehen. Eine Zugabe verweigerte er.

Denn er war, schlicht und ergreifend, tot.

## 2.

TÉLEVRAS, 1972

»**N**un c'est nudda 'e fai. Su frastìmu 'e su babbu piccìgada. Da kann man nichts machen. Dem Fluch ihres Vaters entkommt sie nicht.«

Seit ihr Vater sie verflucht hatte, war Mariàca Tidòngias Leben eine Abfolge von Missgeschicken und Kümmernissen. Nichts Schwerwiegendes, aber viele kleine Desaster hatten dazu geführt, dass sie zur Außenseiterin wurde.

Denn wenn der eigene Vater einen in der Öffentlichkeit verflucht, wird man bald von allen gemieden. Es war, als wäre an jenem Tag, in jener Stunde, in jenem Augenblick, als der Vater ihr den fürchterlichsten Fluch im Hoheitsgebiet der Römisch-Katholischen Kirche an den Kopf warf – »*Chi Deus ti ›óccia‹ Mari'*, Möge Gott dich töten, Maria« –, die Zeit stehengeblieben.

Sie war schwanger geworden.

Mit ihren vierzehn Jahren lag sie eine Winzigkeit unter dem Durchschnittsalter, in dem man üblicherweise heiratete und das erste Kind in die Welt setzte, es sei denn, man plante, die soziale Leiter zu erklettern und erst das Abitur zu machen und dann zu studieren. Doch die Schule kam für sie nicht infrage, und zwar nicht so sehr wegen wirtschaftlich prekärer Lebensverhältnisse, sondern weil ihr die Schule vom ersten Tag an wie ein Gefängnis vorkam.

Marias Mutter war bei der Geburt gestorben. Natürlich waren das damals andere Zeiten und eine Hausgeburt nicht ohne Risiken, und dazu kam, dass der Vater holzköpfig war und sich weigerte, trotz der starken Blutungen seiner Frau eine Hebamme herbeizurufen. Er war es, der am Ende die Nabelschnur durchtrennte.

Sie lebten, abgeschieden vom Rest der Welt, in den Bergen, in einem einfachen Haus, das zwischen dem Pferch für die Tiere und einer baufälligen Nuraghe lag. Dort wuchs Maria auf, bis man sie im Oktober 1964 in die Schule zwang. Sie war an Freiheit gewöhnt, wie es nicht anders sein kann, wenn man von klein auf an Weite gewöhnt ist, und haute bereits am ersten Tag aus der Schule ab. Noch während der Lehrer die außerordentliche Bedeutung von Schulbildung erläuterte, stieg sie aufs Fensterbrett und sprang ohne ein Wort aus dem Klassenfenster. Zum Glück lag der Raum im ersten Halbgeschoss, und sie flog nur zwei Meter in die Tiefe. Unter dem höhnischen Gegröle ihrer Klassenkameraden machte sich Maria davon.

*Beebeebee.*

Das Geblöke von Schafen, den liebenswürdigsten und edelsten Tieren unserer Schöpfung, ist der Inbegriff lautmalerischer Bösartigkeit.

Der Maestro hatte seine liebe Mühe, wieder Ruhe herzustellen, bis schließlich, vom unerwarteten Lärm alarmiert, der Schuldirektor einschritt.

Die Stimme des Direktors konnte einen in Angst und Schrecken versetzen. Was für ein Pech, wenn er einen, etwa auf dem Weg zum Klo, ansprach. Aber der Weg dorthin führte nun mal an der stets geöffneten Tür zu seinem Büro vorbei.

»Schon wieder zum Klo unterwegs, Porcu? Wie oft musst du denn dahin?«

»Zwei Mal, Herr Direktor.«

»Und wie oft pinkelt ihr zu Hause? Seid wohl reich geworden?«

Aus diesem Grund hielten es alle so lange aus wie es ging, mindestens vier Stunden.

»Ich kümmere mich darum, ihr macht weiter. Sitzenbleiben und keinen Mucks, verstanden?«

Seine Stimme war einfach furchterregend.

Er hakte sich bei dem Klassenlehrer unter und führte ihn vor die Tür, die er aber nur anlehnte, damit auch noch das leiseste Flüstern von uns zu hören war.

»Sie machen mit Ihrer Stunde weiter. Dem Maresciallo sagen wir nichts. Ich werde selbst bei dem Vater vorbeischauen und ihn ermahnen, dass er seine Tochter zum Schulbesuch zwingen muss, wenn er nicht wieder hinter Gitter wandern will. In diesem speziellen Fall bleibt man besser diplomatisch. Er hat nämlich bereits seine Probleme mit der Justiz. Sie haben ihn schon zweimal wegen Viehraub drangekriegt und einmal wegen Schlägerei. Da geht man besser behutsam vor.«

»Gut, Herr Direktor. Sie hat ihren Schulkittel und die rosa Schleife hier gelassen. Was soll ich damit machen?«

»Die bringe ich dort vorbei. Wollen wir hoffen, dass sie

wirklich nach Hause gegangen ist. Fehlt nur noch, dass wir im Wald nach ihr suchen müssen.«

»Sie lebt allein bei ihrem Vater, Herr Direktor. Ich will mir gar nicht ausmalen ...«

»Genau, malen Sie sich mal nichts aus, und lassen Sie uns hoffen, dass wir nicht die Carabinieri rufen müssen, um nach ihr zu suchen ... oder um sie zu beschützen. Hoffen wir, dass er sie nicht schlägt. Ich mache mich auf den Weg.«

Und mit diesen Worten ging er.

So nahm die Geschichte von Mariàca Tidòngia ihren Lauf.

# 3.

Nach jenem 1. Oktober 1964 ging Maria nie wieder in die Schule. Sobald sie der Carabinieri ansichtig wurde, lief sie davon. Der örtliche Maresciallo tat sogar so, als würde er den Vater ihretwegen festnehmen. Aber es war nichts zu machen. Während er ihn vorgeblich gewaltsam zum Mannschaftswagen zerrte, rief sie vom Dach aus, auf dem sie Zuflucht gesucht hatte: »*Babba' tranchilgiu, ca 'in ci pentzu eu a is'erbéis.*«

Sie werde sich um die Schafe kümmern, versprach sie dem Vater.

Mittlerweile war sie acht Jahre alt.

In jener kleinen Dorfgemeinschaft galt die Schule als Geschenk Gottes und als soziale Verpflichtung, der möglichst eifrig und erfolgreich nachzukommen war. In diesem Fall suchte man nach einer kreativen Lösung. Hin und wieder würde der Lehrer Maria in den Bergen aufsuchen, um ihr wenigstens das Lesen und Schreiben beizubringen. Und sie sollte am Ende jedes Schuljahrs als »Privatschülerin« erscheinen, aber sie erwiderte: »*Imparu a sola, c'est meda cosa 'e fai innói.* Ich lerne alles allein, hier ist viel zu tun.«

»Und wie willst du alles allein lernen?«, fragte der Maestro.

»*Issu lassidéddusu innói is librus ca m'apu arrangiài eu.*«

Er solle die Bücher nur dalassen, sie werde schon zurechtkommen.

Und so legte er sie auf einem Stein ab und hoffte, dass wenigstens der Vater ihr die Grundlagen der italienischen Sprache beibringen und das Mädchen sich das Ganze mit der Zeit doch noch überlegen würde.

Doch der Vater bremste ihn bei der ersten Gelegenheit: »*No sciu scriri mancu eu, fetti sa firma sciu fai.*« Er könne nicht schreiben, sondern beherrsche lediglich seine Unterschrift.

»Sie will nicht zur Schule. Dieses Kind ist ein Unglück. Als Mädchen auf die Welt gekommen, und die Mama hat sie auch umgebracht, als sie aus ihr rauskam. Ihr wollt ihr helfen? Sucht eine reiche Familie in Cagliari für sie, oder besser noch auf dem Festland. Sollen sie sie mitnehmen. Seit sie zwei ist, ist sie beim Schafehüten in den Tacchi immer mit dabei. Die bleibt nicht im Haus. Habt Ihr das verstanden?«

»Würden Sie das Mädchen denn zur Adoption freigeben? Soll ich mit dem Pfarrer reden?«

»Sie ist nicht zu bändigen. Ihr wollt sie in ein Waisenhaus stecken? Nach zwei Tagen ist sie wieder hier. Bei *Tzia Brigida* hat sie nicht mal so lange stillgehalten, wie es gedauert hat, ihr die Milch zu geben.«

»Sie hat eine Tante?«

»Nein, nein. Bei uns heißen die Frauen, die sie gestillt haben, bis sie zwei war, *tziu* oder *tzia*. Wie soll ich sie denn allein großgezogen haben? Ohne die *tzia* und andere Mamas wäre sie verhungert. Aber die haben alle auch große Familien. Wenigstens geben sie uns die abgetragenen Kleider ihrer Kinder und passen hin und wieder auf sie auf. Aber sie ist an mich gewöhnt. Das einzige, was sie kann, ist mich hinter Gitter bringen, aber wenigstens habe ich dann meine Ruhe«, beschloss der Vater verbittert seine Rede.

Der Lehrer sprach ihm Mut zu, und er werde mindestens zweimal pro Woche kommen, um der Tochter wenigstens dabei zu helfen, dass sie die Abschlussprüfung des zweiten Grundschuljahres schaffte. Aber es kam ihm vor, als würde er gegen den Mistral anreden.

Er hatte den Eindruck, als flögen die Worte aus seinem Munde direkt nach hinten über seine Schultern davon, Richtung Meer, und als könnte nur der Horizont sie begreifen. Für den frisch gebackenen jungen Maestro war das eine bittere Lektion.

# 4.

»Na, was habe ich Ihnen gesagt, Nonies? Warten Sie etwa immer noch?«, dröhnte die Stimme des Schuldirektors an jenem Junitag im Jahr 1966.

Der Lehrer hatte der kleinen Maria geglaubt, die in lupenreinem Italienisch versprochen hatte: »Natürlich komme ich zu der Abschlussprüfung für die zweite Klasse, Signor Maestro.«

Lächelnd hatte er sie gefragt, ob sie wenigstens ihren Namen schreiben könne.

Sie hatte sich das nicht zweimal sagen lassen und ihn sogar mit einem Kugelschreiber niedergeschrieben, obwohl ein Bleistift genügt hätte.

*Ich heiße Mariàca Tidòngia.*

»Warum denn Mariàca? Heißt du nicht Maria?«

»Mein Babbo sagt, ich bin *macca*, verrückt, und deswegen habe ich mir diesen Spitznamen gegeben. Halb Maria und halb *macca*.«

»Das hast du schön geschrieben. Wie hast du das nur gelernt?«

»Mmm, keine Ahnung. Ich habe mir das Buch genommen und alles abgeschrieben. Mit ihm ist es mir zu langsam gegangen. Er hat mir das große M gezeigt und das T. Dann habe ich allein weitergemacht. Ist was falsch?«

»Nein, nein. Aber bei der Prüfung musst du deinen richtigen Namen schreiben, und nicht den Spitznamen. Ich werde dich ein Diktat schreiben lassen und hinterher kommen noch ein paar Additionen und Subtraktionen. Magst du Italienisch?«

»Nicht besonders, auf Italienisch kann man nicht singen.«

»Wie bitte? Auf Italienisch kann man nicht singen? Es gibt wunderschöne Lieder auf Italienisch.«

»Das Ave Maria auf Italienisch ist wirklich scheußlich. Das auf Sardisch ist schön.«

»Wo hast du das denn gehört?«

»Im Radio, wir haben eins mit Batterien. *Tzia* Brigida und *tzia* Margherita singen das Ave Maria auf Sardisch. Das hat ihnen Pfarrer Cossu gelernt.«

»Gelehrt. Man sagt, er hat sie das gelehrt, nicht gelernt. Also, ich erwarte dich zur Prüfung. Weißt du eigentlich, dass ich jetzt eine eigene Klasse habe? Möchtest du im nächsten Schuljahr, also in der Dritten, zu mir kommen?«

Ihre Begeisterung hielt sich in Grenzen. Das Konzept Schulklasse hatte sie noch nicht recht begriffen, und anstatt einer Antwort sang sie ihm auf Sardisch ein Lied vor und übersetzte es sofort danach für ihn auf Italienisch.

*Hundert Köpfe/Hundert Hüte/Das Leben lehrt dich Genügsamkeit/Der Tod schenkt dir dann/Hundert Himmel/Hundert Niederlagen/So ist das Leben/Möge der Tod sterben*

»Das kenne ich noch nicht. Und woher kennst du die italienische Version?«

Der Maestro war wirklich überrascht. Vor allem über ihre Übersetzung ins Italienische. Sie wollte ihm erst nicht verraten, wer ihr die beigebracht hatte.

»Mmm, das singe ich, seit ich auf der Welt bin.«

»Und die italienische Version? Wer hat dich die gelehrt?«

Sie flüsterte ihm einen Namen ins Ohr.

»Das glaube ich nicht.«

»Ich eigentlich auch nicht. Aber er sagt, sie ist von ihm.«

»Woher kennst du ihn überhaupt?«

»Er kommt hin und wieder mit der Schafherde von seinem Vater vorbei, um mir Liebeserklärungen zu machen.«

»Ihr macht euch Liebeserklärungen? Mit acht Jahren?«

»Nein, Signor Maestro. Nur er macht mir welche. *Est cónchinu*. Er ist ein Dummkopf. Außerdem ist er hässlich, er hat vorne keine Zähne mehr. Wenn ich groß bin, verlobe ich mich mit Benito Urgu, dem, der bei den Barritas *Lascia in pace il mio cuore* singt. Babbo hat die Platten von ihm gekauft, und wir hören immer *Whiskey, birra e Johnny Cola*. Das ist richtig heiß, Signor Maestro …«

»Heiß? Wer bringt dir denn solche Wörter bei?«

»Der Wind bringt die Wörter, sagt dieser hässliche Trottel …«, und sie flüsterte ihm erneut seinen Namen ins Ohr.

»Ach, sagt er das? Der Wind bringt die Wörter … das erinnert mich an was, aber bringt der Wind nicht eher Antworten?«

»Keine Ahnung. Das ist alles von einem Amerikaner, wohl einer vom Stützpunkt hier in der Nähe. Die schießen immer in die Berge und erschrecken die Tiere. Sagen Sie ihm aber nicht, dass er hässlich ist, sonst schaut er mir nicht mehr meine Hausaufgaben durch.«

Beim Abschied war Maestro Marcellino Nonies sich dreier Dinge gewiss: Erstens hätte dieses Mädchen das alles in keiner Schule gelernt. Zweitens konnte ihr Gesuino Némus, den aufgrund seiner rätselhaften psychischen Erkrankung (nachzulesen in *Die Theologie des Wildschweins*) jede Schule abgelehnt hatte und dessen Namen sie ihm zweimal zugeflüstert hatte, nicht die Hausaufgaben korrigiert haben.

Und drittens hatte ihr das alles auch der Vater nicht beigebracht.

# 5.

»Finden Sie sich einfach damit ab, Nonies.«
Der Tonfall des Schuldirektors war nicht sehr freundlich.

An jenem Morgen waren sie mit den Vorbereitungen für die Abschlussprüfung der Grundschule beschäftigt, die ein paar Wochen später stattfinden sollte. Für den Maestro war es das erste Mal. Danach würden ihn all die Landkinder, denen er das Lesen und Schreiben beigebracht hatte, verlassen. Sie würden in einem Nachbarort die Mittelschule besuchen, der lag zwar nicht weit entfernt, aber er würde sie nicht mehr wiedersehen, sondern mit einer neuen ersten Klasse wieder von vorne beginnen. Er hatte ihre Stimmen liebgewonnen und das, was sie in ihren ersten Aufsätzen schrieben, und bei dem Gedanken daran beschlich ihn leichte Melancholie. Ihre Träume und Erwartungen: »Wenn ich groß bin, werde ich Ärztin«, »ich werde Schuldirektorin«, »ich singe beim Schlagerfestival mit«, »ich will Lehrer werden so wie Signor Marcellino«.

»Wer weiß, ob sie kommt«, fragte er sich laut.

»Ich habe Ihnen doch schon gesagt, die kommt nicht. Sie haben wirklich alles versucht. Wir können nichts mehr machen.

Nicht einmal mir ist es gelungen, den Vater zu überzeugen, und es war schon ein Kunststück, dass wir eine Anzeige verhindert haben.«

»Aber dieses Mädchen ist wirklich sehr begabt, das weiß ich«, beharrte der Lehrer.

»Und woher wollen Sie das wissen? Sie haben doch nicht einmal mehr mit ihr geredet.«

»Ich würde etwas dafür geben zu erfahren, was sie im Leben mal machen will.«

»Was wird sie schon machen? Schafe hüten wird sie. Ist Ihnen klar, wie viele Kinder nicht mal das dritte Grundschuljahr beenden? Und was sollen wir tun? Die Eltern verhaften lassen? Das Gefängnis in San Daniele ist klein, da fehlte es noch ...«

»Wir könnten zu ihr gehen und ihr die Prüfung zu Hause abnehmen.«

»Schlagen Sie sich das aus dem Kopf. Das haben wir noch nie gemacht. Das Kind ist schließlich nicht krank.«

»Aber mit Ihrer Erlaubnis ...«

»Die bekommen Sie nicht von mir, und damit ist das Thema beendet.«

Es stimmte nicht, dass der Maestro Maria nicht mehr getroffen hatte. An Wochenenden, wenn er seine geliebten Heilkräuter sammelte, war es ihm mitunter gelungen, ihr über den Weg zu laufen. Er besaß kein Auto und war in den Bergen zu Fuß unterwegs. Außerdem wusste er, wohin sie die wenigen Schafe, die das Osterfest überlebt hatten, zum Weiden führte, und sobald das Wetter schön und sonnig wurde, hatte er eine perfekte Ausrede. Es war ihm sogar gelungen, ihr das halbherzige Versprechen zu entlocken, die Abschlussprüfung für die zweite und die letzte Klasse, die fünfte, in einem Rutsch zu machen.

»Sie müssen aufhören, sich für das Leben anderer verantwortlich zu fühlen«, fuhr der Direktor fort. »Die Menschheit fliegt bald zum Mond, und schauen Sie sich die Verhältnisse hier bei uns an. Mit dem Bus fährt man drei Stunden, um nach Nuoro zu kommen, und zurück das Gleiche. Die Astronauten brauchen für ihre 287.000 Kilometer weniger als wir für unsere 85. Aber was soll man machen? Wir sind hier auf die Welt gekommen, so ist das eben. Eher gewinnt Cagliari in der Serie A, als dass dieses Mädchen zur Prüfung erscheint.«

*Tock, tock.*

»Nur herein, die Tür ist auf.«

»*Salùdi. Soi énniu po sciri de sa picióchedda. Eita déppidi fai?* Guten Tag, ich bin gekommen, weil ich wissen möchte, was meine Tochter machen soll.«

Vor ihnen stand Antonangelo Tidòngia mit Maria. Sie hatte sich sehr verändert, seit der Lehrer sie zum letzten Mal getroffen hatte, und wirkte älter als ihre elf Jahre. Man forderte die beiden auf, Platz zu nehmen. Während der Direktor das Prüfungsverfahren erklärte, hielt sie den Blick zum Boden gesenkt. Marcellino Nonies konnte sein Glück nicht fassen. Ihm war gleichgültig, dass das Mädchen vielleicht nur stockend schreiben und lesen konnte – er hatte sie dazu gebracht, wieder in die Schule zu kommen, wenn auch vielleicht nur für diesen einen Tag. Das allein zählte. Er würde ihr einen Schulkittel und eine blaue Schleife geben, sagte er, denn die rosa Schleife sei eigentlich nur für die erste Klasse ...

»Ich will die in Rosa, ich bin ein Mädchen.«

»Aber das passt nicht mehr, du bist jetzt groß«, sagte der Lehrer sanft.

»Über die Schleife reden wir später, lassen Sie mich jetzt den Antrag ausfüllen, damit Signor Tidòngia unterschreiben kann, und dann besprechen wir alles Weitere«, unterbrach der Direktor. Er stand auf und ging hinaus, um den Schuldiener für die Schlüssel zum Aktenschrank zu holen. Draußen im Korridor flüsterte er diesem zu: »Nächstes Jahr gewinnen wir die Serie A.«

»Wirklich, Herr Direktor, sind Sie sich da sicher?«

»Hundertprozentig. Das ist mathematisch erwiesen.«

Und so war es: Am 12. April 1970 gewann das Fußballteam von Cagliari die italienische Nationalmeisterschaft.

# 6.

Als der Vater von Marias Schwangerschaft erfuhr, war er außer sich vor Zorn.

Er fasste es nicht, wie hatte das geschehen können, wo Mariàca doch tagaus, tagein in seiner Nähe war? Wo? Und vor allem mit wem? Er versuchte sie auf jede erdenkliche Art dazu zu bringen, ihm zu verraten, wer der Kindsvater war, und versprach hoch und heilig, dass er diesem nichts antun werde. Und wenn es der Pfarrer wäre.

Aber es war nichts zu machen.

Mariàca blieb jede Antwort auf die Frage schuldig, ja, sie war sogar stolz auf ihren Bauch und trug ihn jeden Sonntagmorgen, dem einzigen Tag, an dem sie das Dorf aufsuchte, zur Messe nämlich, in aller Öffentlichkeit zur Schau. Wortlos und frohgemut trug sie ihn durch die steilen Gassen spazieren, als machte ihr die Last nichts aus. Und auf dem Kirchplatz schleuderte der Vater ihr seine Verwünschung ins Gesicht.

Aber er hatte nicht mit der Reaktion der Leute gerechnet, die bald den Verdacht hegten, das Ganze sei nur ein Ablenkungsmanöver gewesen. Untereinander hatte man in dem kleinen Dorf hinter vorgehaltener Hand bald den wahren Schuldigen ausgemacht: Er, der Vater, war es.

Ein ganz gewöhnlicher Inzest, lautete das Urteil. Aber niemand, nicht einmal der Pfarrer, hatte ein Interesse daran, der Sache weiter auf den Grund zu gehen. Und der Maresciallo schon gar nicht. Ein derartiges Verbrechen lag außerhalb seiner Vorstellungskraft, im Gegensatz zum Pfarrer, der seine Pappenheimer kannte.

Antonangelo verfiel in Depressionen und zeigte sich bald nicht einmal mehr zu den Festtagen.

Trübsinn ist bekanntlich wie Cannonau im Februar. Wenn er dich einmal am Wickel hat, kommst du nicht mehr davon los. Deine Stimmung wird immer düsterer, und du vertraust darauf, dass die Zeit alle Wunden heilt und sich am Ende alles lösen wird. Aber in diesem Fall löste sich gar nichts, und das Ende war selbst für eingefleischte Abstinenzler überraschend.

Man fand Antonangelo in der Nähe des Pferchs. Er hatte sich die Kehle durchschnitten. Er wollte keinen Lärm machen, wollte keine Aufmerksamkeit erregen, auf seine Art anders sein als andere. Feuerwaffen hatte er immer verabscheut, selbst die Knallfrösche, die auf Dorffesten die Tiere aufschreckten und in seinen Augen schlimmer waren als die Geschosse der Amerikaner bei ihren Militärübungen, mochte er nicht.

Es war ein tragischer Tod.

Er hatte dem schlimmen Gerücht, dem zufolge er der Kindsvater seiner Tochter war, nicht standgehalten. Und weil er Mariàca kannte, wusste er auch, dass sie den wahren Namen niemals preisgeben würde. Sie würde ihn hegen und pflegen, als hätte sie sich selbst befruchtet.

So erfuhr er nicht, ob sie ein Mädchen oder einen Jungen unter dem Herzen trug. Ermittlungen fanden keine statt. Sie gehörten keiner Gerichtsbarkeit an, das Land, auf dem sie lebten, war rechtsfreier Raum, ja, man war sich nicht einmal einig, ob sie zu den Gemeinden Telévras oder Nessicùru gehörten, auch wenn die Alten behaupteten, in der Vergangenheit hätten sie zu Cuccureddu gehört, und jemand sich sogar bis ins 17. Jahrhundert vorwagte und sagte, damals hätten sie zu Alùstia gehört.

Ein Leichnam, der nicht eindeutig zuzuordnen war.

Manches kann auch nur in der Ogliastra passieren.

Man trug ihn in aller Eile zu Grabe, und niemand fragte sich, wo denn die Tochter und ihr Bauch abgeblieben waren. Damals ging man gerne ins Kloster zu den Schwestern, wo die sündige Frucht ausgetragen und dann zur Adoption an eine Familie in Nuoro oder Cagliari freigegeben wurde.

Und Mariàca? Hatte sie gelitten? Den Tod ihres Vaters betrauert? Niemand kam die Vermutung in den Sinn, dass sie ihn umgebracht haben könnte. Warum eigentlich?

*Weil ich sie am 2. April 1972 noch gesehen habe. Sie verabschiedete sich mit einem Wangenkuss von mir. Drei Jahre zuvor war ich überglücklich gewesen, dass sie die Prüfung nach dem fünften Hauptschuljahr bestanden hatte. Vor Freude waren mir die Tränen gekommen. Die mündliche Prüfung? Sie trug alles ohne Stottern und Stocken vor und wirkte sehr reif für ihr Alter. Und ihr Aufsatz? Er* beschäftigte sich mit dem Begriff der Freiheit, der Liebe zu den Schafen und der Natur. Die Mitglieder der Prüfungskommission mussten herzlich lachen, als sie lasen, dass man verlorene Schafe einfach dort lassen sollte, wo sie sich versteckt hatten, und der Direktor fragte sie: »Man merkt, dass du nicht am Katechismusunterricht teilgenommen hast und auch nicht an der Erstkommunion. Jetzt wirst du diese ja nachholen und sehen, dass das Gleichnis vom verlorenen Schaf das allerschönste von allen ist. Es stimmt doch, dass du die Erstkommunion empfangen willst?« Darauf sie, als hätte sie gerade eine Ketzerei gehört: »Schafe sind von allen die intelligentesten Lebewesen. Und sie lieben, wussten Sie das? Ich habe welche gesehen, die sich verliebt hatten und wütend wurden, wenn der Schafbock ihnen Hörner aufsetzte, das ist wie bei euch Männern.« Allgemeines Gelächter, dieses Mädchen war ungewöhnlich intelligent.

Ein Besuch der Mittelschule war ausgeschlossen, und ich wusste, dass sie schwanger war. Meiner Meinung nach war es einer der Freunde ihres Vaters gewesen, Hirte wie er, mit denen er recht häufig Gelage veranstaltete. Sie war damals schon eine Frau, auch wenn sie nicht älter als vierzehn war. Ich stellte ihr keine Fragen, weil ich sie gut genug kannte, um zu wissen, dass sie auf dem Absatz kehrtgemacht hätte. Sie sagte an jenem Tag wie aus dem Nichts zu mir: »Ich steige in den Bus, fahre nach Arbatax und nehme von dort ein Schiff.« Ich war wie vom Donner gerührt. Ich konnte sie nicht aufhalten. Sie machte mir ein Zeichen, dass ich keine Silbe verraten sollte. Ich gab ihr für den Bus zehntausend Lire.

Am Tag darauf fand man ihren Vater tot auf.

Als ich alles dem Direktor erzählte, sagte er, ich hätte sie aufhalten sollen, ich sei doch ihr Lehrer gewesen. Und ich hätte ihn früher *darüber in Kenntnis setzen sollen, dass sie schwanger war und fort wollte. Warum? Nach fünfzig Jahren Schuldienst habe ich begriffen, dass man seine Lieblingskinder ziehen lassen muss. Sie hat mir das beigebracht. Ich muss immer noch an das Heft denken – wie oft denke ich daran –, in das sie ihre Gedanken schrieb ... »Deus ti salvet Maria.« Sie ist fortgegangen, wie es nur die Kinder dieser Insel tun, schweigend und ohne Aufhebens.*

*Denn wir, die Kinder Sardiniens, beherrschen Abschiede meisterhaft ...*

(Marcellino Nonies, *Die Frömmigkeit der Schafe*, Seite 3)

# 7.

###### Narghilè, Juni 2017

Marcellino Nonies wartete bei den Carabinieri geduldig vor dem Büro des neuen Maggiore. Er war schon seit Langem nicht mehr in der Provinzhauptstadt Narghilè gewesen. Er hatte in seinem Leben noch nie ein Auto besessen und musste deshalb immer darauf warten, dass seine Nachbarn, Signora Brigida und ihr Mann, ihn aufforderten, mit ihnen zu kommen und »sich ein bisschen unter die Leute zu mischen«. Die Autofahrt dauerte eine knappe halbe Stunde, und zwei- oder dreimal im Jahr konnte man den kleinen Ausflug auf sich nehmen.

In der letzten Zeit hatte er allerdings Probleme beim Gehen, oft sogar beim Sprechen oder Schlucken. Das Alter, hatte er bei sich gedacht. Doch dann hatte er sich auf Rat seiner Nachbarn genau zwei Wochen zuvor im Provinzkrankenhaus untersuchen lassen.

Heute war er aus einem ganz anderen Grund in der Stadt. Die Carabinieri hatten ihn per schriftlicher Aufforderung einbestellt, es sei »sehr dringend« hatte der Carabiniere, der sie überreichte, gesagt.

Eine Stimme unterbrach ihn in seinen Gedanken. »Bitte kommen Sie, der Kommandant ist bereit.«

»Guten Tag, Professore, ich bin Achille Pantognostis, der neue Kommandant.«

»Ich bin kein Professore, Signor Generale. Nur ein einfacher Grundschullehrer.«

»Naja, wo wir schon dabei sind, ich bin auch kein General, sondern Major.«

»Entschuldigen Sie, ich kenne mich mit den Dienstgraden des Militärs nicht gut aus.«

»Und ich mich nicht mit den Ihren«, sagte der Kommandant freundlich, um für eine entspannte Atmosphäre zu sorgen.

Achille Pantognostis wartete auf ein Lächeln, das aber ausblieb, und war überrascht von der eintönigen, metallisch klingenden Stimme des Lehrers.

»Ich nehme an, Sie kennen den Grund dafür, warum man Sie einbestellt hat. Ich wollte erfahren, warum die Tidòngia für die Zeit, in der sie unter polizeilicher Aufsicht steht, Ihre Adresse angegeben hat.«

»Unter polizeilicher Aufsicht? Weshalb?«

Achille Pantognostis kannte Sardinien kaum, denn er war erst seit wenigen Wochen auf der Insel, und ging deshalb wie selbstverständlich davon aus, dass jedermann Mariàca Tidòngia und Details zu ihrer Vergangenheit kennen müsste. Aber er war ein liebenswürdiger Charakter: »Es hat keinen Zweck, uns gegenüber mit Informationen hinter dem Berg zu halten. Sie haben nichts mehr von der Tidòngia gehört?«

»Nein, ... was hätte ich denn von ihr hören sollen? Als ich sie das letzte Mal gesehen habe, war sie ein Teenager und schwanger.«

Der Maggiore nahm den ironischen Tonfall des Lehrers auf.

»Sie hat dreißig Jahre sowohl in Frankreich als auch in Italien hinter Gittern gesessen, und Sie wollen mir weismachen, dass Sie von nichts eine Ahnung haben? Als Adresse für Kontrollbesuche des Strafvollzugs hat sie Ihre Adresse angegeben, die sich, wie ich verifiziert habe, in all den Jahren nicht geändert hat. Ein merkwürdiger Zufall, finden Sie nicht?«

»Ja, das stimmt, aber ich habe wirklich nie wieder was von ihr gehört. Nicht mal eine Postkarte ... schon merkwürdig.«

»Und Sie wissen auch nicht, dass sie einen Sohn hat?«

»Das dachte ich mir, auch wenn ich keine Ahnung hatte, dass es ein Sohn ist. Also ein Sohn ...«

»Genau, ein Sohn. Eine wahre Leuchte auf dem Gebiet der Medizin, wohnhaft in Paris. Er ist mittlerweile fünfundvierzig Jahre alt.«

»In Paris? Sie ist also dorthin gezogen?«

»Stimmt genau. Aber da Sie ja nichts über sie wissen, werde ich Ihnen alles erzählen.«

Der Tonfall des Maggiore war schärfer geworden.

»Sie lebt also in Paris. Davor ist sie auch noch eine Weile in Italien unterwegs gewesen. Sie hat sich zwischen den beiden Ländern bewegt. Kleine Diebstähle in Supermärkten nahe der Grenze, Raubzüge in großen Ketten im Namen des Proletariats. Ihren achtzehnten Geburtstag beging sie mit einem bewaffneten Überfall auf eine Bank in Ventimiglia, angeblich, um die

Unabhängige Arbeiterbewegung finanziell zu unterstützen. Danach hat sie nichts ausgelassen, vom Fall Aldo Moro bis zur ideologischen Nachfolgegruppe der Roten Brigaden. Sie hat sich schließlich endgültig nach Frankreich abgesetzt. Theoretisch ist sie mittlerweile auf freiem Fuß. In Italien hat sie nur noch eine geringe Reststrafe abzubüßen, bei der Einreise hat man sie verhaftet. Aber sie muss nur einmal in der Woche hier in der Kaserne zur Unterschrift erscheinen, mehr nicht. Nur ist sie hier noch nicht aufgetaucht. Aber vielleicht ist sie auch noch gar nicht hier angekommen.«

Marcellino Nonies verbarg seine Überraschung.

»Wenn Sie wüssten, wie viele Schüler ich in all den Jahren unterrichtet habe und wie viele davon mich so gut wie vergessen haben. Sie sind mit ihren Eltern nach Deutschland oder in die Schweiz ausgewandert, und das war's. Ich kann unmöglich wissen, was aus ihnen allen geworden ist. Manche sind vielleicht Millionäre, andere Verbrecher ... wer weiß das schon.«

»Damit wollen Sie mir also sagen, dass sie vom Lebenswandel der Tidòngia keine Ahnung haben, stimmt's?«, sagte der Maggiore.

Marcellino Nonies antwortete zunehmend ungehalten: »Ich will auch nichts davon wissen, die Vergangenheit interessiert mich nicht.«

Achille Pantognostis sah ihn versöhnlich an. Dann sagte er in professionell neutralem Tonfall: »Falls Sie von ihr hören und sie sehen, sagen Sie ihr, dass sie sich umgehend beim Kommando der Carabinieri hier in Narghilè melden soll.«

»Mach ich.«

»Ich frage Sie zum letzten Mal. Können Sie mir bestätigen, dass Sie sie nicht mehr wiedergesehen haben? Sie ist also nicht bei Ihnen aufgetaucht? Ganz sicher?«

»Bis jetzt nicht«, antwortete der Lehrer unter großer Anstrengung, als wäre jedes Wort, unabhängig von den bohrenden Fragen des Maggiore, für ihn eine Qual.

»Wie gesagt, sollte sie das tun, richten Sie ihr aus, sich umgehend bei uns zu melden. Und erinnern Sie sie auch daran, dass sie sich auf jeden Fall unter Ihrer Adresse aufhalten muss.«

»Mach ich, sobald sie zu mir nach Hause kommt, werde ich ihr das sagen.«

Doch Maestro Marcellino Nonies besaß wie alle Menschen mit wirklichem Einfluss auf den Gang der Welt eine seltene und mittlerweile ganz und gar verschwundene Gabe: Ihm gelang es, sich selbst zu belügen.

# 8.

Achille Pantognostis saß in seinem Büro und dachte nach. Als hätte er nichts anderes zu tun, was selbstverständlich nicht der Fall war.

Warum sagt er nicht geradeheraus, was er über die Tidòngia weiß? Das war sein erster Gedanke.

Maestro Marcellino galt als aufrichtig und als jemand, der außerhalb der Schule nur wenig Worte machte, doch den Maggiore hatte die unerklärliche Wortkargheit gepaart mit dieser unnatürlichen Stimme, bei der er an frühe Roboter denken musste, gestört. Eigentlich hatte er ja nur wissen wollen, warum Mariàca Tidòngia seine Adresse angegeben hatte. Das konnte doch nur bedeuten, dass die beiden, obgleich vielleicht nur sporadisch, fast ein halbes Jahrhundert lang miteinander in Kontakt geblieben waren.

Als ob er was verschweigen wollte, überlegte er weiter. Besser, man lässt ihn gleich mit beobachten.

Dann wandten sich seine Gedanken an jenem 23. Juni anderen Themen zu: der drückenden Hitze; der Trockenheit, die verwaltungstechnisch bereits für Probleme sorgte; den wütenden Waldbränden, die hektarweise Macchia zerstörten; der

Klimaanlage, die trotz flehentlicher Bitten an den Hersteller nicht funktionierte ...

Man sollte dort wieder einen Außenposten der Carabinieri einrichten, oder wenigstens ein Priester sollte wieder dorthin, zur Not tut's auch ein Friseur ... die leben dort doch abgeschieden wie eine von diesen Sekten ... warum begreift man in Rom nicht, dass man das Staatsgebiet unter Kontrolle halten muss ...? Das waren nur lose Überlegungen und eigentlich mehr die eines Präfekten als eines Maggiore.

Schon bald wanderten seine Gedanken zurück zu dem Lehrer. Kein Wort glaube ich ihm ... Angeblich hat er sie seit fast einem halben Jahrhundert nicht mehr gesehen, während sie seinen Vornamen, Namen und die Adresse angibt, die sich nicht mal im Straßenverzeichnis der Gemeinde findet. Als ob er von Attentaten im Namen der Anarchie keine Ahnung hätte ... Auch wenn sie in den Zeitungen nur unter ihrem Decknamen auftauchte, und das war nach ihrer Verhaftung in Frankreich oft genug, wusste alle Welt, um wen es sich dabei handelte.

Es klopfte.

»Herein«, sagte der Maggiore widerstrebend.

Es war Brigadiere Tigàssu, durch und durch Sarde und außerdem kompetent. Er wirkte betrübt.

»Was machen Sie so ein Gesicht?«, erkundigte sich der Maggiore, nachdem er ihn über die Tidòngia aufgeklärt und ihm von seinem Verdacht erzählt hatte, dass der Dorfschullehrer sehr viel mehr wusste, als es den Anschein hatte. »Lasst euch mal hin und wieder in Telévras sehen. Wir müssen wissen, ob sie zurückgekehrt ist und wann. Und falls sie wirklich in Nonies' Haus wohnt, wovon sie dort lebt und mit wem sie sich trifft. Sie muss einmal in der Woche hier erscheinen und ihre Präsenz mit einer Unterschrift bestätigen.«

»Wir sind unterbesetzt ... und außerdem will niemand dorthin.«

»Führen Sie meinen Befehl aus, Brigadiere! Und was soll das eigentlich heißen, Sie sind unterbesetzt.«

»Wir sind nur drei, Maggiore. Es gibt doch auch noch die Polizei.«

»Lassen Sie die Polizei außen vor. Die machen doch nur den Dorfmädchen schöne Augen.«

»Na, das tun wir auch! Haben Sie bemerkt, wie hübsch die dort sind?«

»Nein. Aber mir ist egal, wie hübsch sie sind. Bleiben Sie dem Lehrer auf den Fersen. Kommt es Ihnen nicht komisch vor, dass er die Tidòngia angeblich nicht getroffen hat? Sie müssen sie ja nicht gleich festnehmen, sondern nur daran erinnern, dass sie hier aufzutauchen hat, um per Unterschrift ihre Anwesenheit auf der Insel zu bestätigen, wenn sie nicht wieder hinter Gitter wandern will. Hören Sie sich um, und Sie werden sehen, in ein paar Tagen haben Sie sie aufgestöbert.«

»Umhören? Am besten noch in Uniform? So erfahren wir nichts, Dottore.«

»Nun kommen Sie schon, Brigadiere! Machen Sie, was Sie wollen, aber am Ende der Woche will ich wissen, wo sie steckt, sonst erlasse ich Haftbefehl. Dann müssen Sie sich auf die Suche nach ihr machen und sie festnehmen. Alles klar?«

»Zu Befehl, Signore!«

»Gut. Und wo Sie schon dabei sind, können Sie zu diesem Dorfschullehrer auch gleich ein paar Informationen sammeln. Er ist alt, hat Mühe mit dem Gehen und kriegt den Mund nicht auf, das weiß ich alles schon. Aber schauen Sie einfach mal jeden Tag bei ihm vorbei, auch wenn die Tidòngia nicht bei ihm auftaucht. In meinen Augen ist das ein ganz komischer Typ, der was zu verbergen hat. Und jetzt gehen Sie.«

Und mit diesen Worten entließ er Brigadiere Tigàssu.

Aber er verließ das Büro nicht allein, sondern in Gesellschaft des schlimmsten Feindes, den man haben kann: in der seiner Gedanken.

Warum lassen wir diese Leute nicht in Ruhe ... das ist wenigstens noch eine funktionierende Dorfgemeinschaft. Die haben keinen Bürgermeister, keine Carbinieri, keine Verwaltung, und seit zwanzig Jahren ist da nichts mehr passiert, nicht mal ein Führerschein musste dort eingezogen werden. Die trinken literweise Cannonau, essen alles, wovon der Menschheit sonst abgeraten wird, und sind mit hundert Jahren immer noch bei Verstand und putzmunter ... Hin und wieder bringt sich mal jemand um, aber ansonsten herrscht Ruhe. Die Gemeinschaft regelt alles. Wenn du andauernd Gesetze brichst, schließt man dich aus, wenn du keine Reue zeigst, grüßt dich keiner mehr, wenn du deine Strafe dagegen stillschweigend abbüßt, wird dir vergeben ... Was soll ich denn da? Und dann noch ein Lehrer! Die haben ja nicht mal einen Pfarrer ... und seitdem der Friseur das Handtuch geworfen hat, schneiden sie sich auch die Haare selbst.

Das Gehirn folgt seinen eigenen Gesetzen. Und manchmal

passiert es, dass dein schlimmster Feind dein bester Freund wird. Alles wird auf wundersame Weise gerechtfertigt. Selbst das politisch Unkorrekte.

Du brichst in fremde Häuser ein? Beim ersten Mal bricht man dir noch die Finger. Du gibst das Gestohlene nicht zurück? Dann sind die Finger ab. Du pöbelst eine Frau an? In diesem Fall hast du vierundzwanzig Stunden, um dich öffentlich zu entschuldigen. Du machst das nicht? Dann bekommst du nicht mal mehr ein Glas Wasser vorgesetzt. Du bist fremd im Dorf? Wenn du friedlich bist, dich mit dem Wenigen begnügst, was da ist, auf den Feldern mithilfst und beim Hüten der Tiere, dann öffnet man dir die Türen, gibt dir zu essen und teilt mit dir das bisschen Arbeit, das hier Geld einbringt. Du gehst allen auf den Keks? Dann bekommst du einen Tritt in den Hintern, und das war's. Die bringen dich noch bis an den Dorfrand, um dir den Laufpass zu geben …

Diese Art Gedanken postet man gewöhnlich nicht auf Facebook. Folglich sind es ehrliche Gedanken.

Die regeln alles wunderbar unter sich, was brauchen sie da die Carabinieri … die Türen im Dorf sind nicht abgeschlossen … nicht mal, wenn der Mistral bläst … Die sind anständiger als wir. Eigentlich sollte man ihnen einen Preis verleihen und ihnen für ihre Verbrechensvorbeugung danken … und was macht man? Man schickt ihnen Präfekte, Carabinieri oder bei hundert Euro Schulden Eintreiber an den Hals.

Natürlich behielt der Brigadiere derlei unaussprechliche Überlegungen für sich. Auch wenn die Dorfgemeinschaft ihm zugestimmt hätte.

Aber dazu würde es niemals kommen.

Denn Brigadiere Trigàssu war in diesem Punkt verschwiegen.

# 9.

*Mein ganzes Leben kennst nur Du
und diese ganze Quälerei siehst nur Du
und auch, dass wir alle verrückt sind,
und Du lachst bitter wenn du uns zusiehst,
zuhörst und beweinst
Zu Dir, Maria, Mama, Tochter und Ehefrau
Die Du uns all unsere Fehler vergibst*

Cesareddu Spoboràu fand befestigt an der uralten Tür der Kapelle Madonna d'Itria, mitten in der Hochebene zwischen den Kalksteinbergen, den Tacchi, einen handgeschriebenen Zettel mit eben diesen Worten. Erst maß er ihm keine Bedeutung bei, doch dann sah er ihn sich näher an.

Cesareddu war ein *barracello*, ein Landpolizist, wie es sie nur in Sardinien gibt, und er war für alles Mögliche zuständig: Er kümmerte sich unter anderem um die Instandhaltung der Straßen, sprach im Namen eines Bürgermeisters, den es nicht gab, Beileid aus und war für die wenigen Hinweisschilder zuständig, die er hin und wieder schadenfroh veränderte, um Wilddiebe aus anderen Provinzen in die Irre, in nicht existierende Gegenden oder an Orte zu führen, die im Nirgendwo zwischen China und dem östlichen Nepal lagen. Diese Hinweise lasen sich dann etwa so:

> **WILDSCHWEINE – LOCALITÀ RAWALPINDI –
> 7856 KILOMETER – RUND UM DIE UHR FREIE JAGD**

Er ließ den Zettel da, wo dieser gesteckt hatte, und ließ auch das Grablicht weiter brennen, das auf der Erde halb hinter einer falschen Säule im byzantinischen Stil versteckt war, wie um es vor den Böen des Mistral zu schützen.

Auch in der Vergangenheit war es schon vorgekommen, dass er Zettelchen mit Gebeten und Bitten gefunden hatte, auf denen die Madonna um die Genesung eines Kranken oder um Glück angefleht wurde, aber auch mit *pindacciature*, Verwünschungen oder der expliziten Hoffnung, dass einem treulosen Liebhaber oder Ehemann ein Unglück zustoßen möge.

Meistens nahm er die Zettel ab. Doch in diesem Fall fielen ihm die elegante Handschrift und die fehlende Unterschrift auf.

Wer das wohl war?, fragte er sich, aber ohne großen Ehrgeiz, Nachforschungen deswegen anzustellen.

So bedrückend wie an diesem Nachmittag hatte er die Stimmung unten im Dorf noch nie erlebt. Es herrschten 32 Grad im Schatten, aber was war das im Vergleich zu dem Gefühl, unmittelbarer Zeuge einer Tragödie zu werden. An der Eingangstür zur Bar von Samuele Baccanti hing ein schwarzer Trauerflor, wie bei einem Todesfall in der Familie.

In seiner Abwesenheit musste sich etwas Fürchterliches ereignet haben.

Er betrat den Raum, in dem seit der knappen Niederlage der PCI, der kommunistischen Partei Italiens, im Juni 1976 keine derartige Grabesstille mehr geherrscht hatte. Alle, Samuele eingeschlossen, standen in einer Ecke hinten im Saal mit den Spieltischen. Man hörte aufgeregtes Flüstern, dem Gesang von Klageweibern nicht unähnlich.

»Und was machen wir jetzt?«

»Tja, eine Tragödie!«

»Das hat wirklich noch gefehlt, es ist schon genug Schlimmes passiert.«

Es reichte ein Blick, um zu ermessen, das sich hier Böses ereignet hatte.

Der Leichnam direkt vor seinen Augen.

Stumm, unbeweglich.

Er raufte sich die wenigen Haare.

»Wer war das?«, fragte er nur.

»Antiògu Trànaga. Er hat sich gerade *Viaggio di un poeta* angehört und ist ins Träumen gekommen«, sagte Samuele tieftraurig.

»Neeeein! Und da hat er ihr einen Tritt verpasst?«, schrie Cesareddu.

»Genau ...«

»Ich habe euch doch gesagt, ihr dürft ihn nicht in ihre Nähe lassen. Habt ihr vergessen, was er vor zwei Jahren angerichtet hat? Wie viele Opfer muss es wegen eures Unverstands eigentlich noch geben? Mit diesem Nachnamen dürfte der nicht mal einen Haustürschlüssel in die Hände kriegen! *Tranàga* heißt unfähig. Ich hab euch vorgewarnt! Der gehört lebenslang hinter Gitter.«

Tranàga hatte sich in den vergangenen zwei Jahren zwar tadellos betragen, aber das reichte noch nicht, um sich das Vertrauen der Gäste wiederzugewinnen.

»Und jetzt? Was machen wir jetzt?«, klagte Cesareddu in die absolute Stille hinein.

Keine Antwort. Alle waren von tiefem Schmerz übermannt.

»Unverstand? Was bedeutet das?«

Das kam von Peppinu Pisilentzia, der sich nach der Bedeutung dieser ihm unbekannten Vokabel erkundigte, die bislang in der Bar Cannonau&Basta noch niemandem zu Ohren gekommen war.

Doch Cesareddu war nicht in Laune, diesen ignoranten Haufen, der nicht in der Lage gewesen war, das absurde Delikt abzuwenden, darüber aufzuklären oder allgemein bekannte Synonyme aufzuzählen.

Ein ganz abscheulicher Verbrecher, der auf keine Gnade hoffen durfte, war dieser rückfällig gewordene Antiògu Tranàga. Zwei Jahre zuvor hatte er den Flipperautomaten mit einem Tritt ins Jenseits befördert. Jetzt war die seit 1971 perfekt funktionierende Jukebox dran gewesen.

# ERINNERUNGEN
*Drei Songs für hundert Lire*

Man hat gewartet, bis man an der Reihe war. Die Erwachsenen hörten *Satisfaction, Stairway to Heaven* und *Wish you were here*. Die Jugendlichen *Jambalaya, Crocodile Rock* und *Like a Rolling Stone*. Für die Mädchen waren *Questo piccolo grande amore, E tu,* das höchste der Gefühle. *Viaggio in Inghilterra* war der Song für die Verliebten unter ihnen, auch wenn sie noch unerfahren waren, was die ersten Typen anging, die damals vom Kontinent rüberkamen und die Küste abfuhren, um Mädchen aufzureißen. Touristen aus Rom konnten dagegen aus dem Vollen schöpfen. Wenn sie eines von den Dorfmädchen anmachen wollten, mussten sie nur die Bemerkung fallen lassen: »Baglioni? Claudio? Mit dem war ich auf der Schule, wir sind schon seit der Kindheit befreundet. Wenn du mal nach Rom kommst, stelle ich ihn dir vor.« Eigentlich traurig, dass viele Jahre später herauskam, dass Baglioni keinen einzigen Freund hatte, nicht mal in Lungotevere Testaccio, und bei seinen wenigen Bekannten hatte er den Spitznamen *Agonia*. Die Rechten hörten *I giardini di marzo* oder *Acqua azzurra, acqua cattiva*. Die Linken hielten mit *La Locomotiva* dagegen. Mit immer nur diesem einen Song von Francesco Guccini, und wenn Marcello »Lin Piao«, in die Fahne der Kommunistischen Partei gewickelt, die Bar betrat, war allen klar, dass die Zeichen nicht auf einen historischen Kompromiss zwischen rechts und links standen. Der Typ hatte übrigens Kohle. Es hieß, er mache sein Geld mit dem

Tür-zu-Tür-Verkauf der Sonntagsausgabe der kommunistischen Tageszeitung *Unità*. Er konnte es sich sogar leisten, die Lieder einzeln anzuwählen: 50 Lire pro Song. Er wartete ab, bis eine Single abgespielt war, dann war die nächste dran. Wenn er also mit seinem Sack Kleingeld hereinspaziert kam, verließen die eingefleischten Almirante-Fans, die Faschisten, das Lokal. Er lief unter dem Spitznamen Falce&Marcello. Leider wurde er später Opfer der politischen Krise der kommunistischen Partei. Noch heute geben übrigens viele Guccini und seinem Song *La Locomotiva* die Schuld daran, dass die Politiker damals nichts von Zugverkehr in dieser Gegend wissen wollten. Man konnte damals vor einer Limonade Siete Fuentos für 30 Lire seinen ganzen Nachmittag in der Bar verbringen. Eine erprobte Technik. Man bestellte das Getränk und tat so, als würde man den süßen Nektar einatmen. Die Kohlensäure kitzelte in der Nase, und Tore Baccanti, Samueles Vater, wies einen ausdrücklich an, sich mit dem Trinken Zeit zu lassen, denn die Limonade sei eiskalt, und er wolle kein Unglück. Er stellte sich absichtlich dumm. Sobald er bemerkte, dass man tatsächlich mit einer 100-Lire-Münze ankam, um sich an der Jukebox was auszusuchen, durfte man ohne Aufgeld auf einem der meerblauen Stühle aus Plastikbast Platz nehmen. Eine furchtbare Farbe, die auf Hintern und Oberschenkel abfärbte, denn die kurzen Hosen waren wirklich sehr kurz. Die Abdrücke waren übrigens der beste Beweis, dass man tatsächlich im Dorf geblieben war und nicht versucht hatte, per Anhalter oder zu Fuß ans Meer zu kommen – denn damals war ein Strandbesuch noch Luxus. Und damit entging man der elterlichen Tracht Prügel, die nichts für zarte Seelen war. Bis zum Abend konnte man alle Songs dieser Welt hören, aber wollte man aufstehen, um sich selbst mal einen auszusuchen, nagelten einen die Großen erstmal mit Blicken an den Stuhl. Erst waren sie an der Reihe, und man hatte eben zu warten ... So konnte eine 100-Lire-Münze auch mal einen ganzen Sommer lang reichen. Für den Musikgeschmack von uns Kindern war unter den Erwachsenen Giginu zuständig, unser großer Held, der immer nur einen einzigen Song hören wollte. Er war fünfzig Jahre alt, mit seinem Verstand aber in unserem Alter stehengeblieben. Es hieß, eine vom Festland habe ihm einst das Herz gebrochen. Wenn er ankam, stellte er sich vor die Jukebox und sang mit, *Per i tuoi occhi verdi che non mi guardano più*. Und wir schlossen unsere Augen, damit man unsere Tränen nicht sah ...

## 10.

Am späten Nachmittag besagten Junitages blieb Achille Pantognostis völlig ungerührt, als Brigadiere Tigàssu ihn am Telefon über den Tod des Grundschullehrers Nonies informierte. Als hätte er damit gerechnet. Eine Vorahnung, wie sie Ermittler des Öfteren haben, ohne dass es dafür eine Erklärung oder ein Motiv gäbe.

Gerade hatte er genau diesen Gedanken zu Ende gedacht. Ohne eine Miene zu verziehen, mit der gleichen Ausdruckslosigkeit, die ihm bei dem Lehrer bei dessen Besuch ein paar Wochen zuvor aufgefallen war, lauschte er also den Worten des Brigadiere.

»Man hat ihn in seinem Haus tot aufgefunden, in der Nähe der Tür. Er sieht aus, als würde er schlafen. Natürliche Todesursache, scheint's. Er war vierundachtzig.«

»Scheint's? Sind Sie etwa Arzt? Können Sie Selbstmord ausschließen? Mord?«

»Verzeihen Sie, das sagen die Leute von hier.«

»*Vox populi*? Warum, hat man Ihnen denn was Genaueres erzählt?«

»Nein, nein. Ich war gerade auf einer meiner üblichen Runden, ganz wie Sie es gewünscht haben, und habe an der Bar Trauerflor gesehen und viel Trubel. Man hat mich noch auf der Straße abgefangen und mir vom Tod des Lehrers erzählt. Ich bin auf der Stelle zu ihm nach Hause. Eine Alte von nebenan hat ihn gefunden und Alarm geschlagen. Ich stehe gerade vor dem Leichnam. Was soll ich machen?«

»Bleiben Sie, wo Sie sind, rühren Sie sich nicht von der Stelle. Niemand darf was anrühren, auch wenn der Schauplatz wahrscheinlich bereits kontaminiert ist. In höchstens einer Stunde bin ich bei Ihnen. Ich gebe dem Rechtsmediziner und der Spurensicherung Bescheid.«

Der Brigadiere wandte sich wieder dem Toten zu, dessen Kopf leicht zur Seite geneigt war, mit einer so heiteren Miene, als wäre er friedlich im Schlaf gestorben. Es war bereits sechs Uhr abends, immer noch herrschte eine fürchterliche Hitze, und trotzdem war nicht eine Fliege zu sehen? Auch keine Wespe, Biene, Hornisse? Tigàssu stand nicht zum ersten Mal vor einem Leichnam, und das, was ihm dabei immer am meisten zusetzte, waren die unzähligen Insekten jeder Art. Und in diesem Fall nichts? Der Mann konnte noch nicht lange tot sein.

Er setzte sich draußen auf einen Felsbrocken und wartete auf den Maggiore und den Rechtsmediziner.

Keine Menschenseele in der Nähe, komisch ... nur die Alte, die sich gewundert hat, warum der Maestro so lange schläft ... liegt vielleicht an der Hitze, dachte er, während er den Leichnam musterte und nach Anzeichen von Gewalt suchte. Aber nichts.

Der war doch Grundschullehrer, eine Institution ... alle hier kannten ihn. Eigentlich müssten überall im Dorf schwarze Tücher hängen, nicht nur an der Bar.

Doch außer dem Maggiore, zwei Carabinieri und dem Rechtsmediziner tauchte auch weiterhin niemand auf. Sie quälten sich zu Fuß heran, fluchten, weil es brütend heiß war, weil kein Lüftchen wehte, weil es mal zu steil bergauf, mal zu steil bergab ging, weil es seit einem Jahr nicht mehr geregnet hatte und das Meer wie immer viel zu weit entfernt lag.

Man wartete auf den Leichenwagen. Der Staatsanwalt war per Telefon benachrichtigt worden und hatte eine Autopsie angeordnet. Einen Krankenwagen zu rufen hätte ohnehin keinen Sinn mehr gehabt. Der Brigadiere hörte, wie Pantognostis mit dem Rechtsmediziner flüsterte, verharrte an Ort und Stelle und zermarterte sich das Gehirn über einen Gedanken, der sich bei ihm sofort festgesetzt hatte: Der hat sich was zuschulden kommen lassen.

Wenn nicht einmal die frommen Alten, die letzten Bewohner im Oberdorf, gekommen waren, um zu kondolieren, konnte das nur eins bedeuten: Er hatte sich was zuschulden kommen lassen.

Aber was?

Seine Gedanken kreisten wie manisch um diese eine Frage. Eine Angewohnheit von ihm, die ihm in der Vergangenheit oft geholfen hatte, Verbrecher zu überführen.

Die Gemeinschaft hat ihn verstoßen und wird nicht um ihn trauern. Aber wer soll das dem Maggiore klarmachen? Wenn ich ihm so was erzähle, dann sperrt er am Ende noch mich ein … Der will Fakten und keine Vermutungen oder fixen Ideen.

»Wir nehmen Proben und schauen uns im Haus um. Zieht euch Handschuhe über, die Spurensicherung ist gerade bei der Arbeit«, befahl der Maggiore.

Die Haustür wies keinerlei Spuren gewaltsamen Eindringens auf. Der Brigadiere und die beiden Kollegen sahen sich drinnen sorgfältig um, aber es schien alles in schönster Ordnung. Es war eine bescheidene Bleibe mit einem Schlafzimmer, einer kleinen Küche und einem Bad.

Und wo wollte er hier die Tidòngia unterbringen?, fragte sich der Maggiore.

Auf Verlangen des Rechtsmediziners nahmen sie lediglich eine Flasche mit dem Rest einer dunklen Flüssigkeit mit. Auf dem handgeschriebenen Etikett stand »Wildkräuterbitter«. Außerdem ein benutztes Glas und die Überreste eines leichten Mittagessens.

Keine Spur einer Frau, dachten Maggiore und Brigadiere fast gleichzeitig.

Kurz bevor sie das Haus verlassen wollten, lenkte der Brigadiere die Aufmerksamkeit der anderen auf einen großen weißen Umschlag, der ihm bei der Inspektion des Schlafzimmers auf dem Nachtkästchen des Lehrers aufgefallen war.

»Schauen Sie, Maggiore!«

»Öffnen Sie ihn mit Handschuhen! Ist er verschlossen?«

»Nein, er enthält eine Menge handgeschriebener Seiten und ist an die Staatsanwaltschaft adressiert. Sehen Sie selbst. An den Herrn Staatsanwalt«, las der Brigadiere laut vor, während er die Fensterläden öffnete, um etwas Sonnenlicht hereinzulassen.

»An den Herrn Staatsanwalt? Aber an welchen? Es fehlt der Name. Zeigen Sie her.«

Der Maggiore blätterte behutsam in den ersten Seiten.

»Was ist denn das für eine Handschrift? Völlig unleserlich. Dafür braucht man einen Experten. Und was soll das sein? Ein Tagebuch? Oder was meinen Sie?«

»Keine Ahnung. Das Ganze hat sogar einen Titel, *Die Frömmigkeit der Schafe*. Das sind bestimmt mehr als hundert handbeschriebene Seiten.«

»Stecken Sie den Umschlag in eine Zellophanhülle. Ich werde ihn unserem Staatsanwalt persönlich überbringen. Vielleicht kann er dieses Rätsel lösen.«

Tigàssu erfragte beim Maggiore die Erlaubnis, mit dem Streifenwagen eine Runde durchs Dorf drehen zu dürfen. Er wollte sich zu dem Todesfall umhören, der in seinen Augen viel zu wenig Aufsehen erregte.

Der Maggiore willigte ein und erinnerte ihn daran, sich auch nach der Tidòngia zu erkundigen.

Der Brigadiere begab sich erneut zu Samueles Bar, und dieser machte seinem Talent alle Ehre, die Wünsche seiner Gäste nach ihrem Beruf, dem Wetter und ihrem Körperbau zu erraten, indem er ihm ein Glas kalten Espresso vorsetzte.

»Für Sie, Brigadiere.«

»Woher wussten Sie, dass ich den wollte?«

»Wenn man von Geburt an hinter einem Tresen steht, ist das so, als wäre man als Carabiniere auf die Welt gekommen. Man begreift eine ganze Menge, und zwar auch ohne Worte und ohne Fragen.«

Dieses »ohne Fragen« machte ihm Samuele auf der Stelle sympathisch.

Er wusste genau, dass Samuele unter keinen Umständen auf Fragen nach dem Kommen und Gehen bestimmter Leute geantwortet hätte, und seine Gäste ebenso wenig.

Aber ihm lag doch die Frage auf der Zunge, warum man sich bei ihm nicht nach dem Tod des Maestro erkundigte.

Stattdessen trank man Bier und plauderte fröhlich, als wäre nichts passiert. Er schaute sich gerne spätnachts Dokumentarfilme an und musste unwillkürlich an einen über die Bräuche von Stämmen in Ozeanien denken, wo man gemeinsam hausgemachtes Bier mit der Asche der Verstorbenen trank.

Aber er sagte lediglich: »Als ich gekommen bin, habe ich den Trauerflor gesehen. Ein freundlicher Mann, ein Maestro, wie er im Buche steht. War richtig, damit nicht zu warten.«

Samuele sah ihn verblüfft an.

Der Brigadiere fuhr fort: »Er hatte ja schon ein gewisses Alter ... wer weiß, wie viele von euch bei ihm die Schulbank gedrückt haben.«

»Kein einziger, Brigadiere. Wir gehören einer anderen Generation an. Ich bin 1974 in die Schule gekommen und hatte ihn nicht mehr als Lehrer. Er war bis 1969 der einzige Grundschullehrer hier an der Schule. Bei uns waren dann schon andere da. Über seine Schüler ist so gut wie nichts mehr bekannt. Die sind alle emigriert, die Namen sind uns mittlerweile entfallen. An die erinnert sich keiner mehr.«

»Genau ... an die erinnert sich keiner mehr. Aber immerhin habt ihr an der Tür den Trauerflor.«

Samuele unterdrückte ein Lächeln. Immerhin war jemand gestorben, da musste man sich entsprechend verhalten.

»Lassen Sie's gut sein, Brigadiere ... wir trauern nicht um ihn.«

»Und um wen dann?«

Samuele wies in die Ecke der Bar, die von Spieltischen verstellt war.

Die Jukebox, die Antiògu Tranàga mit einem Faustschlag erledigt hatte, stand immer noch dort.

Und damit war der Brigadiere sich seiner Sache sicher: Er hatte sich was zuschulden kommen lassen!

# 11.

Eine Bestattung offenbart bekanntlich oft mehr als eine Autopsie. Mitunter genügt es, bei Mordverdacht den Trauerzug hinter dem Sarg ins Auge zu nehmen, um den Schuldigen zu finden. Und im Fall von Nonies war dieser aus zwei Gründen ungewöhnlich für die kleine Gemeinde:

1. Dem Sarg folgte eine Gruppe von lediglich etwa fünfzig Personen, darunter sechs Leute, die noch niemand hier gesehen hatte.
2. Es war die erste Beerdigung von Buogo N'guana Bito, dem neuen Pfarrer.

Seit dem Auffinden des Leichnams waren einige Tage mit Routineuntersuchungen und Ermittlungen wegen der Todesursache ins Land gegangen.

Viele Dorfbewohner lugten lediglich hinter ihren Gardinen hervor, um den neuen Pfarrer erstmal von Weitem zu betrachten, und machten sich ihre Gedanken über die sechs Unbekannten, die in elegantem Schwarz, aber ohne auch nur eine Träne zu vergießen, hinter dem Sarg gingen.

Padre Buogo war erst seit Kurzem Gemeindepfarrer. Er

hatte nicht einmal die Zeit gehabt, sich im alten Pfarrhaus einzurichten oder in der Kirche ein wenig Ordnung zu schaffen, und schon musste er seines Amtes walten.

Wahrscheinlich hatte er andere Tätigkeiten im Kopf gehabt wie: taufen, vermählen, die Beichte abnehmen, Sünden vergeben, Buße verteilen und die Messe abhalten.

Zu seinem ersten Einsatz war ihm das Schlimmste beschieden worden. Die Zeit hatte nicht einmal gereicht, sich der Gemeinde vorzustellen.

Aber es war doch überraschend zu sehen, wie viele der alten bigotten Weiber, die beim Bischof eine feste Pfarrstelle erbettelt hatten, dem Neuankömmling nun die kalte Schulter zeigten.

Nicht mal einen Ministranten hat er dabei!

»Der ist schwärzer als sein Talar!«

»Ein schwarzer Pfarrer hier bei uns?«

»Waaas? Der hat doch glatt gesagt, *Laast uns peten, liebe Prüder*, da kann man nicht zuhören!«

So lauteten einige der Kommentare. Der Trauergottesdienst war so spärlich besucht wie noch nie. Für eine Gemeinde, die dem Tod stets mit gebührendem Respekt begegnet war, wo bis zur Beisetzung vor den Läden die Gitter herabgelassen und alle Geschäfte eingestellt wurden und zu Beerdigungen immer mehr Leute erschienen als zu Eheschließungen, waren gerade mal fünfzig Personen viel zu wenig.

Der Brigadiere hatte gehofft, dass Mariàca Tidòngia im Trauergefolge sein würde. Immerhin war der Tote ihr Grundschullehrer gewesen, und er war sicher, dass zwischen den beiden zu Lebzeiten ein besonderes Verhältnis bestanden hatte.

Zumindest hatte sein Vorgesetzter, der Maggiore, das angedeutet, als er seine Theorien zu den wortkargen Antworten des Lehrers darlegte.

Er hatte auf ihr Erscheinen gehofft, denn dann hätte er sie einfach an ihre Pflichten erinnern können und Ermittlungen sowie einen Haftbefehl vermieden.

Auch dem Brigadiere fielen die sechs unbekannten Gestalten ins Auge, und er fragte sich, wer sie sein mochten.

Wahrscheinlich sind sie nach Abschluss der Grundschule mit der letzten Auswanderungswelle Ende der Sechziger den Eltern ins Ausland gefolgt. Und dann nie wieder zurückgekehrt ... Aber wie haben sie vom Tod ihres Lehrers erfahren? Wer hat sie benachrichtigt?

Der Gottesdienst war kurz, und nur wenige fromme Frauen gaben dem Sarg das letzte Geleit zum Friedhof. Alle anderen verschwanden nach der Messe nach Hause.

Merkwürdig, dachte der Brigadiere.

Doch interessierten ihn vor allem jene sechs Unbekannten.

Seine Erfahrung sagte ihm, dass sie nicht aus dem Ort waren, denn sie verhielten sich geradezu neutral, als ob sie dem Sarg aus einer Pflicht heraus folgten.

Doch das alleine war es nicht. Als erfahrener Carabiniere fiel ihm so manches auf, was anderen entging. Bei seinen Ermittlungen hatten nicht so sehr die berühmten glücklichen Zufälle sondern vielmehr geduldige Achtsamkeit eine Rolle gespielt, er merkte sich vermeintlich unwichtige Hinweise, die andere gern übersahen.

Und in jener Gruppe von Personen war ihm sofort ein Mann

aufgefallen, der trotz seiner grauen Haare noch recht jung sein musste, vielleicht zwischen vierzig und fünfundvierzig Jahre alt, und in der Körpergröße etwas über dem Durchschnitt lag. Als Einziger sah er sich beständig um, als sei er auf der Suche nach einem bekannten Gesicht oder einem entfernten Verwandten.

Nach dem Trauergottesdienst hatte Tigàssu einen Einfall. Er begab sich zum Friedhof, wo der Sarg noch darauf wartete, seinen Platz im Kolombarium zu finden. Es gab lediglich zwei Gebinde, deren Blumen später von dem Friedhofswärter gerecht auf die benachbarten Nischen, um die sich niemand mehr kümmerte, verteilt werden würden.

Merkwürdig … bis eben war doch nur ein Kranz auf dem Sarg, vielleicht haben die Bestatter hier auf dem Friedhof noch einen dazugelegt.

Ihm fielen die lila Schleifen auf.

Auf der einen stand ohne Name das Übliche.

Er widmete sich der zweiten, kleineren Schleife.

Und wurde überrascht.

Er machte mit dem Handy eine Aufnahme davon.

Nicht das gewöhnliche Kondolenzrepertoire. In den Worten »Man erkennt die Menschen an dem Schweigen, mit dem sie Unrecht ertragen« lag inniges Mitgefühl.

Das trifft den Nagel auf den Kopf, dachte der Brigadiere bei sich.

Und in kleinen Lettern, als sollten sie nicht weiter auffallen, eine Widmung:

Für immer Eure M.

# 12.

*Schafe in Menschengestalt erkennt man auf den ersten Blick. Sie blöken, grasen, käuen wieder und laufen kopflos herum. Ihr einziger Lebenszweck besteht darin, im April gut genährt und mit wohlschmeckendem zartem Fleisch zur Schlachtbank geführt zu werden. »Wie die Schafe«, sagen die Menschen und sind überzeugt, dass sie selbst sich niemals so verhalten würden. Sie sagen es, wenn ihre Partei weit davon entfernt ist, ins Parlament einzuziehen, oder wenn sie sich für Patrioten eines Vaterlands halten, das nur in ihren kranken, wirren Köpfen existiert. Überzeugt davon, dass Minderheiten die Geschichte lenken sollten, wettern sie dagegen, dass Menschen sich angeblich verhalten wie Schafe. So war es schon immer, so wird es immer sein. Und wenn ein Schäfchen verschwindet, vielleicht aus Absicht, macht sich der gute Hirte sofort auf die Suche danach, um es wieder zurück in den Pferch zu bringen, dabei hat es als einziges aus der Herde, in der sich stets alle gleich und voraussehbar verhalten, die Freiheit gesucht. Wie vieles wäre in der Menschheitsgeschichte anders gelaufen, wenn im Evangelium ein kreativer und kluger Apostel das Gleichnis vom verlorenen Schaf anders erzählt hätte, wenn er es nicht zur Herde hätte zurückkehren lassen, sondern es dort versteckt hätte, wo der Hirte es nicht mehr findet, es frei und froh auf wilden Weiden hätte grasen lassen und so mutig, dass ihm die Gefahr, von einem Rudel hungriger Wölfe gerissen zu werden, nichts ausgemacht hätte ...*

(Marcellino Nonies, *Die Frömmigkeit der Schafe*, Seite 5)

Achille Pantognostis hatte keine Lust, das alles zu lesen. Doch der Staatsanwalt hatte ihn darum gebeten. Noch am Abend des Tages, an dem man den Toten aufgefunden hatte, hatte er ihm das Manuskript des Maestro überreicht. Vorher blätterte er darin herum, aber als er sah, dass es in einer nahezu unleserlichen Handschrift verfasst war, sagte er betont gewichtig: »Lesen Sie das, und lassen Sie mich wissen, ob es darin Hinweise auf ein Verbrechen gibt.«

Was für ein endloses theologisch-soziologisches Geschwurbel, dachte der Maggiore.

Er legte das Manuskript achtlos zur Seite – typisch, wenn man nicht erkennt, dass man es mit einem Meisterwerk zu tun hat – und wandte sich seinen Akten zu.

Es stand einiges an: rechtswidrige Bebauung, Verstöße gegen bestehende Baupläne, Zerstörung der mediterranen Macchia, weil nach jahrzehntelangen Umleitungen eine bestimmte Straße gebaut werden sollte, Drogenhandel, der jetzt auch hier eine Einkommensquelle darstellte, als würde die Politik mit ihren Bestechungen nicht reichen, kurzzeitige Entführungen von Bankdirektoren, die höchstens vier Stunden dauerten, denn so lange brauchte man, um an den Tresorinhalt des Unglücklichen heranzukommen ...

Alles handfeste Probleme einer Gesellschaft, die oberflächlich betrachtet dem organisierten Verbrechen gegenüber immun war, in Wahrheit aber die schlechten Sitten des Festlands übernahm, wie um die anthropologische These zu belegen, dass der Niedergang einer Dominanzkultur sich in ihr untergeordneten Kulturen fortsetzt.

Er griff zum Telefon und bestellte Brigadiere Tigàssu umgehend zu sich.

»Haben Sie schon was rausgefunden?«, fragte er, sobald der andere in der Tür stand.

»Vielleicht«, sagte der Brigadiere gedankenverloren und zog mit geheimnisvoller Miene sein Handy aus der Jackentasche.

»Ah? Gibt es was zu zeigen?«

Mit einem leichten Lächeln zeigte Ettore Tigàssu dem verblüfften Maggiore eine rasche Abfolge von Fotos, alle von hervorragender Qualität, bis er besagten Blumenkranz gefunden hatte. »Die Tidòngia war auch da.«

»Aja?«

»Schauen Sie, dieses kleine M, Dottore.«

»Das steht Ihrer Meinung nach für Mariàca?«

»Genau.«

»Und was macht Sie da so sicher? Das könnte auch für Marta, Michela oder Melissa stehen.«

»Aber es geht nicht nur allein um dieses M, Dottore.«

»Um was denn, Brigadiere? Nun sagen Sie schon, oder muss ich Sie erst wie einen Verdächtigen vernehmen?«

»Sie redet ihn mit der zweiten Person Plural an, sie schreibt *Für immer Eure M.*, Dottore.«

»Und?«

»Das kann nur eine Ex-Schülerin sein, die ihn in jenen Jahren als Maestro hatte.«

»Da wird sie nicht die Einzige gewesen sein.«

»Doch, sie war im Schuljahr 1964/65 tatsächlich die Einzige, deren Name mit einem M anfing«, sagte der Brigadiere im Brustton der Überzeugung, und der Maggiore beschloss, ihm zu glauben und auf Ironie zu verzichten. Der Brigadiere registrierte den Stimmungsumschwung bei seinem Vorgesetzten und fuhr fort: »Es kann sich nur um sie handeln, Comandante. Ich habe mir das Schülerverzeichnis jenes Jahrgangs angesehen. Es gab zwölf Jungen und sechs Mädchen. Bei den Schülerinnen war sie die Einzige, deren Name mit einem M beginnt. Während der Messe habe ich die Kennzeichen auf dem Parkplatz notiert und die jeweiligen Fahrzeughalter ermittelt. Ich hatte angenommen, dass einige seiner ehemaligen Schüler gekommen waren. Falsch. Fünf Fahrzeuge hatten ein ausländisches Kennzeichen und sind auf eine Firma mit Sitz im Ausland zugelassen. Die Fahrer sind unbekannt.«

»Sehr gut, Brigadiere. Und was ist das für eine Firma?«

»Das habe ich versucht übers Internet herauszufinden, aber unter diesem Namen gibt es keinen Eintrag.«

»Seit wann suchen wir denn im Internet? Wenden Sie sich an die Handelskammer!«

»Ja, schon, ich wollte nur schnell ein paar erste Hinweise haben. Ich habe bereits einen Antrag gestellt, aber bei einer ausländischen Firma ohne Niederlassung in Italien ...«

»Schon merkwürdig. Fünf Personen aus derselben Firma reisen in fünf Fahrzeugen an? Die müssen ganz schön Geld haben.«

»Eigentlich waren es sechs, Dottore. Einer war etwas jünger als die anderen … aber das finde ich noch raus.«

»Da bin ich gewiss. Also fünf Fahrzeuge und sechs Personen. Aber ich bin immer noch nicht davon überzeugt, dass dieses Gebinde von der Tidòngia stammt.«

»Wie schon gesagt, darauf weist nicht nur die Initiale, sondern auch die Anrede hin, die in Sardinien damals gegenüber Respektpersonen gebräuchlich war, das hat sich seit den Siebzigern langsam geändert. Aber damals war das so Usus, wie der Stab, den man dem Lehrer am allerersten Schultag überreicht hat …«

»Was für ein Stab?«

## ERINNERUNGEN
### *Der Entzauberstab*

Die Sadomasochisten unter den Mitschülern erkannte man bereits am ersten Schultag, und zwar auf den ersten Blick. Sie wirkten schwach und unsicher und warteten nur darauf, dem Lehrer endlich den Stab überreichen zu dürfen, den er zu ihrer Bestrafung einsetzen würde. Ob bei Verbformen oder dem Einsatz des lokalen Dialekts – jeder Fehler würde künftig mit Schlägen auf die Finger geahndet. Die Sadomasochisten hatten den Sommer damit verbracht, im Wald nach einem Ast mit möglichst vielen Knoten, höckrigen Verwachsungen und unheilvollen Erhebungen Ausschau zu halten. Der Ast wurde dann von seiner Rinde befreit, an den Enden gerundet, und schließlich war er ein wahres Kunstwerk. Naive

Kunst, die, je nach Neigung, den Marquis de Sade oder den Baron von Masoch entzückt hätte. Obwohl in zartem Alter war allen klar, wer im Leben die Schläge abbekam und wer sich davor retten konnte. Jedenfalls fieberten die Sadomasochisten dem ersten Oktober entgegen, dem ersten Schultag. Der Sadomasochist in jeder Klasse drängelte sich unter Drohungen vor, um dem Lehrer ja als Erster sein fürchterliches Geschenk zu überreichen. Und der Lehrer nahm dann seines und die anderen Kunstwerke mit Expertenblick und geringschätzigem Lächeln unter die Lupe. Sie stammten von unterschiedlichen Eichenarten, die aus wohlduftendem Eukalyptus waren dagegen zweifellos von Mädchenhand gefertigt. Es folgten Augenblicke höchster Spannung. Der Grundschullehrer wog die Stäbe in der Hand, begutachtete ihre Länge, hielt sie gegen das Licht, um die Klarheit der äußeren Form zu analysieren, er ließ sie von einer Hand in die andere wandern, tat, als würde er zuschlagen. Feinsäuberlich angeordnet erwarteten sie auf dem Pult das unbestechliche Urteil des einzigen Richters. Die Spannung stieg und stieg, und dann die erlösende Stimme des Lehrers: »Porcu, komm her!« Porcu, der Primus inter pares. Er erhob sich, stolz und selbstsicher, als seien er und seine gesamte Familie, sämtliche Ahnen mit eingeschlossen, beim Präsidenten der Republik zum Tee geladen. »Wo hast du den gefunden? Du hast ihn hoffentlich nicht abgesägt? Das war ein toter Ast, stimmt's?«, sagte der Lehrer mit vorgetäuschtem ökologischem Bewusstsein. »Sehr gut! Jetzt geh an deinen Platz zurück, und leg die Hände aufs Pult. Zeig deine Fingernägel!«

Der übliche Vorwand – die ekligen Trauerringe unter den Nägeln. Oder es ging um Ohrenschmalz, das vor dem Betreten der Klasse ebenfalls zu entfernen war. Sobald der Lehrer dann an das Pult des Primus inter pares trat, war es für diesen vorbei. Schlag auf Schlag prasselte auf seine Finger nieder. Das leichte Knacken der Fingerknöchelchen infolge der Stabhiebe und die einsetzenden Schmerzensschreie des jungen Porcu übersteigen jeden Versuch der Lautmalerei. Und das war die Lehre: Dass du mir das Instrument zur Bestrafung überreicht hast, befreit dich nicht von Strafe. Keine Ahnung, ob das jemals funktioniert hat. Nur ich allein weiß – Kriminologen sind noch nicht darauf gekommen –, dass ausnahmslos alle, aus denen später Verbrecher wurden, etwas Seltsames eint: Sie hatten ihrem Grundschullehrer den Stab als Erste überreicht, und ihnen wurden darauf die Fingerknochen gebrochen.

# 13.

Zwei Tage nach der Beerdigung von Maestro Nonies sah Cesareddu Spoboràu auf seiner Runde durch die Wälder, die er zur Brandbekämpfung täglich unternahm, vor der Kapelle Madonna d'Itria ein zweites Opferlicht brennen. Auch dieses Mal war er nicht sonderlich verwundert. Die Flamme war gut geschützt und barg selbst bei Mistral keine Brandgefahr.

»Besser, man lässt sie in dem Glasbehälter ausbrennen«, sagte er zu sich selbst.

Doch dann bemerkte er etwa zehn Meter weiter vor der Böschung, die die Kapelle seit Jahrhunderten vor dem Ausbreiten der Macchia schützte, zu seiner großen Verwunderung eine Frau. Sie kniete vor der Votivtafel, die das ganze Jahr über für Fürbitten zur Verfügung stand, denn die Kapelle selbst würde erst im Juni des folgenden Jahres anlässlich des der Madonna d'Itria gewidmeten Fests wieder geöffnet werden.

Sie spürte seine Anwesenheit und sagte, ohne sich umzuwenden: »Guten Tag. Haben Sie den Schlüssel zur Kapelle? Ich möchte dort drinnen beten.«

»Nein, das geht nicht. Touristin?«

»Nein. Ich dachte, das wäre möglich. Früher war sie das ganze Jahr über geöffnet.«

»Ja, früher, vor fünfzig Jahren! Das steht in keinem Reiseführer, tut mir leid.«

Die Frau wandte sich um, und Cesareddu sah, wie schön sie war. Das Haar war kurz geschnitten, fast wie beim Militär, und recht unweiblich, aber ihre großen Augen kamen dadurch noch besser zur Geltung.

»Woher kommen Sie? Aus Rom?«, fragte er neugierig.

Eine ideale Gelegenheit für einen kleinen Flirt. Es war niemand da, der mitbekommen würde, wenn er sich ungeschickt anstellte oder nicht die richtigen Worte fand. Aber die Frau antwortete nicht. Sie sah ihn lediglich freundlich und bestimmt an.

»Lassen Sie mich rein. Bitte.«

Ihr Tonfall war halb schmeichelnd, halb fordernd und typisch für jemanden, der es gewohnt war, Befehle zu erteilen.

Cesareddu fühlte sich unterlegen. Sie war wirklich eine Schönheit, nicht sehr groß, schlank und trotz ihres offensichtlichen Alters, sie musste um die fünfzig sein, mit feinen Gesichtszügen ausgestattet. Er sagte schlicht: »Das darf ich nicht. Ich habe auch den Schlüssel nicht dabei, tut mir leid.«

»Lügen Sie nicht. Sie sind Landpolizist und haben ganz bestimmt einen Schlüssel. Ich will nur beten, niemand wird jemals davon erfahren.«

Der leicht drohende Unterton, der nichts Freundliches mehr verhieß, verunsicherte Cesareddu endgültig. Sie streckte eine Hand nach dem Schlüssel aus, als habe sie jedes Recht dazu.

Es stimmte: Er hatte den Schlüssel dabei.

Aber er kannte diese Frau nicht, und vielleicht war sie gekommen, um im Auftrag der Provinzregierung zu inspizieren, dass er seine Arbeit ordentlich machte. Eine andere Arbeit hatte er nicht, auch wenn sie mehr als schlecht bezahlt war, und sie war ihm sehr wichtig.

Wie in Trance fischte er aus der Tasche seiner Dienstkleidung den Schlüssel und öffnete, eingeschüchtert von dem Blick der Frau, die jahrhundertealte Tür.

»Beeilen Sie sich, und sagen Sie niemandem, dass ich für Sie aufgeschlossen habe.«

Die Frau sagte keinen Ton, nicht mal ein Dankeschön.

Sie ging in die Kapelle, lehnte die Tür an und kam fast sofort wieder heraus.

»Schon fertig? Das war aber ein kurzes Gebet.«

»Gebete brauchen nicht viele Worte«, sagte sie kurz angebunden.

Bevor Cesareddu die Tür wieder abschloss, warf er noch einen kurzen Blick in die Kapelle, um sich zu vergewissern, dass alles an seinem Platz war. Genau vor der Madonnenstatue stand eine mittelgroße Tasche, die oben geöffnet war und die ihm an der Frau nicht aufgefallen war. Doch die Tasche konnte nur von ihr stammen.

»Sie haben Ihre Tasche vergessen, Signora«, rief er aus der Kapelle. Aber von draußen blieb es still.

»Signora, Ihre Taaasche!«, wiederholte er und ging hinaus auf den kiesbedeckten Vorplatz der Kapelle. Aber die Frau war verschwunden. Wie konnte sie nur in so kurzer Zeit wie vom

Erdboden verschluckt sein? Er ging wieder in die Kapelle, um sich die schwarze Ledertasche näher anzusehen.

Und er kam aus dem Staunen nicht mehr heraus: Darin befanden sich eine Pistole, zwei Magazine, drei Handgranaten und Munition.

Cesareddu kannte sich mit Waffen aus. Er blieb wie angewurzelt stehen, und ihm dämmerte, dass er die Tasche mit bloßen Händen angefasst hatte. Er musste sofort handeln und noch einmal gegen Regeln verstoßen. Also verschwendete er keine Zeit auf die Verfolgung der Frau, sondern zog aus seiner rechten Hosentasche ein Taschentuch, das er aus seiner Wasserflasche anfeuchtete. Mit einer Hand hielt er die Griffe der Tasche mithilfe eines Schals, der zu seiner Dienstkleidung gehörte, mit der anderen wischte er das Leder mit dem Taschentuch gründlich ab. Dann stellte er sie wieder so ab, wie er sie vorgefunden hatte. Vor dem nächsten Jahr würde sie niemand entdecken, und es würde ein Leichtes sein, einen Einbruch vorzutäuschen. Beim Verlassen der Kapelle drehte er den Schlüssel nur einmal im Schloss und verharrte dann mit Blick auf die umliegenden Berge.

Wie hatte die Frau es nur geschafft, sich in Luft aufzulösen? Vielleicht hat ein Komplize im Auto auf sie gewartet.

Aber er hatte kein Motorgeräusch gehört. Er drehte sich zu der Böschung um, wo sie gekniet hatte.

Die ist zu steil, da rauf kann sie nicht verschwunden sein. Aber sie hatte Bergschuhe an. Vielleicht ist sie nach unten durch das Gestrüpp abgehauen. Seine Erfahrung riet ihm davon ab, der Sache weiter nachzugehen. Es war auch keine Zeit zu verlieren, er musste sofort weg von hier.

Und so setzte er, als sei nichts geschehen, seine Tour fort. Er schritt langsam aus, als wollte er möglichen Komplizen der Frau, die ihn vielleicht beobachteten, demonstrieren, dass er nichts gesehen hatte.

## 14.

Sie waren anwesend. Von anderen unbeobachtet, haben Sie alles mitbekommen. Sie sind ein erfahrener Mountainbiker, und diese schmalen und abgelegenen Wege, auf denen man selten jemandem begegnet, haben es Ihnen angetan. Sie haben immer gerne stundenlang Gänge umgeschaltet, um fern von allem für sich zu sein.

Filmchen mithilfe einer Drohne oder Aufnahmen mit dem Handy interessieren Sie nicht. Sie sind schon seit Sonnenaufgang hier oben. Vermutlich kommen Sie aus einer Großstadt und sind daran gewöhnt, sich nirgendwo einzumischen und Ihr Ding zu machen, selbst auf die Gefahr hin, dass Ihre Wohnungsnachbarin schon drei Monate tot ist, bevor man sie auffindet.

Aber die Frau haben Sie gesehen, flink und leichtfüßig ist sie über die Böschung hinter der Kapelle, genau dort, wo Sie Ihr Mountainbike abgestellt haben, herangekommen. Dieses Mal haben Sie gemogelt – in Ihrem Rad ist nämlich ein kleiner Motor versteckt, der Sie auf diesen anstrengenden Steigungen unterstützt. Und was ist auch dabei? Schließlich fahren Sie hier kein Rennen und sind auch nicht mehr der Jüngste.

Wichtig ist, dass Sie hier in den Tacchi immer noch eine gute Figur machen. Das letzte Stück haben Sie dann zu Fuß zurückgelegt. Selbst für Fuchs und Wildschwein sind diese letzten steilen Meter eine Quälerei.

Vom Gipfel aus haben Sie gesehen, wie wenige Minuten später der Landpolizist dazukam.

Diesem Mann in Dienstkleidung sind Sie hin und wieder schon mal auf seinen Touren begegnet, und manchmal hat er Ihnen wertvolle Hinweise gegeben, damit Sie sich nicht verfahren.

Dann haben Sie gehört, wie er gerufen hat, und bemerkt, dass die Frau eilig hinter die Kapelle gelaufen ist. Und das war's, danach haben Sie sie von Ihrem Standort aus nicht mehr sehen können.

Trotz des kleinen Panoramafernglases waren Sie zu weit entfernt für weitere Details.

Sie haben sich auf den Weg nach unten gemacht, zehn Minuten, und Sie würden wieder bei Ihrem Rad sein.

»Komisch, wie sich die beiden verhalten haben.«

Ihr Bauch sagt Ihnen, dass hier etwas nicht mit rechten Dingen zugeht.

Und schon im nächsten Augenblick haben Sie Gewissheit: Ihr Rad ist verschwunden!

Sie hatten es nicht abgeschlossen, *was soll hier schon passieren*. Unglaublich, man hat Ihnen das Rad gestohlen. Wie kann man bloß so naiv sein, fragen Sie sich und fühlen sich bis auf die Knochen blamiert.

Und wie sollen Sie jetzt bloß ins nächste Dorf kommen?

# 15.

*Vielleicht habe ich sie zu frommen Schäfchen gemacht. Vielleicht hätte ich nicht versuchen sollen, meine Schüler davon zu überzeugen, dass sich Lernen lohnt, um eine bessere Zukunft zu haben. Lieber hätte ich ihnen, losgelöst von Schule und Institutionen, die Liebe zur Kultur nahebringen sollen. Sie nicht der Angst vor Prüfungen aussetzen, sondern sie in die Freiheit entlassen und ihnen Leidenschaft für Bücher und Autoren vermitteln sollen, ohne dass sie befürchten mussten, dazu abgefragt zu werden. Wie sehr hätte mir dabei meine Muttersprache zur Seite gestanden, die einzige auf der Welt, in der das Wort* liberos *sowohl* frei *als auch* Bücher *bedeutet.*

*Generationen hungriger Wölfe hätte ich heranziehen können und nicht Lämmer, aus denen später Schafe wurden. Ich werde niemals erfahren, ob Johannes in seiner Offenbarung recht hat und sanftes, zahmes Verhalten wirklich der Schlüssel zu einer besseren Welt ist. Ich selbst habe es, in der Überzeugung, dass am Ende die Wahrheit triumphieren würde, an den Tag gelegt. Ich habe leidvoll die schlimmste Verdächtigung ertragen, der man einen Mann meines Alters aussetzen kann. Aber es war sinnlos.* Agnus Dei qui tollis peccata mundi, miserere nobis. *Am Ende meiner Tage ziehe ich meinen Lieblingsschülern nur jene* **armen Verrückten** *vor ...*

(Marcellino Nonies, Die Frömmigkeit der Schafe, Seite 8)

»Kommen Sie nur herein, Brigadiere.«

Dem Maggiore war die Erleichterung anzuhören. Die Lektüre des Manuskripts erwies sich als ermüdend, vielleicht kam dabei nicht einmal etwas heraus, bislang stand dort jedenfalls nichts von einem Verbrechen. Er erkundigte sich bei seinem Untergebenen, ob es Neuigkeiten gebe.

»Ja und nein«, lautete die ernste Antwort Ettore Tigàssus.

»Was soll das heißen, ja und nein? Soll ich jetzt Rätsel raten?«

»Wie schon gesagt, Signor Maggiore, taucht die Firma, auf die die Autos zugelassen sind, bei uns nirgendwo auf. Sie hat ihren Sitz im Ausland, auf irgendeiner britischen Insel.«

»Soll das ein Witz sein? Das sind öffentlich zugängliche Informationen, die kann jedermann einsehen. Geben Sie mir die Nummer.«

Der Brigadiere hatte mit dieser Aufforderung gerechnet und die Nummer auf einen Zettel geschrieben. Als er sah, dass der Maggiore sie ins Telefon eintippte, zog er sich mit dem Taktgefühl eines altgedienten Carabiniere aus dem Büro seinen Vorgesetzten nach draußen auf eine Bank im Korridor zurück. Von dort hörte er, wie der Maggiore immer lauter wurde und dann – *beng*.

Ein Hörer knallte auf die Gabel, und der Brigadiere wurde wieder ins Büro gerufen.

»Schließen Sie die Tür und setzen Sie sich.«

Der Maggiore wirkte sehr aufgebracht.

»Also, gehen wir alles noch mal von Anfang an gemeinsam durch. Wir suchen eine Straffällige, die hier in der Kaserne per Unterschrift ihre Anwesenheit dokumentieren muss. Wir haben einen toten Grundschullehrer, von der Tidòngia als derjenige angegeben, der sie beherbergen würde, außerdem hat er ein Traktat über die Bedeutung von Lämmern, Schafen und Wölfen unter den Menschen hinterlassen. Fünf Personen erscheinen zur Beerdigung eines Mannes, mit dem sie vermutlich während ihrer anarchistischen Sturm-und-Drang-Zeit Bekanntschaft gemacht haben. Eine Firma, über die wir außer dem Namen und dass es sich um eine Ltd handelt, nichts wissen. Und auf die sind fünf Autos zugelassen, mit jeweils fünf Fahrern, alle um die sechzig.«

»Es waren sechs. Da gab es noch den einen Jüngeren, der zu dem ins Auto gestiegen ist, bei dem es sich vermutlich um den Boss handelt«, korrigierte ihn schüchtern der Brigadiere.

»Stimmt, sechs ... Was soll das heißen, vermutlich der Boss? Davon haben Sie bislang nichts gesagt.«

»Das war nur mein Eindruck ... nach seinen Gesten und wie er sich bewegt hat ...«

»Vergessen Sie Ihre Eindrücke. Ich will Fakten. Fakten. Haben sie Englisch gesprochen, Französisch? Haben Sie etwas mitbekommen?«

»Nein, wie gesagt habe ich mir draußen die Kennzeichen notiert, während sie in der Kirche waren. Keinen Ton haben die gesagt, stumm wie Kommunisten. Nicht mal der Bestatter konnte mir Auskunft geben. Das Begräbnis war übrigens bereits bezahlt. Das habe ich gerade herausgefunden.«

»Und die Zahlung?«

»Eine Online-Überweisung von einem ausländischen Konto. Sehr merkwürdig. Sonst verlangt der örtliche Bestatter eigentlich, dass man ihm was schwarz zusteckt, sonst ist er glatt in der Lage, einem mitzuteilen, dass er platte Reifen hat und die Bestattung leider nicht übernehmen kann.«

»Lassen wir uns vom Richter entsprechende Amtshilfe genehmigen. Aber wahrscheinlich reicht das nicht, und wir brauchen ein internationales Gesuch. Und wofür das alles? Für eine, die nicht zu ihrer Unterschrift erscheint? Wir haben schon genug um die Ohren, jetzt müssen wir uns auch noch mit Anarchisten herumschlagen? Was habe ich nur verbrochen? Dass man mich an diesen Ort versetzt hat, ist wirklich Strafe genug.«

Wie viele blutjunge Oberleutnants ohne Erfahrung oder Hauptmänner, davon überzeugt, im Schnellverfahren alles in Ordnung zu bringen, waren Brigadiere Ettore Tigàssu in seiner Laufbahn nun schon begegnet. Oder Majore, die nur darauf aus waren, möglichst schnell Karriere zu machen, damit man sie aufs Festland versetzte, vielleicht in eine Großstadt, wo es um Einsätze gegen das organisierte Verbrechen ging und der Traum von einer Beförderung zum Oberst näher rückte.

Er erinnerte sich schon gar nicht mehr an ihre Namen. Doch ob sympathisch, unsympathisch, aufgeblasen oder zugänglich, allen war eines gemein: Sie alle wollten so schnell wie möglich fort von dieser verfluchten Insel. Sie war nur zum Ferienmachen gut, aber wenn man sich die Preise ansah, vielleicht nicht mal mehr dazu.

»Lesen Sie gern, Brigadiere?«

Ohne die Antwort abzuwarten, legte er ihm recht unsanft das Opus von Maestro Marcellino vor die Nase.

»Lesen Sie das, wenn Sie Zeit haben. Meinetwegen auch in der Kaserne, wenn Sie meinen, Sie finden darin etwas, das uns bei den Ermittlungen weiterhelfen könnte. Ich muss mich um anderes kümmern. Aber ich werde den stellvertretenden Staatsanwalt um eine entsprechende Genehmigung bitten.«

In Ettore Tigàssus Gesichtsausdruck spiegelte sich sein ganzer Widerwille.

»Aber ich kann ...«

»Sie müssen nichts können, sondern nur lesen und herausfinden, ob da etwas über die Tidòngia steht. Vielleicht zwischen den Zeilen. Das sind einhundertzwanzig Seiten. Nahmen Sie das Ganze als eine vom Staat finanzierte Arbeitspause. Setzen Sie sich hin und lesen Sie. Sie hätten altersmäßig doch ein Schüler von dem sein können, oder nicht?«

»Nicht wirklich, Signor Maggiore. Ich bin zehn Jahre jünger. Aber warum ist das wichtig?«

»Sie sind es noch gewohnt, mit der Hand zu schreiben. Das haben Sie mir doch erst kürzlich erzählt. Bei mir dauert die Lektüre ewig, und ich begreife nichts. Auf den ersten Seiten kann man ja noch was entziffern, aber dann wird die Handschrift immer unleserlicher. Als hätte ein Besoffener was zu Papier gebracht.«

»Aber mit Verlaub, Maggiore, dass man schreiben kann, bedeutet nicht automatisch, dass man auch lesen kann.«

»Na, vielleicht ist es auch genau andersherum. Wie auch

immer, betrachten Sie das Ganze als einen persönlichen Gefallen an mich. Befreien Sie mich von dieser Sisyphusarbeit, und Sie werden sehen ...«

Das schon wieder. Wie oft hatte er das schon gehört, dieses »Sie werden sehen«. Am Anfang seiner Karriere regelmäßig. Auch er hatte einst von Versetzung geträumt, hatte sich eine Zukunft in einer Großstadt ausgemalt und Nachwuchs mit norditalienischem Akzent.

Aber er war immer noch hier. Wartete seit Jahren vergeblich auf irgendeine Beförderung oder auch nur eine winzige Anerkennung für seine Arbeit. Formulierte in seinen Gedanken Fragen, die er bei seinen Ermittlungen ohnehin niemals stellen würde, weil er wusste, dass er keine Antwort bekam. Man hasste ihn, ging ihm aus dem Weg, schnitt ihn, begegnete ihm bei Prozessionen, Dorffesten oder noch schlimmer, bei Beerdigungen allerseits mit aufgesetztem Lächeln.

Und nicht einmal die Tatsache, dass ihm bis zur Pensionierung nur noch zwölf Jahre, drei Monate und sechzehn Tage fehlten, war ihm ein Trost. Sein Kalender in der Kaserne erinnerte ihn an den beim Wehrdienst, als man jeden Tag mit einem Kreuz versah, der einen dem letzten Morgenappell näher brachte.

Wie viele Tage bis zu deinem letzten Morgenappell, kleiner Sarde Tigàssu?

# ERINNERUNGEN
*65 Tage bis zum letzten Morgenappell*

Wie aus heiterem Himmel brachte der Briefträger einem damals eine gelbliche Postkarte vorbei. Wenn die ankam, konnte das, falls du eine Arbeit hattest, dein Ende bedeuten. Falls du arbeitslos warst und auch keinem Studium nachgingst, war es die einzige Gelegenheit zu entdecken, was hinter der Insel Tavolara alles noch lag. Es handelte sich nämlich um den Einberufungsbefehl. Man hatte den Militärdienst zu absolvieren und dem Staat zu dienen. Dem konnte man nur aus dem Weg gehen, wenn: man unter Herz- oder Atembeschwerden litt; man mit achtzehn bereits Nachwuchs hatte und vom eigenen Verdienst der Lebensunterhalt der Familie bis zur Verwandtschaft dritten Grades abhing; falls man der einzige Sohn einer Witwe war oder einen guten Draht in die Politik hatte. Letzteres war am häufigsten der Fall. Von den Mitgliedern der PCI, der kommunistischen Partei, hatten derart viele ein Herzleiden, dass man eine Pandemie befürchten musste. Die von der MSI, der neofaschistischen Bewegung, hatten trotz ihrer Trainingscamps in den Bergen und einer gesunden und spartanischen Lebensweise ausnahmslos alle Atembeschwerden. Die von der DC, der Democrazia Cristiana, waren, wie nicht anders zu erwarten, die einzigen Brotverdiener in der Familie: Sie waren auch die Einzigen mit einem festen Arbeitsplatz, der bereits bei ihrer Geburt garantiert war. Wenn man einer der kleinen Parteien angehörte, hatte man Pech gehabt. Die Tatsache, dass die PSI,

PLI, PRI, PSDI, die PSD'AZ und die PSIUP ohne Einfluss waren, hatte zur Folge, dass die Landesgrenzen Italiens praktisch von Minderheiten verteidigt wurden. Die Mehrheit schwänzelte im Umfeld von Lockheed Italia herum oder bei Körperschaften des öffentlichen Rechts, die nur gegründet worden waren, um der Jugend den Militärdienst zu ersparen, oder sie waren bei der Post und Regionalverwaltungen angestellt und halfen eifrig mit, einen Schuldenberg anzuhäufen, der seit den Zeiten Julius Cäsars nicht mehr derart riesig gewesen war. Die Nachwuchskommunisten begaben sich dagegen in die ehemalige UdSSR und häuften Rubel an. Wir haben mal einen von ihnen mit einem ganzen Sack voll Rubelscheinen getroffen. Was er mit diesem ganzen Papiergeld anfangen wolle? Vielleicht eine Pizza bezahlen, sagte er. Der Inhalt des Sacks war nicht mehr als zehntausend Lire wert, etwa zehn Mark. Die Faschisten, die ja alle rachitisch waren und kaum Luft bekamen, lebten vom Krankengeld. Ich war nicht mal Mitglied beim örtlichen Bocciaverein und musste meinen Wehrdienst bis zur allerletzten Minute des allerletzten Tags ableisten. 365 Morgenappelle. Aus dieser Zeit habe ich etwas lebenslang im Herzen behalten: eine unendliche Zuneigung zu den jungen Sarden, die ich auf meiner Tour durch die Kasernen auf dem Festland kennenlernte. Um ihre Familien zu unterstützen, schickten sie ihren mageren Tagessold per telegrafischer Anweisung nach Hause, und oft füllte ich das Formular für sie aus, denn viele von ihnen konnten nicht mal schreiben. Von ihnen habe ich Dinge gelernt, die ich aus keinem Buch hätte lernen können.

# 16.

Brigadiere Ettore Tigàssu faszinierten die unterschiedlichen Schicksale, die einem durch die Lektüre eines guten Buches nahegebracht wurden, und er hatte irgendwo gelesen, dass ein ordentlicher Roman einen richtig fordern sollte. Wie bei einer Bergwanderung sollte man ruhig an seine Grenzen kommen und die Körperzellen runderneuern, um sich in der Folge immer größeren Herausforderungen zu stellen.

Doch das Werk des Grundschullehrers erschöpfte ihn, noch bevor er eine Zeile gelesen hatte. Diese einhundertzwanzig Seiten mit sich herumzutragen, war bei diesen steilen Hängen eine ziemliche Last. Aber vielleicht auch kein schlechtes Vorzeichen, überlegte er, denn wer sich abmüht, sucht eher nach Lösungen.

Die Hitze an jenem Tag Ende Juni war unerträglich. Und sie nahm geradezu biblische Ausmaße an, wenn man ihr in Uniform und einem schweren Rucksack auf dem Rücken begegnete. Eigentlich hatte er sich vorgenommen, um die Bar Cannonau&Basta von Samuele Baccanti einen Bogen zu machen, aber die trockene Kehle verlangte nach einem Durstlöscher in Form eines frisch gezapften Biers. Allein, im Dienst war Alkohol nicht erlaubt. Er betrat die Bar, um eine Limonade zu bestellen.

»Bitteschön, Brigadiere.« Samuele Baccanti hatte dessen Unschlüssigkeit bemerkt und wieder einmal die heimlichen Wünsche seines Gasts erahnt. Der Brigadiere war umso überraschter.

»Danke, aber ich darf nicht, ich bin im Dienst.«

»Das ist alkoholfreies Bier.«

»Alkoholfrei? Seit wann wird das bei dir frisch gezapft?«

»Das mache ich nur für Sie.« Und damit zeigte er ihm das Etikett eines Festlandbiers, und auf dem stand: Alkoholfrei.

»Letztes Mal hast du intuitiv gewusst, dass ich einen kalten Kaffee wollte, ohne dass ich ihn bestellt hätte. Und heute wollte ich tatsächlich ein Bier. Wie machst du das nur?«

»Es ist fast Mittag, Brigadiere. Ein kalter Kaffee um diese Uhrzeit? Der macht doch nur noch durstiger. Bier ist dagegen genau das Richtige. Ich habe Spaß daran, die Wünsche meiner Gäste zu erahnen. Setzen Sie sich doch, ich mach Ihnen ein paar Crostini mit Lab vom Zicklein.«

»*Su calgiu*? Ohhh, ... und wie bereitest du das zu?«

»In der Pfanne gebraten. Mit ein bisschen Öl und fertig ... ein zarter Aufstrich, Brigadiere! Aber nur für besondere Gäste.«

Weil er in Uniform war, nahm er an einem Tisch ganz hinten in der Bar Platz und war vom Eingang aus nicht zu sehen, auch wenn um diese Tageszeit keine anderen Gäste da waren. Die meisten verbrachten die Tage am Meer und kehrten erst am Abend zurück.

Beim Verlassen der Bar sagte Samuele noch zu ihm: »Gott sei Dank sind Sie bei mir vorbeigekommen, so haben Sie mir ein Telefonat erspart.« Und damit zeigte er auf ein buntes Mountainbike, das links vom Eingang stand.

»Das steht schon seit heute Morgen hier. Es war mit Klebeband ein Zettel daran befestigt. Wenn Sie mich fragen, hat das jemand geklaut und es dann bereut.«

»Und was steht auf dem Zettel?«

*Wir klauen keine Fahrräder. Wir haben das Rad nur kurz gebraucht. Entschuldigen Sie und trinken Sie auf unser Wohl. Wir kommen dann vorbei und bezahlen die Zeche.*

Samuele las laut und mit stolzgeschwellter Brust vor.

»Ach, ... zeig her.«

Samuele reichte ihm den Zettel. Der Brigadiere begutachtete ihn und sprach dann laut aus, was er dachte, dass es sich nämlich um eine weibliche Handschrift handelte.

»Von einer Frau, Brigadiere? Und woraus schließen Sie das?«

Der altgediente Brigadiere Ettore Trigàssu hatte gerade einen seiner Geistesblitze gehabt, aber das sagte er nicht, sondern stellte eine Gegenfrage: »Bist du sicher, dass in meinem Bier kein Alkohol war?«

»Na, Brigadiere ... ob mit oder ohne Alkohol, was macht das für einen Unterschied? Machen Sie sich keine Sorgen, ich sorge für Ihr Alibi«, sagte er lachend und zeigte ihm nochmals das Etikett, das er mit warmem Wasser von irgendeiner Bierflasche abgelöst hatte.

»Schon verstanden ... du hast mich reingelegt«, sagte der Brigadiere, auch er lächelnd. »Ich muss jetzt herausfinden, ob das Rad schon als gestohlen gemeldet wurde, auch wenn ich das bezweifle. Wenn du zufällig weißt, wem es gehört, bringen wir es zurück, und die Angelegenheit ist damit ohne Ermittlungen oder Papierkram beendet. Vielleicht gehört es ja einem Jungen aus dem Dorf.«

»Einem Jungen aus dem Dorf? Ein Rad für 2.500 Euro? Das gehört irgendeinem von den Touristen, die in den Tacchi herumkraxeln, Brigadiere.«

»Ein 2.500 Euro teures Rad? Nicht mal ein Gebrauchtwagen kostest so viel. Für meinen hab ich 500 Euro auf den Tisch gelegt, und das fand ich schon viel. Dann wird der Besitzer den Diebstahl sicher angezeigt haben. Trag das Rad lieber rein, bevor es nochmal wegkommt.«

Samuele fühlte sich durch diesen letzten Satz auf den Schlips getreten.

»Wegkommen? Hier vor meiner Bar? Ich bitte Sie, Brigadiere!«

»Nun gut, ich wollte dir nicht zu nahe treten. Falls es noch keine Anzeige gibt, komm ich morgen nochmal vorbei und nehme es in die Kaserne mit.«

»Ich lasse es über Nacht dort stehen. Wenn der Eigentümer vorbeikommt, kann er es mitnehmen. Wie schon gesagt, es wird einem von den Touristen gehören, die sich hier für billiges Geld Häuser kaufen. Irgendein Ausländer, da bin ich sicher.«

Ettore Tigàssu hatte eine spontane Sympathie zwischen sich und Samuele gespürt, und weil außer ihnen beiden niemand zu sehen war, fragte er freundlich: »Hör zu, Samuele, ich suche nach Mariàca Tidòngia. Tu erst gar nicht so, als würdest du sie nicht kennen. Die muss nur einmal in der Woche in der Kaserne in Narghilè per Unterschrift ihre Anwesenheit bestätigen. Wenn sie sich daran hält, geht sie einer Menge Problemen aus dem Weg, und wir sind alle froh und glücklich. Ich möchte nicht nach ihr suchen. Falls du sie siehst oder jemanden kennst, der sie gesehen hat, lass sie das wissen. Tust du mir diesen kleinen Gefallen?«

Samuele sagte dazu keinen Ton. Er wusste genau, wer Mariàca war, aber ob sie nun nach Telévras zurückgekehrt war oder nicht, hätte er dem Brigadiere um nichts in der Welt verraten.

# 17.

Da stehen Sie also vor Samuele Baccantis Bar. Sardinien ist Ihnen erst aufgrund einer Werbekampagne, die Ichnusa bei Ihrer Agentur in Auftrag gegeben hatte, ein Begriff geworden. Als Real Ale, ungefiltert, vom Fass, in der Flasche, im Karton oder in der Korbflasche. Klar, es ging nur um kreative Arbeit. Vorher waren Sie noch nie auf diesem Fleckchen Erde gewesen. Sie können es sich erlauben, die Insel gründlich zu bereisen, auch das Inland, und wie alle intelligenten Touristen, die offenen Auges durch die Welt gehen, haben Sie sich in sie verliebt.

Sie machen sich eigentlich nichts aus Bier. Sie trinken keinen Alkohol. Mit Blick auf Ihr Konto haben Sie beschlossen, hier nicht nur eine Woche zu verweilen, sondern einen Monat, vielleicht sogar zwei oder drei. Hier lebt sich's angenehm, haben Sie bei sich gedacht. Und mit meinem Einkommen komme ich in diesen kleinen Dörfern ziemlich lange über die Runden. Sie waren überzeugt, dass wirklich alle dankbar sein würden, denn: »Wir bringen hier das Geld.«

Kein Problem. Alle sind davon überzeugt. Gemeinplätze wie dieser sind der Klebstoff jeder Zivilisation. Aber weil Sie gebildet sind und Respekt und Taktgefühl besitzen, haben Sie das nirgendwo verlauten lassen. Ihnen ist dieser Satz nur wieder kurz in den Kopf gekommen, als Sie sich erinnert haben, dass jemand in Ponte Chiasso oder Lugano sagte: »Ihr könnt euch bei uns bedanken, dass ihr als arme Schlucker geltet, wenn ihr weniger als fünftausend Franken verdient.« Sie sind da richtig wütend geworden. Dass jemand einem das um die Ohren haut, tut weh, stimmt's? Gar nicht schön, wenn einem unter die Nase gerieben wird, dass die Kohle, mit der man sein Leben finanziert, aus weltweit hinterzogenen Steuergeldern stammt.

Und im Gegenzug hat einer der Ureinwohner Ihnen jetzt das Fahrrad aus Titan geklaut. Und Sie trauen Ihren Augen nicht, als Sie es nach nicht einmal vierundzwanzig Stunden unabgeschlossen vor der öffentlichen Kneipe Cannonau&Basta in Telévras stehen sehen.

Ihnen ist klamm zumute. Der Dieb könnte noch in der Bar sein. Er ist sich seiner Beute so sicher, dass er, wie Sie auch, auf Diebstahlsicherung verzichtet hat. Und Sie wollten sich schon ein neues Rad kaufen. Anzeige haben Sie nicht erstattet, ›hier hätte das doch ohnehin …‹, haben Sie bei sich gedacht.

Ein Ihnen bislang unbekannter Barbesitzer sagt: »Das hier gehört Ihnen, stimmt's?« Musik in Ihren Ohren.

Sie nicken und bringen keine Silbe heraus.

»Sprechen Sie Italienisch?«

Sie nicken immer noch, als er Ihnen einen Zettel zusteckt. Während Sie die Worte der Entschuldigung überfliegen, müssen Sie daran denken, dass man Ihnen auch im Tessin das Rad geklaut hat, das haben Sie damals aber nicht zurückbekommen. Mit einem Ohr bekommen Sie mit, wie Samuele Sie zu einem frisch gezapften Bier einlädt, das bereits bezahlt ist. Von wem, weiß man nicht. Vor allem haben Sie noch keine Ahnung, dass dieses Bier dank Ihrer Kreativität bald zu den populärsten der Welt gehören wird.

»Danke, vielen Dank«, sagen Sie. »Aber ich trinke keinen Alkohol.«

Und damit besteigen Sie Ihr Rad und treten kräftig in die Pedale, um sich zu vergewissern, dass alles in Ordnung ist. Nach einem kurzen Stück halten Sie an und betrachten das Tal, einen einzigen Gedanken im Kopf: »Seltsame Leute hier, ... wirklich seltsam.«

# 18.

*Sie alle hoffen, auf dieser Welt dem guten Hirten zu begegnen, der sie zum Glück auf Erden führt, in einer festen Ordnung, in einer Herde, mit Hunden, die an den Rändern kläffen und jeden einfangen, der aus dem satten Grün ausbrechen will. Sie alle fürchten den Heißhunger der Wölfe. Wie dumm sie sind! Sie wissen noch nicht, dass ausgerechnet ihr Hirte, dem sie blind vertrauen, sie zur Schlachtbank führt. Ich hätte ihnen beibringen sollen, ihrem Hüter davonzulaufen. Ich hätte sie auf Distanz halten und sie lehren sollen, ohne Lehrer auszukommen, den sie eigentlich nur brauchen, um die Grundlagen des Rechnens und Schreibens zu erlernen. Und das ist aus ihnen geworden: Ärzte, Anwälte, Lehrer, Geschäftsleute und Beamte, und alle haben sie ihren guten Hirten vorne dran mit Hütehunden. Austauschbare Mitläufer sind sie geworden, die für das schnelle Geld kläffen, für Ämter und aus öffentlichen Kassen bezahlte Dienstleistungen, man müsse da eben mitmachen, heißt es dann, man sei politischen Sachzwängen ausgesetzt, oder auch, ohne einen Tritt in den Hintern komme man eben nie ans Ziel. Und ich hatte mir ausgemalt, sie würden die Welt mit ihrer Energie und ihrem Wissen umkrempeln. Sie würden dieses verdorrte Tal in ein freies, glückliches und eigen-*

*ständiges Fleckchen Erde verwandeln: unsere Heimat, ohne Herren ...*

(Marcello Nonies, *Die Frömmigkeit der Schafe*, Seite 15)

Die Hitze war mörderisch, der Brigadiere fühlte sich nach den von Samuele kredenzten Crostini und dem Bier ermattet, da hätte höchstens ein dreifacher Espresso noch geholfen.

Unter einer der alten Akazien vor der ehemaligen Grundschule, in der Maestro Nonies viele Jahre gewirkt hatte und die seit zehn Jahren geschlossen war, fand er ein wenig Abkühlung.

Er hatte sich eingeredet, dass er, wenn er das Werk an dem Ort las, an dem es vermutlich erdacht worden war, etwas Brauchbares herausziehen würde. Clever, muss man sagen. Gerade so, als würde man zu Vergas *Malavoglia* besser Zugang finden, wenn man den Roman in Aci Trezza las.

Eigentlich waren solch feinsinnige Überlegungen nichts für einen Mann der Tat vom Zuschnitt eines Ettore Tigàssu. Und doch war seine Intuition bemerkenswert, auch wenn er das noch nicht ahnte.

Er hatte gerade mit Seite fünfzehn angefangen, als sein Handy klingelte. Es war Percossi, der neu eingestellte Hilfs-Carabiniere und damit sein Untergebener, der ihn ohne die Vorgesetzten gegenüber übliche respektvolle Anrede und entsprechenden Tonfall aufforderte, unverzüglich in die Kaserne zu kommen.

»Was ist los? Sagt man seit Neuestem nicht mehr *zu Befehl*? Das gibt eine Mahnung«, raunzte ihn der Brigadiere sofort an.

»Entschuldigen Sie, Brigadiere. Der Maggiore hat mir das so befohlen und dazu gesagt *unverzüglich*«, stotterte der Untergebene.

Im Grunde war er ganz froh über den Anruf, denn er kam mit der befohlenen Lektüre dieses Werkes nicht voran.

Mit der Rückfahrt in die Provinzhauptstadt, die nicht länger als eine halbe Stunde dauern würde, ließ er sich Zeit.

Zunächst trank er bei Samuele noch einen Espresso und erfuhr, dass das Rad wieder in die Hände seines Besitzers zurückgelangt war. Er bedankte sich, mied aber den freundschaftlichen Tonfall von einer Stunde zuvor, denn es waren noch andere Gäste anwesend.

Später, im Büro des Maggiore, merkte er, dass er das Koffein nicht gebraucht hätte. Er hatte kaum Zeit, Platz zu nehmen, als sein Vorgesetzter ihn auch schon mit einem Redeschwall überschüttete und dabei in einem Tempo sprach, dem er kaum folgen konnte.

»Das hat uns gerade noch gefehlt. Der Lehrer ist keines natürlichen Todes gestorben. Wussten Sie, dass man bei ihm Parkinson diagnostiziert hatte? Und dass niemand davon wusste? Jetzt ist auch klar, warum seine Handschrift in dem Manuskript immer unleserlicher wird. Wahrscheinlich haben sich schon vor längerer Zeit die ersten Symptome gezeigt, aber er hat nicht weiter darauf geachtet, genauso wenig wie auf den metallischen Klang seiner Stimme. Das alles hat mir Dottor Figàu erklärt, der die Autopsie durchgeführt hat. Schauen Sie sich den Bericht an! Wahrscheinlich hat er also Selbstmord begangen. Mit Pentobarbital! Kennen Sie das? Das setzt man in der

Schweiz bei der Sterbehilfe ein. Aber wie ist er da drangekommen? Haben Sie das Manuskript schon durchgelesen?«

»Ich bin nur bis Seite 15 gekommen …«, entschuldigte sich der Brigadiere.

»Nur bis Seite 15? Was sind Sie denn für ein Leser? Werden Sie so schnell wie möglich damit fertig! Das Manuskript ist die einzige Spur, die wir haben, um in Erfahrung zu bringen, ob er sich umbringen wollte oder sich bedroht fühlte, vielleicht nennt er ja Namen. Es geht um jede Information, die uns nützlich sein könnte.«

Der Maggiore sprach in Befehlston, und der Brigadiere antwortete eingeschüchtert: »Bedroht? In welcher Hinsicht? Vielleicht wollte er ja nicht länger leiden und hat sich das Zeug selbst gespritzt.«

»Daran habe ich auch zuerst gedacht, aber weder an den Armen noch an einer anderen Körperstelle gibt es Einstichspuren. Außerdem hat mir Dottor Figàu erklärt, dass diese Krankheit eigentlich selten im vorgerückten Alter ausbricht. Auf jeden Fall gibt es neu entwickelte Medikamente, und viele Symptome lassen sich lindern … Mithin …«

Der Maggiore wartete die Nachfrage seines Untergebenen auf diese Einleitung nicht ab, sondern fuhr sofort mit einer Frage fort.

»Wenn Sie sich mit diesem Zeug umbringen wollten, wie würden Sie vorgehen?«

»Was weiß ich, ich würde mir etwas in den Hintern spritzen … oder in die Vene am linken Arm.«

»Genau … damit Sie sicher sind, dass das Mittel sofort in

den Blutkreislauf gelangt. Das macht man bei Hinrichtungen auch so. Aber trinken würden Sie es sicher nicht, wissen Sie auch warum?«

»Keine Ahnung, kann man das auch trinken?«

»Ja, aber es ist äußerst bitter. Um das Ableben zu garantieren, wird das Vierfache der tödlichen Dosis leicht verdünnt. Und man verabreicht dem Kranken vorher ein Antibrechmittel, von dem sich in diesem Fall jedoch keine Spuren finden. Man nennt das auch assistierten Suizid. Zwei Minuten nach Einnahme schläft der Patient ein, das Herz hört nach ungefähr einer Stunde auf zu schlagen. Dottor Figàu hat mir erklärt, dass das auch in diesem Fall so abgelaufen ist. Er hat eine Kichererbsensuppe gegessen und danach einen selbstgebrannten Bitter zu sich genommen. Seine Angelegenheiten hatte er in kürzester Zeit geregelt, Menschen, die Suizid begehen wollen, sind zuletzt oft sehr klar im Kopf. Ich bezweifle, dass er sich die tödliche Dosis selbst in seinen Lieblingslikör geschüttet hat. Und selbst wenn, bleibt immer noch die Frage, auf welchen Wegen er sich das Medikament besorgt hat. Hier? Undenkbar. Die Dosierung war übrigens perfekt, aber dazu braucht es Kenntnisse, die einen vierundachtzigjährigen Grundschullehrer überfordern würden, der nicht einmal einen PC besitzt und noch von Hand schreibt. Der Rechtsmediziner hat mir gesagt, das Zeug koste sehr viel Geld, und außerdem ist es hier bei uns, ich wiederhole mich, nicht zu finden. Also?«

Diesmal wiederholte der Brigadiere die Frage: »Also?«

»Es könnte sich auch um Mord handeln, Brigadiere, ob nun assistierter Suizid oder nicht. Unser Gesetz akzeptiert den übrigens nicht, Sterbehilfe ist strafbar und wird als Tötungsdelikt behandelt. Also wird jetzt gegen Unbekannt ermittelt, und unseren Sommer können wir vergessen …«

»Mord? Das glaube ich nicht. Der Mann war Grundschullehrer und vierundachtzig Jahre alt. Warum sollte man den umbringen? Entschuldigen Sie, aber das erscheint mir nicht plausibel.«

»Lesen Sie dieses Meisterwerk, das ich Ihnen überlassen habe, und beeilen Sie sich. Suchen Sie nach Namen, Hinweisen auf Bedrohung, Ängste, versteckte oder klar formulierte. Und vergessen Sie alles andere«, befahl der Maggiore.

»Beeilen? Das sagt sich so leicht, Signor Maggiore. Das ist alles winzig und krakelig geschrieben, und außerdem kann ich den Gedanken beim besten Willen nicht folgen.«

Brigadiere Ettore Tigàssu hatte dem Maggiore noch nichts von seinem ersten Eindruck erzählt, als er den Leichnam zu Gesicht bekommen hatte – dass nämlich dieser Mann aus der Gemeinschaft völlig ausgeschlossen gelebt und man ihn bereits zu Lebzeiten aus irgendeinem unbekannten Motiv so gut wie ins Jenseits befördert hatte.

Und er behielt auch weiterhin den Gedanken für sich, der sich in ihm festgesetzt hatte: Der hatte sich was zuschulden kommen lassen.

Seine Vermutung hatte er auf Seite 8 bestätigt gefunden: *Ich habe leidvoll die schlimmste Verdächtigung ertragen, der man einen Mann meines Alter aussetzen kann.*

Aber er stand noch am Anfang, und es war zu früh, Schlüsse zu ziehen: Was für eine Verdächtigung da wohl gemeint ist?, dachte er bei sich. Es gibt eigentlich nur zwei Verdächtigungen, denen man wehrlos ausgeliefert ist: Wenn man angeblich für die Carabinieri spitzelt oder ein Kind vergewaltigt haben soll.

Der harsche Tonfall von Maggiore Achille Pantognostis riss ihn aus seinen Gedanken.

»Fahren Sie täglich in diese Gegend, schauen Sie sich um, halten Sie die Augen offen. Wenn Sie es für richtig halten, auch gerne in Zivil. Das ist erlaubt, sofern es den Ermittlungen dient. Lassen Sie uns versuchen, bei diesem neuen stellvertretenden Staatsanwalt einen guten Eindruck zu machen. Er verspricht sich viel von uns. Halten Sie mich stets auf dem Laufenden, auch über geringste Verdachtsmomente. Sie sind der Einzige, der die Leute hier durchschaut.«

Der Brigadiere legte diesen letzten Satz als Kompliment für sein ermittlerisches Können aus und wollte schon ein dankbares Lächeln aufsetzen, das der Maggiore aber sofort im Keim erstickte.

»Sie sind als Einziger kinderlos und nicht mehr verheiratet.«

Stimmte genau. Schob man ihm deshalb immer die blödsinnigsten Aufgaben zu? Nur weil seine Frau ihn verlassen hatte, weil sie es satt gehabt hatte, dauernd umzuziehen, und er nicht mal Karriere machte? Jetzt war er allein auf der Welt ... war das der Grund? Niemals hörte er ein »Tigàssu, super!«, niemals ein Lob.

Für die Vorgesetzten war alles selbstverständlich. Sie blieben zwei Jahre lang, und dann ... waren sie wieder verschwunden, Richtung Großstadt, Richtung Festland. Immer heimsten sie die Lorbeeren ein, auch wenn man selbst es war, der sich ins Zeug gelegt hatte.

Er erhob sich, schlug die Hacken zusammen und verließ mit seinem Manuskriptbündel das Büro, wie ein professioneller Leser, der für einen Verlag arbeitet. Überrascht stellte er fest, dass sich der harte Griff seiner Finger gelockert hatte und fast zärtlich geworden war.

# 19.

Wenn man etwas zu Papier bringen wolle, das eine Lektüre verdient, solle man oft streichen, sagt Horaz. Der Brigadiere hatte keine Ahnung von Horaz. Doch in der freundlichen Stille seines Häuschens auf dem Land hatte er trotzdem die gute Idee, auf den Rat zu hören und sich vor allem mit den Streichungen und Änderungen in dem Manuskript zu beschäftigen. Er kam mit der Lektüre beim besten Willen nur langsam voran, und so überlegte er, ob er die Aufgabe nicht einfach dadurch abkürzte, dass er das Manuskript auf einer beliebigen Seite aufschlug und sich auf kleine Fehler konzentrierte und auf Wörter, die hie und da dick schwarz ausgestrichen waren.

*Und wenn ▬▬▬ und ▬▬▬ am Ende doch recht haben? Allein die Vorstellung ist Wahnsinn ... Frei, ungezähmt, mit ihrer Lust, alles auszuprobieren, alles zu lesen, was ihnen in die Hände kam. Meine heißgeliebten schwarzen Schäfchen, die in der Schule nichts lernen wollten, denn das hätte bedeutet, später einen Beruf zu haben und die Träume der Eltern zu erfüllen ... meine wilden Mufflons.*
(Marcellino Nonies, *Die Frömmigkeit der Schafe*, Seite 36)

Drei Streichungen, eine auf Seite 8 und zwei hier ... außerdem benutzt er den Plural, überlegte der Brigadiere. Er unterbrach seine Lektüre, legte die Blätter achtsam in die Mappe zurück, verließ das Haus und stieg in sein Auto. In weniger als einer halben Stunde hielt er vor der Bar von Samuele Baccanti. Es war gegen zehn Uhr morgens, und als erstes stach ihm ein handgeschriebener Hinweis am Eingang ins Auge.

Kirchendiener gesucht. Bezahlung aus der Kollekte.
Euer neuer Pfarrer.

Der Aushang war derart gigantisch, dass er von innen den Ausblick nach draußen versperrte, und so war es Samuele Baccanti heute nicht möglich, die Wünsche des Brigadiere zu erahnen. Außerdem befanden sich etwa zehn Stammgäste in der Bar, die dröhnend lachten, was an sich schon ungewöhnlich war, denn normalerweise war die Bar in der Sommerzeit erst abends gut besucht.

»Oh, Brigadiere, ich hatte Sie gar nicht kommen sehen. Schuld ist dieser Aushang. Haben Sie ihn gelesen? Endlich bietet jemand mal eine Arbeit an«, sagte Samuele und lachte ebenfalls herzlich.

Doch Ettore Tigàssu, schon von Natur aus kein heiterer Charakter, brachte an diesem Morgen nicht einmal ein dünnes Lächeln zustande. Und das lag an den anderen Gästen. Er kannte sich aus in dieser Welt, und es wäre ihm im Traum nicht eingefallen, in ihrer Gegenwart eine Frage zu stellen, denn er wusste von vornherein, dass er nicht mit einer Antwort rechnen konnte. Und so bedeutete er Samuele Baccanti mit einer leichten Kopfbewegung, ihm vor die Bar zu folgen, und zeigte dann auf seinen gegenüber geparkten Wagen, als hätte er irgendein technisches Problem damit. Samuele begriff sofort und folgte ihm nach draußen.

»Tu so, als wäre was mit den Zündkerzen, und sag mir dabei, ob du noch diesen Zettel mit der Entschuldigung von den Fahrraddieben hast?«

»Und was soll dieses ganze Theater für so eine Frage?«

»Gibst du mir eine Antwort? Hast du ihn noch?«

»Nein, hab ich nicht, den hab ich dem Typen gegeben, der sich das Rad abgeholt hat. Aber was soll die Frage? Gab es eine Anzeige?«

»Nein, es gab keine Anzeige. Erinnerst du dich noch, ob dort stand, ›Wir klauen keine Fahrräder‹, im Plural?«

»Klar erinnere ich mich daran, aber was soll das? Alle hier in der Bar wissen, dass ich das Rad zurückgegeben habe. Das ist nun wirklich keine verfängliche Frage, Brigadiere«, sagte er lächelnd.

»Schon gut. Ich wollte dich nicht vor Publikum in Verlegenheit bringen. Wenn die mitbekommen, dass du einem Carabiniere Rede und Antwort stehst ... du weißt ja selbst, wie es ist ... Und was für ein Typ war das, kannst du mir das verraten?«

»Um die vierzig, Brigadiere, und aus dem Norden, das hat man gesehen. Einer von denen, die mit ihren Rädern durch die Tacchi unterwegs sind und gerne klettern ... Ganz sicher ein Tourist.«

»Das ist alles? Hast du denn gar nicht mit ihm gesprochen?«

»Aber nein. Als ich ihn eingeladen habe, noch was zu trinken, und zwar aufs Haus, hat er nur gemeint, ›Danke, ich trinke keinen Alkohol‹. Und von seinem Akzent her war mir klar, dass er nicht von hier ist.«

Wenn er mit einem Rad für 2.500 Euro hergekommen ist, wird er es in einen Camper oder ein Auto verladen haben, dachte der Brigadiere, was es vielleicht leichter machen würde, ihn zu finden. Er schlug die Motorhaube zu und bedankte sich laut bei Samuele, als habe der ihm gerade einen guten Automechaniker in der Gegend empfohlen, doch dann senkte er die Stimme nochmals zu einem Flüstern. »Wenn du ihm zufällig wieder über den Weg laufen solltest, sag ihm, er soll in der Kaserne vorbeikommen. Ich muss diesen Zettel nochmal sehen.«

»Nicht mal einen kalten Espresso kann ich Ihnen anbieten, Brigadiere? Sie sind doch gerade nicht im Dienst, oder?«

»Diesmal nicht, danke. Ich habe zu tun … vielleicht auf dem Rückweg. Und was soll dieser Aushang?«

»Heute mal was Witziges, Brigadiere. Wie Sie bestimmt schon wissen, haben wir einen neuen Pfarrer, *nieddu che sa pigi*, schwarz wie Pech.«

»Ja, ja. Nicht mal Pfarrer wollen die Sarden mehr werden. Und er sucht in der Bar nach einem Kirchendiener?«

»Was soll ich dazu sagen? Ich habe ihn das hier in der Bar aufhängen lassen, wo sonst? Etwa in der Kirche? Da gehen doch keine Männer mehr hin … Sind Sie sicher, Brigadiere, wirklich keinen kalten Espresso?«

»Vielen Dank, ich habe gerade viel zu tun.«

Leicht besorgt ging Samuele wieder in die Bar zurück. Ein Brigadiere, der viel zu tun hatte? Hier in dieser Gegend? Was war wohl passiert, von dem er selbst nichts wusste? Wie es der glückliche Zufall wollte, betrat ausgerechnet Cesareddu Spoboràu, der Landpolizist, kurz darauf die Bar und beantwortete seine Frage.

»Ciao, Samuele. Nicht nur unser Pfarrer, auch der Brigadiere ist nicht mehr ganz klar im Kopf.«

»Was meinst du damit? Diesen Eindruck hat er auf mich nicht gemacht«, sagte Samuele mit Überzeugung.

»Na ja ... ich habe ihn schon zum zweiten Mal vor der Grundschule unter einem Baum sitzen sehen, und zwar lesend.«

»Er hat gelesen? Was denn?«

»Was weiß ich denn! Er hatte einen Stapel Papier bei sich und hat nicht mal geantwortet, als ich ihn gegrüßt habe.«

»Bist du sicher?«

»Klar, was soll das? Meinst du, ich habe mir das ausgedacht? Früher hat er wenigstens immer kurz das Kinn gehoben, um zurückzugrüßen.«

»Er liest ... und grüßt dich nicht zurück?«

»Genau, Samuele.«

»Nicht mal mit dem Kinn?«

»Genau.«

»Und die Hand hebt er auch nicht?«

»Bist du jetzt auch schon nicht mehr klar im Kopf? Ich hab's dir doch schon gesagt, der liest und liest und liest.«

»Oh weh!«

In diesem Ausruf kam Samuele Baccantis große Liebe zur Kultur zum Ausdruck.

## 20.

Da war ich nun. Ich saß auf einer der Kirchenbänke. Hier, vor der alten Balustrade mit den Säulen aus falschem Marmor im byzantinischen Stil, durch die man auf den Altarraum blickt, habe ich meine wenigen glücklichen Jahre verbracht. Das gigantische Altarbild, das den gekreuzigten Jesus zeigt und den Tabernakel überragt, war immer noch dasselbe. Es war damals schon hässlich gewesen, aber mittlerweile war es geradezu scheußlich geworden. Die Kerzen standen kraftlos da. Sie wurden nur selten angezündet, und selbst die Osterkerzen aus Stearin neigten sich gen Osten wie sterbende Pflanzen auf der Suche nach einem rettenden Sonnenstrahl.

In meiner Kirche roch es mittlerweile nach Desinfektionsmittel. Vor fünfzig Jahren betrat man sie am besten mit Gasmaske, so weihrauchgeschwängert war die Luft damals gewesen. Dem Heiligen Sebastian waren fast alle Pfeile abhanden gekommen. Nur den unter der einen Achsel hatte er noch, aber man sah deutlich, dass er nachgemacht war. Der am Schenkel war weg, der an der Wade ebenfalls. Im Brustkorb steckte nur noch die Pfeilspitze, Schaft, Befiederung und Nocke hatten sich in Luft aufgelöst. Wahrscheinlich hatte irgendein rotznasiger

Dorfbengel, der sich um Heilige nicht scherte, die Pfeile gebraucht, um seinen selbstgebastelten Bogen auszuprobieren.

Jetzt saß ich also mit meinen sechzig Jahren an dem einzigen Ort auf der Welt, an dem ich mich je beschützt gefühlt hatte.

Nach fünfzig Jahren war ich wieder hier, und zwar für ein Bewerbungsgespräch.

»*Kuten* Tag, sind Sie für *Arpeit* als *Girchendiener* hier?«

Ich nickte. Man hatte mir gesagt, dass er ein Schwarzafrikaner sei, aber so schwarz hatte ich ihn mir nicht vorgestellt.

»Gut. Referenzen? *Gurrigulum*? Waren Sie schon mal *Girchendiener*?«

Ich verneinte mit einem Kopfschütteln.

»Sie *backen* also von selbst an. Keine feste Bezahlung, nur Anteil von *Gollegte*.«

Oh je, seine Aussprache war ein Problem, wie sollte ich ihm den Unterschied zwischen k und g und p und b erklären? Ich hätte ihm ja gerne geholfen, aber das würde nicht einfach werden. *Gristusbassion* klang schon merkwürdig, oder? Man würde ihn auslachen ... Die Hautfarbe war mir egal: schwarz, gelb, grün, rot, meinetwegen auch gestreift ... aber die Aussprache von Buchstaben zu verwechseln, das ging gar nicht. Da war es bei mir vorbei mit der Toleranz.

»Sie stumm. *Gönnen* Sie nicht reden? Überrascht von *Bfarrer* aus Afrika?«

»Immer noch kein Wort? Ich verstehe. Sie dachten Festgehalt ... Ich *gann* nur Teil von *Gollegte* nach der Messe *keben*. Und ich muss Ihnen alles beibringen. Sie haben das noch nie gemacht, das verstehe ich, aber *kuten Willen* haben Sie.«

Das stimmte nicht! Von wegen noch nie gemacht! Ich war sieben Jahre lang stellvertretender Ministrant gewesen ... also wirklich! Meinetwegen, dann mache ich eben den Mund auf. Aber du hast es so gewollt, und beklag dich dann bloß nicht, okay?

»Und wie hoch ist mein Anteil an der Kollekte?«

»Oh, ... Sie reden ja! Doch nicht stumm? *Funfzig, funfzig.*«

»Und wie viel hast du in dieser Woche eingenommen?«

»Nur zehn Euro, alle geben nur *Gleingeld*. Arme alte Frauen.«

»Arm? Lass mich, deinen Gesuino, das mal machen.«

»Dein Name? Gesuino? *Gleiner* Jesus, wie schön. Nimmst du Job? Hast du Haus? Hier *gannst* du schlafen und essen, aber *geine* Frau oder Freunde erlaubt.«

Auf mich machte er einen sehr freundlichen Eindruck, und ich hatte plötzlich Lust zu reden.

»Es gefällt dir sicher, mich kleiner Jesus zu nennen. Egal. Ich habe ein Dach überm Kopf, aber wenn du willst, kann ich hier schlafen. Weißt du was, ich ziehe ins Pfarrhaus, da ist es im Sommer schön kühl und im Winter warm. Steht in dem Zimmerchen von Signorina Matilde noch immer dieser Holzofen? Dann ist alles gut. Und ich bringe dir bei, wie man hier für Abkühlung sorgt, indem man den Wind aus Nordosten nutzt, wenn er hier mit dem Mistral zusammentrifft. Außerdem hast du dann ein bisschen Gesellschaft.«

»Ich habe auch Fernseher ... Aber du *gennst* alles schon? Wie *gommt's*?«

»Ich habe hier an diesem Ort gewohnt, aber das ist eine zu lange Geschichte.«

»Erzähle.«

»Nein, jetzt nicht. Komm her, ich zeige dir mein Curriculum. Wir gehen am besten in die Sakristei, an meinen künftigen Arbeitsplatz, oder?«

Buogo N'guana Bito, nicht mal dreißig Jahre alt und aus dem Kongo stammend, der sich der Einfachheit halber und auf meinen Vorschlag hin den Künstlernamen Vater Carlo gegeben hatte, folgte mir stumm in die Sakristei. Ich hörte mich mein im Vergleich zu seinem dröhnenden Organ leises Stimmchen fragen: »Hast du eine Stoppuhr?«

»Ich habe Uhr mit Stoppuhr.«

»Okay, sobald ich es dir sage, lässt du die Zeit laufen. Auf mein Zeichen hin hältst du sie an. Fertig? Los!«

Im Folgenden nun die genauestens gemessenen und von den Päpstlichen Werken für Kirchendiener zertifizierten, verifizierten und von Padre Carlos Gebeten begleiteten Rekorde:

1. Beweihräucherung mit Weihrauchfässchen Modell 563/2 aus dem Jahr 1963 in alle vier Himmelsrichtungen unter Bezugnahme auf die Windrose im katalanischen Weltatlas aus dem Jahr 1375, wo im Uhrzeigersinn auch die Diagonalen berücksichtigt werden: Tramontana, Gregale, Levante, Scirocco, Ostro, Libeccio, Poniente, Mistral. Zeitdauer: 5 Minuten, 32 Sekunden. Päpstliche Bestzeit.

2. Sofortiger Wechsel, ohne Boxenstopp, zum Weihwasserwedel, Modell 65/1, Jahrgang 1966, zweifach verschraubt, Schrauben mit tiefem Gewinde und zwölf Löchern, um eine

Puppe, unseren Ersatztäufling, mit Weihwasser zu besprengen. Zeitdauer: 4 Minuten, 85 Sekunden. Italienische Bestzeit.
3. Die violette Stola für die Fastenzeit angelegt, wegen übergroßer Hast beim Nippen des Weins während der Transsubstantiation mit Muskatwein bekleckert, trotzdem einigermaßen ordentlich im Altarraum erschienen. Zeitdauer: 6 Minuten, 95 Sekunden. Europäische Bestzeit.
4. Das gesamte Ornat getauscht, weil Unklarheit darüber bestand, welches Kirchenfest und/oder welcher Schutzheilige in welchem der umliegenden kleinen Nester zu begehen sei, dies dann aber in Form eines für die Gläubigen unsichtbaren Teleprompters in Erinnerung gerufen wurde. Zeitdauer: 1 Stunde, 57 Minuten, 2 Sekunden. Bestzeit in der Gemeinde.
5. Den alten Frauen und/oder Gemeindemitgliedern nachlaufen, die sich bereits vor dem *Ite, missa est* aus der Kirche stehlen, weil sie sich um die Kollekte für den Kirchendiener oder seinen Vertreter drücken wollen. Zeitdauer: 1 Stunde, 23 Minuten. Weltweite Bestzeit.

»Ein Wunder. Das ist fabelhaft. Und die Lieder? *Gennst* du die? Ich darf dich duzen?«

»Hier singt man oft ... schauen wir mal ... soll ich anfangen?«

»Ja, ja, fang an.«

Ich singe ein Kirchenlied, und er klatscht Beifall.

»Noch eins. Kennst du noch eins?«

»Noch eins? Soll ich anfangen?«

»Ja, ja, fang wieder an.«

Ich singe ein zweites Kirchenlied.

»Dich hat der Himmel geschickt, der Himmel. Wann *gannst* du anfangen?«

»Jetzt sofort oder auch morgen früh. Ich schlafe hier und kann dir dann alles für die Frühmesse um halb sieben vorbereiten. Denk dran, das zweite Lied ist tückisch. Hier legt man Wert auf die hohen Töne, und in der dritten Zeile ist ein ganz hoher. Wenn du den nicht triffst, sagen dir die alten Weiber *ciao*.«

»*Kut*. Hilfst du mir beim Singen?«

»Ja, aber ich verstecke mich hinter dem Altarbild. Ich will die frommen Frauen nicht erschrecken.«

»Erschrecken? Warum?«

»Das ist wieder so eine lange Geschichte. Ich erzähl sie dir irgendwann. Aber im Augenblick habe ich keine Lust, viel zu reden.«

»Du *gannst* auch zum Essen bleiben, wenn du willst.«

»Kein Problem. Oder willst du mich damit fragen, ob ich kochen kann, weil du's nicht kannst? Ja, ich kann kochen. Und du solltest versuchen, das G und das K und das P und das B auseinanderzuhalten. Das musst du beständig üben, jeden Tag, sonst machst du dich hier zum Affen. Kennst du übrigens das Ave Maria auf Sardisch? Damit wirst du sofort der Star der Gemeinde.«

»Nein. *Gannst* ... äh ... kannst du mir Aussprache beibringen?«

»Ich werd's versuchen.«

»Danke. Heute habe ich zu meinem Engel gebetet, um in der Kirche Hilfe zu bekommen, und er hat dich geschickt.«

»Was für ein Engel? Aus welcher Hierarchie?«

»Hierarchie?«

»Was soll das Fragezeichen? Du bist hier der Pfarrer. Aus der ersten, zweiten oder dritten Hierarchie?«

»Die Engel sind alle gleich.«

»Wiiie bitte? Alle gleich? Soll das ein Witz sein?«

Das hätte ich nicht sagen dürfen, ich hatte ihn gekränkt. Vielleicht war ihm mein »wiiie« etwas zu theatralisch und respektlos gewesen. Aber in Gedanken hatte ich ihn vorgewarnt, dass er mich besser nicht zum Reden brachte, sonst ... Ich wollte ihm auf die Sprünge helfen: »Ich meinte, Seraphim, Cherubim, Throne, dann Herrschaften, Mächte, Gewalten, und dann Fürsten, Erzengel und Engel. Die habe ich gemeint. Zu welcher Hierarchie gehört dein Schutzengel?«

Kein Ton.

»Das hat man mir so beigebracht ... tut mir leid. Wie ein Engel heißt, hängt von seiner Nähe zu Gott ab. Es gibt auch ganz einfache Engel. Die Seraphim sind Gott am nächsten und empfangen als Erste seine Befehle, um die Schöpfung gemäß seinen Vorstellungen von der kosmischen Ordnung am Laufen zu halten. Dann kommen die Cherubim, die Hüter des Lichts und der Sterne, sie führen die Anordnungen der Seraphim aus. Dann kommen die Throne ... hast du schon mal die Formulierung gehört: ›Ich bin im siebten Himmel‹?«

»Ja, natürlich, bei der Priesterweihe war das so.«

»Siehst du, da warst du bei den Thronen, das entspricht dem siebten Orbit, dem von Saturn.«

Er sah mich mit Fragezeichen in den Augen an.

Das ist für ihn ein Buch mit sieben Siegeln. Er wird an einen Erzengel gedacht haben oder an irgendeinen Engelsboten … wenn das Matteo miterlebt hätte, dachte ich bei mir.

»Wer hat dir das beigebracht? Ein anderer Pfarrer?«

»Nein, nein, ein Freund von mir … vor vielen Jahren. Er hieß Matteo.«

»Warum feuchte Augen? Du willst mir nicht mehr helfen?«

»Nichts, vergiss es … morgen früh um sechs bin ich hier. Ich übernachte doch nicht im Pfarrhaus, ich habe nochmal nachgedacht. Du musst die Kirche nicht abschließen, dem Heiligen Sebastian ist ohnehin nur noch ein Pfeil geblieben, den man ihm stehlen könnte. Aber ich werde eine halbe Stunde brauchen, um alle deine Sachen zu finden. Danach geht es dann schneller.«

»Gut, bis morgen.«

»Ja, bis morgen« … Vergiss meine feuchten Augen, dachte ich. Hätte Matteo Trudìnu das gehört, ›Die Engel sind alle gleich‹, hätte er mich bei der Hand genommen und gesagt, ›Komm Gesuino, lass uns abhauen, sonst müssen wir an seiner Stelle auch noch die Messe lesen‹, aber wie soll ich dir das erklären? Das solltest du eigentlich wissen. Denn nur wenn du dich mit den Engeln auskennst, kennst du auch ihre Gegner, die Teufel, und zwar alle 333. Ich muss an seiner Seite bleiben. Er ist voller Enthusiasmus, hat das Herz voller Glauben und Hoffnung. Wer weiß, wie er im Kongo gelebt hat … Um sich hier wohlzufühlen, muss er dort wirklich übel dran gewesen sein, grübelte ich weiter. Aber die Engel muss er alle kennen, und zwar auswendig! Alles andere ist Todsünde. Bei einer Teufelsaustreibung kann er nicht einfach wahllos vorgehen ... Das entsprechende Teufelchen lacht sich doch eins, wenn man ihm den falschen Engel vorsetzt. Aber eins nach dem anderen. Als Erstes bringe ich ihm die Namen der Spieler von Cagliari bei, die 1970 die Nationalmeisterschaft gewonnen haben. Die muss er alle auswendig lernen, fangen wir damit an. Denn auch das waren Engel, die Gott auf die Erde geschickt hat.

## 21.

Brigadiere Tigàssu beschloss, es in Ruhe anzugehen. Vielleicht lag es an der durch den Schatten des Akazienbaums kaum gemilderten Hitze oder an der tödlichen Langeweile bei der Lektüre, aber er begann die einzelnen Blätter zu ordnen, behutsam, als wollte er die in unleserlicher Handschrift verfassten Erinnerungen des Maestro mit dem gebührenden Respekt behandeln. In seinem Hirn hatte sich mittlerweile ein Gedanke festgesetzt, der ihm wie das Lab vom Zicklein seit zwei Tagen im Magen lag.

Warum diese Streichungen? Wenn er ein Kunstwerk verfassen wollte, hätte er die entsprechenden Seiten doch bestimmt noch mal abgeschrieben, um nicht den Eindruck zu hinterlassen, es wäre ihm egal, wie alles aussieht ... Von einem, der noch von Hand schreibt und auf die Sprache achtet, hätte man das wirklich erwartet.

Dann fiel ihm ein Detail auf, das ihm bei der ersten Durchsicht entgangen war: Die Tinte schien an Stellen, die gestrichen worden waren, frischer als im restlichen Manuskript und noch dazu dick aufgetragen. Außerdem sah es so aus, als sei auch versucht worden, Geschriebenes, das gestrichen werden sollte, abzuschaben. Die Spuren mochten von einer messerscharfen Klinge stammen wie von einem *pattadese*, dem sardischen Messer, als hätte man verhindern wollen, dass der Text mit hochmodernen Infrarot-Methoden doch noch zu entziffern wäre.

Glücklicherweise war Cesareddu nicht noch einmal an der Grundschule vorbeigekommen, sonst wäre er sich ganz sicher gewesen, dass der Brigadiere nicht mehr klar im Kopf war. Er hätte ihn nämlich dabei beobachtet, wie er im Stehen einzelne Blätter ins Gegenlicht hielt, um unter den schwarzen Balken, die fast aussahen wie aufgemalt und gar nicht, als hätte man da etwas streichen wollen, doch noch etwas zu erkennen.

Tigàssu war sich einer Sache gewiss: Die Streichungen betrafen Namen.

Ihm kam der Einfall, mit einem Lineal die Länge der Balken bis auf den Millimeter genau zu vermessen. Damit würde er sofort nach seiner Rückkehr in die Kaserne beginnen.

Er stieg in seinen Wagen, und während er den Rückspiegel ausrichtete, wurde ihm klar, dass er einen Weg finden musste, seine Überlegungen, die mittlerweile recht vielfältig waren, festzuhalten.

Erstens. Dieses Manuskript ist für einen Richter geschrieben worden.

Zweitens. Der Maestro streicht Namen und benutzt den Plural. Es geht hier also nicht nur um Mariàca. Wer sind die anderen?

Drittens. Der Maestro hat jahrelang an dem Text geschrieben, die Streichungen aber erst einige Tage vor seinem Tod vorgenommen.

Viertens. Ich glaube, ich weiß, um was für eine Verdächtigung es sich handelt.

Fünftens. Keine Ahnung ... mir wird schon noch was einfallen ...

Vielleicht holte ihn dieses aufrichtig bescheidene »keine Ahnung« wieder auf den Boden der Tatsachen zurück. In jedem Fall aber sorgten der Lärm und das Lachen aus Samueles Bar dafür.

Was ist da los? Gelächter um die Mittagszeit? Warum sind die Leute nicht alle am Meer?

Er hielt vor der Bar an, um sich schlauzumachen, und ihm fiel auf, dass der Trauerflor entfernt worden war.

»Kommen Sie, kommen Sie nur, Brigadiere«, lud Samuele ihn am Eingang ein.

»Warum? Was ist passiert? Läuft die Jukebox wieder?«, fragte der Brigadiere, machte sich aber nicht mal die Mühe, aus dem Wagen zu steigen.

»Noch besser, Brigadiere. Große Neuigkeiten aus Telévras«, sagte Cesareddu Spoboràu ironisch.

»Ich kann nicht bleiben, ich muss zurück in die Kaserne. Sag's mir kurz.«

»Wir haben nicht nur einen Pfarrer mit schwarzer Haut, sondern auch einen völlig verrückten Kirchendiener, Brigadiere. Auf Sardinien gibt es wieder Arbeit! Die Regierung hat endlich eine Lösung für unsere Probleme gefunden! Die Kollekte!«

Nach diesen Worten von Antiògu Trenàga, zweifacher Gewalttäter, am Flipper und an der Jukebox, brach wüstes Gelächter los.

»Und um wen geht es?«, fragte der Brigadiere.

»Um wen wohl? Um *su maccu*, den Verrückten, Brigadiere«, antwortete Peppinu Pisilentzia fast vorwurfsvoll.

»*Su maccu?*«

»Aber ich bitte Sie, Brigadiere, *su maccu maccu*.«

»Den völlig Verrückten? Gar nicht so einfach zu erraten«, sagte der Brigadiere ironisch.

»Dann wollen wir Ihnen die große Überraschung nicht vorenthalten. Morgen um elf halten die beiden *sa missa cantàda* ab, eine gesungene Messe. Kommen Sie auch, Brigadiere. Da dürfen Sie nicht fehlen. Das werden nicht mal die Kleinsten sich entgehen lassen, und wir gehen auch alle hin.«

»Und wo ist da die Überraschung? Los, sagt's mir schon!«

»Gesuino Némus, Brigadiere, der Verrückte.«

»Gesuino Némus? Ich glaub's nicht! Und sie halten eine *Messa cantata* mit dem Ave Maria auf Sardisch ab? Das hat es seit Jahren nicht mehr gegeben. Klar komme ich da auch, das will ich mir nicht entgehen lassen.

»Sehen Sie, Brigadiere.«

# ERINNERUNGEN
## *Sa Missa Cantàda*

**Die reinste Magie.** Man konnte nicht in der Nähe der Kirchentür stehenbleiben, so groß war der Andrang an Gläubigen, die sich schon mindestens eine halbe Stunde vor Beginn auf den Kirchenbänken niederließen. Vom Altar aus gesehen, saßen die Frauen links, die Männer rechts. Der Weihrauchduft überlagerte gleich einem Deodorant ohne Nebenwirkungen und Tierversuche die Körperausdünstungen der vielen Menschen.

Die Messe begann jeden Sonntag um elf und dauerte anderthalb Stunden. Nicht mal eine Fußballmeisterschaft war populärer als dieser kleine Luxus, den die Gemeinschaft sich gönnte, um zusammenzukommen. Denn das war der wahre Grund für die Veranstaltung. Die unverheirateten jungen Frauen legten Festtagskleidung an, und die jungen Männer kramten dafür ihre einzige Krawatte raus. Fast immer handelte es sich um die sagenhafte *Cravatta Pirelli*, die schon bei Erstkommunion und Firmung zum Einsatz gekommen war. Sie war metallisch Grau und berühmt-berüchtigt, weil sie einen festen Knoten und für den Hals ein Gummiband hatte, wie es auch in Unterhosen steckte. Wenn man nicht aufpasste, zogen die Großen unter irgendeinem Vorwand daran, bis einem der Krawattenknoten an die Nase knallte.

Das Ave Maria auf Sardisch gehörte eigentlich nicht in eine tridentinische Messe, aber es wurde trotzdem gesungen, denn es war bei allen der beliebteste Gesang. Ministranten erfüllten die Rollen von Diakon, Subdiakon und Akolyth. Für jeden Sonntagsgottesdienst einen Pfarrer zu finden war schwierig. Die Liturgie wurde eigentlich niemals eingehalten, und zwar in stillschweigendem Einvernehmen der einander ablösenden Bischöfe. Dafür war fast immer ein Küster anwesend, der für die Einsätze beim Gesang zuständig war und selbst keinen Ton traf. Es ging hoch her. Das erste *Kyrie Eleison* wurde noch in C-Dur angestimmt, dann rutschte man in der Tonleiter nach unten, und das zweite erklang bereits in schiefem H-Moll. Das allerletzte dann in krummem G-Dur. Das ging so lange, bis man sich die Kehle heiser gesungen hatte. Die Experten schonten ihre Stimme bis zum großen Finale, in dem die wirklich hohen Töne zum Einsatz kamen. *Gloria in excelsis Deo, Alleluia, Credo, Offertorio* und *Sanctus* dienten im Vergleich nur zur Lockerung der Stimmbänder. Einmal, als Matteo Trudìnu auf der Kirchenorgel das *Deus ti salvet Maria* anstimmte, brach die Hölle los, es war mit einem Gladiatorenkampf vergleichbar. Aber wie bei allem wahrhaft Schönen zählte weder das Davor noch das Währenddessen, sondern das Danach. Die jungen Männer verließen die Kirche schon während der letzten Töne und warteten auf dem Kirchhof darauf, dass die jungen Frauen herauskamen. Sie erschienen immer in Dreiergruppen und hielten einander an den Händen. Die jungen Männer warfen ihnen harmlose Komplimente zu und hofften auf einen verliebten Blick oder ein Lächeln, das damals manchmal einer offiziellen Verlobung gleichkam. Man träumte von der Liebe fürs Leben, in der Kirche zum ewigen Bund vereint, und um einen zarten Kuss zu wagen, musste man sich vorher zu Hause verlobt haben, und zwar nicht nur in Anwesenheit des Hausmädchens, sondern in Gegenwart von: 6 Brüdern, 32 Cousinen und Cousins ersten Grades, 126 zweiten Grades und 2897 dritten Grades, denn auf die eine oder andere Weise waren alle miteinander verwandt und verschwägert. Es war wunderschön, sie alle zusammen zu sehen, wie sie sich langsam von der Kirche entfernten: Männer, Frauen, Alt und Jung, und alle ließen sich Zeit, um genau um 13 Uhr zu Hause zu sein, für am Spieß geröstetes Zicklein, während in der Ferne der Mistral die letzten Töne des Ave Maria verwehte.

# 22.

*Es zeigt sich im Menschen ein eigentümlicher Trieb, das Wahre zu suchen und aufzufinden, sagt Cicero.*

*Würden sich doch alle an diesen Grundsatz erinnern. Die Suche nach der Wahrheit fällt eigentlich nicht allein Verfassungsorganen, Richtern, Staatsanwälten und der Polizei zu, sondern allen Schafen in der Herde, die sich aber widerstandslos und friedlich auch unglückseligen Beschlüssen beugen. Wenn alle diese Schafe begriffen hätten, wie sehr ich Mariàca geliebt habe, hätten sie mich niemals ausgeschlossen, verachtet und mich mit ihren Blicken und ihrem Schweigen angeklagt, der Vater des Kindes zu sein, das sie unter dem Herzen trug. Ich habe stoisch und stolz ertragen, dass sie nicht nach der Wahrheit geforscht haben, und deshalb vertraue ich Ihnen, Euer Würden, in Ihrem Amt als Richter meine Zeilen an und hoffe, dass Sie aufklären, was an dieser Angelegenheit wahr und unwahr ist. Es ist mir gleichgültig, ob ich bereits tot bin, wenn jemand mir schließlich doch noch ein Lächeln schenkt. Denn Sie werden die Wahrheit verkünden, was den Kindsvater angeht, und haben so vieles noch nicht erfahren ...*

(Marcellino Nonies, *Die Frömmigkeit der Schafe*, Seite 40)

Das Internet ist wirklich eine tolle Erfindung. Man versteht eine Sprache nicht? Man tippt was ein, und sofort hat man die Übersetzung. Von meinem Latein in der Schule erinnere ich mich nur noch an *rosa rosae rosae* ... Und schau hier! Cicero ...

Und der Brigadiere las die Übersetzung von Ciceros Satz und war stolz auf sich. Er hatte die Antwort auf seine fixe Idee gefunden, nämlich die Antwort auf die Frage, für was die Dorfgemeinschaft den Maestro für schuldig befunden hatte.

Doch sein Enthusiasmus kühlte trotz der glühenden Tageshitze sofort ab. Es geht ihm offenbar gar nicht darum, Marìaca zu schützen! Ihr Name ist an keiner Stelle durchgestrichen, sondern steht für alle Welt gut lesbar da, und er redet nur Gutes über sie. Die Streichungen betreffen nur Stellen, wo er den Plural gebraucht ... Wie hat dieser Mann es nur geschafft, eine dermaßen infame Verleumdung fast ein halbes Jahrhundert lang zu ertragen? Und alles für sich zu behalten? Und diese Frau war sogar im Gefängnis und hat alles Mögliche angestellt. Warum schützt er sie trotzdem?

Wäre Brigadiere Tigàssu ein Romancier gewesen, hätte die Antwort gelautet: Ganz einfach. Weil nur er allein die Wahrheit kennt.

Aber er war Carabiniere. Und das war kein Roman!

Spätestens der Anruf von Maggiore Pantognostis, der ihn dringend zu sich ins Büro bestellte, erinnerte ihn daran. »Hören Sie auf zu lesen und bringen Sie mir das Manuskript«, sagte der Maggiore dort in ernstem Tonfall, aus dem man auch Besorgnis heraushörte.

»Zu Befehl, Signor Maggiore. Aber hier im Büro habe ich

nur etwa zwanzig Seiten, die anderen sind bei mir zu Hause. Ich lese dort noch immer weiter, sonst werde ich ja nie fertig.«

»Gut, gut. Fahren Sie nach Hause, ordnen Sie die Seiten in numerischer Reihenfolge und bringen Sie sie hierher. Und sagen Sie niemandem, dass ich Ihnen die zum Lesen gegeben habe. Und stecken Sie die 120 Seiten vorher in den Umschlag zurück, den haben Sie doch hoffentlich nicht weggeworfen? Morgen muss ich ihn dem stellvertretenden Staatsanwalt übergeben. Wir sind raus aus den Ermittlungen. Ich habe ihm gesagt, ich hätte nur ein paar Seiten von dem Ganzen gelesen.«

»Natürlich habe ich den Umschlag noch. Darf ich Sie was fragen, Signor Maggiore?«

»Schießen Sie los.«

»Warum sind wir raus aus dem Ermittlungen?«

»Da weiß ich so viel wie Sie. Als ich dem Staatsanwalt über den Fall berichtet und ihm das Manuskript übergeben habe, dachte ich, er würde es behalten, stattdessen hat er mir's zum Lesen gegeben, und jetzt befiehlt er mir, die Ermittlungen abzubrechen. Dabei ist der Autopsiebericht von Dottor Figàu allgemein bekannt, und der irrt nun wirklich nie.«

»Ohne weitere Erklärungen?«

»Ohne Erklärungen und mit der Order, ihm dieses Opus von Maestro Nonies zu bringen. Das ist alles. Sie werden über andere Kanäle weiterermitteln. Man muss zum Beispiel herausfinden, wie er an das Medikament gekommen ist. Vielleicht steckt ja ein illegaler Handel dahinter. Die lassen das jetzt über die Polizei laufen, glauben Sie mir. Wir sind nur noch für Dorffeste zuständig ...«

Sein Tonfall war nicht autoritär, sondern hatte eine melancholische Note, die dem Brigadiere nicht entging. Und während er aufstand, um sich zu verabschieden, ließ der Maggiore einen Satz los, der so klingen sollte, als würde er mit sich selbst reden, aber insgeheim dabei hoffen, dass der Brigadiere ihn hörte: »Anscheinend sind alle erleichtert über den Tod des Maestro ...«

Bei einem alten Hasen wie Tigàssu, der die Täler und Sträßchen in dieser Ecke Sardiniens wie seine Westentasche kannte und Erfahrung darin hatte, per Fahndung Gesuchte aufzuspüren und Vertrauensleute zum Reden zu bringen, ließ ein solcher Satz sofort alle Glocken läuten.

Und so überlegte er, kaum dass er zuhause angekommen war, wie er, nachdem er die Seiten numerisch geordnet und den Umschlag gefunden hatte, eine Kopie davon anfertigen könnte. Ihm fiel ein Copyshop in einem Dorf in der Nähe von Narghilè ein, denn in der Provinzhauptstadt selbst hätte man ihn vielleicht bemerkt. Er überschlug kurz, wie viel Zeit er brauchen würde, und stieg in seinen Wagen. Länger als eine halbe Stunde für Hin- und Rückweg würde es nicht dauern. Er fuhr eilig los, stieg aber schon nach weniger als hundert Metern auf die Bremse.

Und was mach ich bei einem Papierstau ... was sag ich dann? Ich darf auf keinen Fall Spuren hinterlassen.

Er legte den Rückwärtsgang ein und ging zurück ins Haus. Dort legte er die einzelnen Seiten in ihrer Reihenfolge auf den Küchentisch, öffnete ein wenig die Jalousien, um Licht hereinzulassen, und fotografierte das Manuskript mit seinem Handy ab. Vorher hatte er noch eine Speicherkarte eingelegt, damit auch niemand seine Aktion zurückverfolgen konnte. Er brauchte 27 Minuten. Bevor er die Karte entfernte, kontrollierte er zur Sicherheit die Anzahl der fotografierten Seiten.

Was? Warum sind da nur 119 Fotos registriert?

Die Speicherkarte versteckte er. Dann musste er los, sonst würde er Verdacht erregen. Aber die Frage, warum er angeblich nur 119 und nicht 120 Seiten fotografiert hatte, verfolgte ihn auf der gesamten Fahrt zur Kaserne.

Vielleicht ist eine nicht gespeichert worden ... dabei habe ich wirklich alle fotografiert. Ich habe doch nicht eine ausgelassen? Wollen wir mal hoffen. Heute Abend schaue ich nochmal nach.

Sein Vorgesetzter wartete bereits auf ihn und das Manuskript.

»Sie haben ja ganz schön lange gebraucht, fast anderthalb Stunden«, sagte er finster.

»Wie Sie wissen, wohne ich außerhalb ... ich brauche für eine Strecke bereits eine halbe Stunde, und bei Verkehr ...«

»Verkehr? Was denn für ein Verkehr? Waren Mufflons unterwegs?«, sagte der Maggiore, aber mit einem Lächeln, und auch der Brigadiere musste grinsen.

»Gut. Jetzt werde ich dem Staatsanwalt diesen Kram bringen. Nur so aus Neugier – bis zu welcher Seite sind Sie denn gekommen mit Ihrer Lektüre? Und was halten Sie davon?«

»Wollen Sie's ganz ehrlich wissen?«

»Klar.«

»Bis zu Seite 40. Aber es war richtig mühsam, Philosophie ist einfach nicht mein Gebiet. Und außerdem hatten Sie recht, mit jeder Seite wird die Handschrift unleserlicher.«

»Gut, das war nämlich auch genau mein Eindruck.«

Maggiore Achille Pantognostis war ehrlich. Brigadiere Tigàssu hingegen nicht.

## 23.

Dottor Arcànu, der neue stellvertretende Staatsanwalt, und Maggiore Pantognostis gingen ungefähr einen Kilometer lang miteinander zu Fuß. Ersterer war wirklich ein Experte, was Sardinien anging, das begriff der Maggiore sofort. Und zwar nicht nur wegen seines Nachnamens, sondern weil er sich bei ihm unterhakte und ihn aus dem Justizgebäude führte, als ginge es auf einen Spaziergang, um einfach mal miteinander zu plaudern.

Der neue Stellvertreter stand im Ruf absoluter Integrität und Unbestechlichkeit, und schon bald nach seinem Dienstantritt hörte man bei den Vertretern aller Ränge und Dienstgrade: »Dem ist egal, wer da gerade vor ihm steht.« Und das hatte ihm sofort allgemeine Sympathie eingebracht.

»Ich muss Ihnen danken, Maggiore. Sie hatten ja bereits mit den Ermittlungen begonnen, und es ist immer unangenehm, wenn man sie auf Order von oben unterbrechen muss.«

»Aber nein, wo denken Sie hin, Dottore. Unsere Arbeit hängt doch ganz eng mit der der Staatsanwaltschaft zusammen«, antwortete der Maggiore und täuschte ein Einvernehmen vor, das weder mit ihren unterschiedlichen Positionen in der Hierarchie im Einklang stand, noch mit seiner persönlichen Verärgerung darüber, dass man ihn angewiesen hatte, die Suche nach Mariàca Tidòngia einzustellen.

»Und auch wir wissen über die Hintergründe nicht immer Bescheid«, fuhr Dottor Arcànu fort.

»Wie meinen Sie das?«, erkundigte sich der andere, hellhörig geworden.

»Naja ... ich will es mal so sagen, auch wir erhalten in dieser Richtung mitunter Direktiven, obgleich eine weitere Strafverfolgung eigentlich auf der Hand liegt und so weiter, und so weiter.«

»Ja, das kenne ich, wir werden auch mitunter von ranghöheren Vorgesetzten ausgebremst, wenn wir Ermittlungshypothesen aufstellen, zum Beispiel im Fall von hochgestellten Persönlichkeiten ...«, pflichtete der Maggiore ihm bei.

Er sagte das so dahin, ohne sich des Gewichts seiner Worte bewusst zu sein, als hätte er aus dem Tonfall des stellvertretenden Staatsanwalts eine gewisse gemeinschaftliche Interessenlage herausgehört.

»Sehr gut, Maggiore, ausgezeichnet. Ich sehe, wir verstehen uns auch ohne viele Worte. Ich werde mich darum kümmern, dass Sie interessantere Fälle bekommen als irgendeine dahergelaufene Anarchistin, die keine Lust hat, für eine Unterschrift zu erscheinen. Soll sie doch in ihren geliebten Bergen ihre letzte Ruhe finden, davon träumen solche Typen doch.«

»Gut, dann ist ja alles klar«, sagte der Maggiore und wollte sich verabschieden.

»Äh ... eine letzte Frage noch. Hat außer Ihnen noch jemand dieses Manuskript zu Augen bekommen oder es gelesen?«

»Nein«, sagte der Maggiore kurz angebunden und ohne zu zögern, denn er wusste, dass zu viele Worte verräterisch waren.

Jeder Carabiniere, und zwar bis in die untersten Dienstränge, hätte sich gefragt, was dieses plötzliche Anbandeln zwischen einem Vertreter der Staatsanwaltschaft und einem Carabiniere, Kommandant einer unbedeutenden Provinzkaserne, zu bedeuten hatte.

»Und von den Anfragen bei der Handelskammer, was Registereinträge etc. angeht, weiß außer Ihnen auch niemand was?«

»Ich hatte Brigadiere Tigàssu gebeten, Informationen einzuholen, aber für die brauchte man Sondergenehmigungen, und damit habe ich mich dann an Sie gewandt.«

»Das haben Sie genau richtig gemacht. Das habe ich mir bereits gedacht. Außerdem handelt es sich um einen einfachen Brigadiere. Sagen Sie ihm einfach, er soll nicht mehr in der Sache tätig werden, selbst falls er der Tidòngia auf seinen Runden über den Weg läuft.«

»Nicht tätig werden? Wie soll ich das verstehen?«, fragte der Maggiore überrascht.

»Er soll einfach nichts unternehmen. Der Fall ist nicht mehr unsere Angelegenheit. Falls er ihr begegnet, soll er so tun, als wäre nichts. Er braucht sie nicht zu identifizieren und soll sie auch nicht auffordern, sich auszuweisen. Der Fall geht uns nichts mehr an«, sagte Dottor Arcànu, immer noch in dem gleichen freundschaftlichen Ton, als zögen sie beide am selben Strang.

Warum schaut er mich an, als wollte er mich fragen, hast du mich verstanden?, fuhr es dem Maggiore durch den Kopf.

Als hätte er Achille Pantognostis Befremden gespürt, fuhr er fort: »Es sind keine Strafverfahren gegen sie mehr anhängig. Die oberen Etagen in Rom haben sie von der Meldepflicht befreit. Ihr Maestro hat sie seit April 1972 nicht mehr zu Gesicht bekommen. Nonies hat sich das Barbiturat selbst besorgt, weil er todkrank war. Er hat Verleumdungen ignoriert, nach denen er der Vater von Tidòngias Kind war. Sie hält sich im Ausland auf, und niemand kann ihr verbieten, hier Urlaub zu machen. Die Personen, die Sie beim Begräbnis gesehen haben, waren Unsrige. Und zu guter Letzt sind uns die Ex-Terroristen eigentlich scheißegal.«

Der Maggiore hatte Mühe, all diese neuen Informationen im Kopf zu behalten. Von der Verleumdung hatte er nichts gewusst, und ihn verblüffte, dass man ihn nicht informiert hatte, dass diese sechs fremden Gestalten beim Begräbnis angeblich »Unsrige« sein sollten.

Unsrige? Was sollte das bedeuten? Carabinieri in Zivil? Mit Autos, von denen jedes 60.000 Euro kostet? Und angezogen, als gehörten sie offiziell zum Begräbnisunternehmen? Und wie bitteschön sollte sich der Maestro das Medikament auf eigene Faust besorgt haben? Und dann noch vorschriftsgemäß verdünnt?, überlegte er hellsichtig. Immerhin war er Carabiniere und nahm die Ausführungen, noch dazu aus dem Munde eines Staatsanwalts, nicht einfach hin, ohne sich Fragen zu stellen.

Dottor Arcànu schien Achille Pantognostis' Gemütszustand zu erraten, denn er fügte mit einem aufgesetzten Lächeln hinzu: »Wir sind doch beide Experten, was offizielle Sprachregelungen angeht, stimmt's, Maggiore?«

Er selbst hatte gelogen, mithin musste auch der Staatsanwalt ein Lügner sein. Eine ebenso einfache wie richtige Überlegung.

## 24.

Man hätte meinen können, das Gestein auf dem Berghang, den der Landpolizist Cesareddu Spoboràu auf Spuren geplanter Brandstiftung untersuchte, würde tatsächlich singen. Diese jahrtausendalten Steinbrocken gaben, je nachdem wie Cesareddu auftrat und sie zum Rollen brachte, jeweils unterschiedliche Töne ab.

Es war der 3. Juli, und die Hitze hatte etwas nachgelassen.

Der Mistral kündigte sich an, für Pyromanen genau der richtige Zeitpunkt, um in einem Jutesack langsam glimmende Lunten zu deponieren und so wieder einmal für einen Brand zu sorgen, der auch die letzten Hektar mediterraner Macchia in dieser Gegend verwüsten würde.

Den Kriminellen blieb auf diese Weise alle Zeit der Welt, sich vom Brandherd zu entfernen und in einer nahegelegenen Bar für ihre Alibis zu sorgen. Mithin musste man ihnen das Handwerk legen, indem man ihnen, diesen Elenden, die ihre Heimat schändeten, zuvorkam.

So nannte Cesareddu sie: »Elende Verbrecher.«

Und zwar vor aller Welt, also fast immer in Samueles Bar. Drohungen fürchtete er nicht, obwohl man ihm zweimal fast das Auto abgefackelt hatte. Er war Single, unterbezahlt und allein auf weiter Flur, um diesen Bestien die Stirn zu bieten, die Brände legten, damit die verbrannte Erde vielleicht künftig anders genutzt werden durfte oder eine eher unwahrscheinliche Grundstücksteilung vorgenommen würde. Und nach der dritten Runde Cannonau, zu der Samuele seine *sartizza*, köstliche sardische Salami, servierte, oder frischen Pecorino, ein Geschenk von befreundeten Schäfern, legte Cesareddu in seinen Tiraden gegen Brandstiftung nochmal nach.

Und Samuele geizte nicht mit den Käsehäppchen, die er seinen Gästen vorsetzte. Das war ein richtig kleines Abendessen, eine Art Happy Hour mit lokalen Null-Kilometer-Köstlichkeiten. Vom Brot gar nicht erst zu reden … Bestes Bäckerhandwerk aus Weizenmehl, kundig geformt und außen durch das Backen im Holzofen knuspriger und innen selbst nach drei Tagen noch duftend zart … Das Ganze kostete nicht mehr als 3 Euro, mehr durfte er dafür auch nicht verlangen, sonst wäre keiner mehr gekommen, um einen ganzen Nachmittag lang Karten zu spielen …

»Wir sind selbst schuld … wir sind uns selbst die schlimmsten Feinde, wir selbst. Anstatt uns mit dem Blödsinn zu beschäftigen, den uns die vom Festland bescheren, sollten wir vor unserer eigenen Türe kehren. Wir schaffen es ganz allein, unser Paradies hier in Schutt und Asche zu legen«, wiederholte Cesareddu, und Antoni Malugòru – stolzer Vertreter einer Kriminellenfamilie in vierter Generation – pflichtete ihm bei und legte noch nach: »Und wer erteilt die Genehmigungen, um auf Sand oder Fels zu bauen? Wir! Und wer kommt sofort gekrochen, sobald irgendein Industrieller auftaucht und nach Fördergeldern verlangt, weil er zehn Kellner anstellen will und angeblich Arbeitsplätze schaffen? Wir, immer sind es wir selbst! Ein Volk von Saisonarbeitern sind wir geworden ... von wegen Tourismus, Industrialisierung und Schafzucht. Und dann erwarten sie auch noch ein Dankeschön. Wart ihr schon mal in Ottana? Habt ihr euch diese zukunftsweisende Chemiefabrik angeschaut? Öffentliche Gelder ohne Ende sind da hineingepumpt worden, und wofür? Alle Angestellten entlassen. Schaut's euch an, fahrt hin! Alles verlassen, nur noch zwei Schornsteine stehen da im Wind.«

»Das sind nur zwei Stunden mit dem Auto, fährst du uns hin?«, neckte ihn Peppinu Piselentzia.

Aber dann ging es doch mit Scherzen weiter, ein Nebeneffekt des guten Cannonau. Nach dem dritten Glas gab es für alles eine Erklärung, war alles irgendwie machbar, sogar die Unabhängigkeit, »da setzen wir uns durch, basta. Ab morgen wird alles anders.«

Immer morgen.

Für heute reicht es, rebellische Tiraden gegen das Vermächtnis des Feudalismus und die Agrarreform von 1820 anzustimmen und das Handeln auf den Nimmerleinstag zu verschieben, »wenn die Sarden ihr Schicksal wirklich in die Hand nehmen. Das ist dann Sache unserer Söhne und Enkel ...«

Seit einer Weile wirkte Cesareddu allerdings geistesabwesend, und zwar auf eine geradezu glückliche Art.

Wenn man um vier Uhr an einem Sommernachmittag Samueles Bar betritt, die Kleidung im Armeelook so frisch und sauber, dass sie fast aussieht wie neu, den Schal à la Oscar Wilde um den Hals gebunden, frisch rasiert und mit einem After Shave, das sogar den Pecorino übertönt, die Schuhe auf Hochglanz gewienert und mit blendend weißen Zähnen, weil man in Narghilè beim Zahnarzt war, na, dann ... stimmt was nicht.

»Foemina ad'at ténneri? Steckt da eine Frau dahinter?«

Das war die Frage, die sich alle seine Kartenfreunde stellten.

Man sah ihn stets lächelnd, freundlich und generös. Kein einziges Mal brach er das Kartenspiel vor dem Ende ab, als täte es ihm leid, dass er immer gewann und niemals die Runden bezahlen musste. Er fluchte nicht mehr und blieb nicht mehr zu den Fernsehübertragungen von Fußballspielen ... was war nur los mit ihm?

Irgendwann fiel das allgemeine Urteil: »Den sind wir los. Cesareddu hat sich verliebt.«

Und dann begann ein wunderschönes Spiel: Such-die-Freundin.

Wie ein durch den Mistral entfachter Brand flammten Hypothesen auf.

Eine ausländische Touristin, sagte der eine, eine aus einem Nachbardorf, ein anderer, denn wäre sie aus Telévras, hätte man das sofort herausgefunden. Ein Dritter, in moderner Kommunikation kundiger als der Rest, vermutete eine Facebook-Bekanntschaft und ging sogar so weit, eine Webseite für Partnersuche zu erwähnen, worauf alle ganz von den Socken waren, denn vielleicht gab es da darußen auf dieser Welt ja tatsächlich für jeden Topf einen Deckel, warum nicht auch für sie ...

Man erzählte sich, Cesareddu speise in Restaurants an der Küste, unerschwinglich für die meisten aus dem Dorf, er habe sich ein neues Auto gekauft und es bar bezahlt, wie er in der Bar mehrmals erwähnte.

Andererseits brauchte man sich nicht zu wundern, darin waren sich die meisten seiner Spielkumpel einig. Er war einer der Wenigen unter ihnen mit einem festen Gehalt, noch dazu einem staatlichen, und das kam eigentlich einem Lottogewinn gleich. Und großzügig war er immer gewesen, stets hatte er sein Auto für Fahrten ans Meer zur Verfügung gestellt oder jemanden zum Mitfahren und dann zum Essen eingeladen, wenn er am Abend einen Ausflug an die Küste machte.

Kurz und gut, man zerbrach sich den Kopf, wie es zu Cesareddus überraschendem Wohlergehen kam, und hegte ein ganz klein bisschen Neid angesichts eines Lebensstils, der trotz seines Jobs auf Lebenszeit etwas übertrieben daherkam.

Doch Fakten sind, wie man weiß, dazu da, um Theorien zu widerlegen, mögen sie noch so fundiert sein.

Und in diesem Fall war der Fakt ein kaum hörbares dumpfes Geräusch.

*Stumpf.*

An jenem Tag hatte Cesareddu seinen Dienst beendet. Doch anstatt sofort wie sonst nach Telévras zurückzufahren, setzte er sich auf einen kleinen Felsbrocken vor dem Abhang bei der Kapelle Madonna d'Itria. Die Frau, der er Zugang zur Kapelle verschafft hatte und die dort Waffen deponiert hatte, war ihm nie wieder begegnet.

Mit dem Rücken an eine Eiche gelehnt, als warte er auf jemanden, außerdem konnte man von dort aus das Tälchen inmitten der Tacchi wunderbar überblicken, lauschte er einsam und allein dem anschwellenden Mistral.

Vor ihm am Horizont lag das Meer, von Eichenwipfeln, die im Wind hin und her schwankten, verdeckt.

»Diese Stille, so schön. Wenn ich sie sehe, werde ich ihr sagen, dass niemand je erfahren wird, dass ich sie kenne oder auch nur ihren Namen, bevor die Sache offiziell ist.«

Und so war es auch. Er würde nichts mehr verraten.

Denn so ist der Tod: Man lauscht dem Wind und kann niemandem mehr davon erzählen.

Er wurde von einem schallgedämpften Schuss in den Nacken getötet.

# 25.

Es war, als habe der Himmel uns im Stich gelassen.
Die Nachricht, dass man Cesareddu tot aufgefunden hatte, fiel mit Padre Carlos eigentlichem Dienstantritt in seiner Pfarrgemeinde zusammen, und zwar mit dem Dorffest, der *Sagra del Cannonau e della Pecora*.

Man freute sich schon auf die Trinkgelage und den Tanz auf der Piazza, die zu diesen Tagen der Völlerei dazugehörten. Auf dem Dorfplatz wurde eine große Bühne aufgebaut, wo als Zeichen der Aufgeschlossenheit gegenüber verschiedenen Stilrichtungen die traditionellen Bläser der *launeddas* ebenso auftreten würden wie junge Rapper. Den Befürwortern der Moderne lag diese Aufgeschlossenheit am Herzen, den Anhängern alter Tradition war sie verhasst.

Doch jetzt hängte man die neuen Kleider für das Fest in den Schrank zurück, und der Haarschmuck wurde wieder schlicht.

Das Fleisch musste weiter abhängen, um mürbe zu werden. Es gab nichts mehr zu feiern.

Die Woche darauf wäre Cesareddu vierzig Jahre alt geworden.

Er galt als ein Bär von einem Mann, ein ganzer Kerl.

Antiòga Tzuccuru, schon seit vielen Jahre Witwe, überbrachte uns die Nachricht, während wir im Pfarrhaus besprachen, was es für die erste gesungene Messe von Padre Carlo zu tun gab und wie wir die Kirche schmücken wollten.

Sie sagte nur: »Ein Fahrradtourist hat ihn gefunden.«

Genau, Sie haben den Leichnam gefunden. Und Sie haben den Mann, selbst von hinten, auf den ersten Blick erkannt. Eigentlich wollten Sie ihm erzählen, dass man Ihnen das geliebte Mountainbike geklaut hatte und dass Sie es wieder zurückbekommen haben.

Er saß noch so da, den Kopf leicht nach rechts geneigt. Im ersten Augenblick dachten Sie, er schläft.

Beim Näherkommen haben Sie das Blut gesehen. Das Gesicht war nicht sehr entstellt und die Lider geschlossen, als hätte eine mitleidige Hand das gebrochene Auge vor der unendlichen Weite des Horizonts bewahren wollen.

Ihr Herz raste.

Abhauen und so tun, als hätte man nichts gesehen, oder die Polizei rufen? Ehrlich gesagt ist Ihnen der Gedanke an Flucht durch den Kopf geschossen, aber: »Wenn mich jemand gesehen hat?« Sie sind nicht von hier, und Sie haben keine Angst vor Erpressung, das hat man Ihnen von Kind an eingetrichtert.

Ihr Hände sind so verschwitzt, dass Sie auf dem Handy nicht einmal den Notruf 112 absetzen können.

Beruhigen Sie sich. Sie tun genau das Richtige.

Danach haben Sie eine Stunde lang auf die Carabinieri aus Narghilè gewartet.

Der Zufall wollte es, dass als Erste Maggiore Pantognostis und Brigadiere Tigàssu eintrafen.

Sie sind neugierig. Als er Ihnen einmal den Weg beschrieb, weil Sie nicht mehr weiterwussten, hatte Cesareddu Spoboràu Ihnen von seinem Beruf erzählt, er repräsentiere die ältesten Ordnungshüter Europas.

Die Schafzüchter und Bauern finanzierten seinen Berufsstand, und das Amt erneuere sich jährlich. Er sei ein Vertreter der Staatsgewalt, ein Landpolizist. So etwas konnte es wirklich nur in Sardinien geben.

Sie waren bei der ersten Spurensicherung dabei, haben die ersten Fragen beantwortet. Sie konnten sich nicht ausweisen, und man hat Sie gebeten, noch am selben Abend in der Kaserne vorbeizukommen, um Ihre Papiere vorzuzeigen und sich auszuweisen.

Dass es sich bei dem Toten um Cesareddu handelte, hatten Sie natürlich sofort erkannt.

Was ist Ihnen durch den Kopf gegangen? Das Gleiche wie allen anderen? Jemanden am allseits bekannten *die nodìa* umzubringen war ein Affront, denn von nun an würden jene paar wenige Festtage für Angehörige, Freunde und Bekannte auf immer mit Trauer und Leid verbunden sein.

Oder vielleicht das, was ich dachte, der Kirchendiener von Télevras, ganz frisch im Amt.

»Der *die nodìa* hat nichts damit zu tun.«

Ich habe versucht, Padre Carlo zu erklären, warum.

»Wer auch immer ihn umgebracht hat, wusste nichts von unserem Fest. Sonst hätte er ihn am Festtag selbst umgebracht, vielleicht sogar während der Messe, und nicht ein paar Tage vorher.«

»Und warum?«

Die Aussprache Padre Carlos hatte sich sehr verbessert, dazu hatten wenige Tage gereicht. Er hatte sich ins Zeug gelegt, und ich war stolz auf ihn.

»Wissen tue ich es nicht, ich ahne es nur. Mit seiner Arbeit hat das nichts zu tun. Er hat seit Jahren immer das Gleiche gesagt, da hätte man ihn schon vor langer Zeit umbringen können. Er hat keine Verwandten mehr, seine Eltern sind seit Langem tot, und er war Einzelkind.«

»Aha! Und was machen wir jetzt?«

»Was sollen wir machen? Wir räumen den Schmuck für das Fest weg, alle Blumen und Kerzen, und bereiten uns darauf vor, dass zur Trauerfeier alle kommen. Wollen wir hoffen, dass alle in die Kirche kommen und nicht wie üblich auf dem Vorplatz herumstehen und über die wildesten Thesen debattieren.«

»Und was ist mit dem neuen Klingelbeutel, den ich dir gekauft habe?«

»Bei einer Beerdigung gibt man keine Geldopfer. Ich werde beim Taufbecken ein Kästchen hinstellen, in das jeder, wenn er will, Kleingeld werfen kann. Der Geldbeutel wird sobald wie möglich eingeweiht, bei einer Hochzeit oder an einem kirchlichen Feiertag.«

Niemand zwingt Sie, zum Vorgefallenen eine Meinung zu haben, Sie sind ein Auswärtiger, der hier seine verlängerten Ferien verbringt. Aber warum haben Sie dem Brigadiere und dem Maggiore nichts von dem Fahrraddiebstahl gesagt und auch nicht, was Sie von oben auf dem Berg beobachtet haben?

Und auch kein Wort über die Frau, die sich, nachdem sie die Tür zur Kapelle eilig geschlossen hatte, aus dem Staub gemacht hat? Natürlich können Sie nicht mit Sicherheit behaupten, dass sie sich Ihr Fahrrad angeeignet hat, aber der Gedanke ist Ihnen gekommen.

# 26.

»Oje, Gesuino, und wohin kommt jetzt unsere Kollekte?«

Für den Rest meines Lebens wird mir Samuele Baccantis traurige und leise Stimme nicht mehr aus dem Kopf gehen.

Es war, als hätte er gesagt: »Willkommen zurück bei uns.« Ich kenne sie alle, ich weiß, dass man sich über mich lustig macht und ich den Spitznamen *Su maccu* trage. Um ehrlich zu sein, war mir das immer egal. Aber seine Frage war, als hätte er im Namen aller gesagt: »Wir haben dich gern, auch wenn du völlig durchgedreht bist.«

Ich habe ihm das Kästchen gezeigt, das ich dafür vorbereitet hatte.

Vielleicht lag es an meinen aufrichtigen Tränen und an meinem Takt, denn ich bin nicht mit dem Klingelbeutel durch die Kirchenbänke gelaufen, um Trauer in bare Münze zu verwandeln. Jedenfalls gaben alle ein Geldopfer.

Wie ich vorausgesehen hatte, war die Kirche so rappelvoll wie schon seit den siebziger Jahren nicht mehr.

Padre Carlo schlug sich hervorragend und hielt auf meinen Rat hin eine schlichte Predigt. Mit einer Trauerpredigt hatte er sein Amt begonnen, und jetzt ging es im gleichen Stil weiter. Seit seiner Ankunft hatte er noch keine einzige Hochzeit oder Taufe mit uns gefeiert.

Aber das hier war keine gewöhnliche Trauerfeier, sondern ein richtiges Begräbnis, mit verweinten Gesichtern und dem Gesang der alten Weiber, deren DNA, typisch für die Ogliastra, dafür sorgt, dass die Stimmchen bis zum letzten Atemzug rein und klar bleiben.

Sogar die Männer weinten, selbst Antoni Malugòru. Er, der in seinem Leben nicht eine Träne vergossen hatte, nicht einmal, als sein Hund starb, saß weinend und in sich zusammengesunken auf der Kirchenbank.

Allen gefiel meine letzte Geste – ich legte nämlich auf den Sarg, direkt neben die sardische Flagge mit den vier Mohren, einen kleinen Schal, den ich aus meiner Kindheit aufbewahrt hatte, mit einem Motiv, das das wahre Wahrzeichen meiner Heimat ist: ein Baum mit Blättern, dessen Wurzeln in die Luft ragen …

Ohne große Worte, nicht einmal Padre Carlo bekam etwas davon mit. Und auch nicht die Ordnungshüter, die nebeneinander in der ersten Reihe standen.

Denn so funktioniert das heute noch in dieser Gegend. Wenn man am wenigsten damit rechnet, spürt man Solidarität und Mitgefühl.

Als würde gemeinsam empfundene Trauer die Gemeinschaft mehr zusammenschweißen als ein Dorffest oder eine Hochzeit. Dazu gehört auch, dass man während der Trauerfeierlichkeiten vor den Läden die Rollgitter herunterlässt und sämtliche Verrichtungen und Geschäfte unterbricht, und selbst die Ärmsten geben, was sie entbehren können.

Padre Carlo wurde das klar, als er zusah, wie ich Ein- und Zwei-Euro-Münzen ordentlich aufstapelte. Es waren auch Fünf-Euro-Geldscheine, 10-Euro-Noten und selbst ein paar Zwanziger dabei.

Insgesamt 547 Euro. Das hatte es noch nie gegeben.

Für uns war das ein kleines Vermögen.

Ich überließ ihm beziehungsweise der Kirche auch meinen Anteil, nämlich die Hälfte. Für mich passte das so.

Padre Carlo fragte mich nur noch: »Warum hast du das Ave Maria angestimmt? Das gehört doch gar nicht zur Trauermesse.«

Das war mein Überraschungscoup gewesen.

Nach dem letzten Segen und bevor die Freunde aus der Bar den Sarg des Toten schulterten, um ihn zum Friedhof zu tragen, begann ich vom linken Kirchenschiff aus das Ave Maria zu singen. Ich wusste, dass die frommen Frauen in der Gemeinde nur darauf warteten. Mir war egal, ob ich meine Entlassung riskierte, weil ich damit die Riten der Römisch-Katholischen Kirche missachtete. Es war einfach mein Lieblingskirchenlied, weil es das einzige ist, das das Herz mit Freude und Melancholie zugleich erfüllt. Denn ein wahres Gebet vereint Gegensätze, Schmerz und Hoffnung, Tränen und Lächeln. Alles zugleich.

Alle sangen bis zur letzten Strophe mit und machten ihrem Schmerz Luft.

Und mir genügte, dass Samuele mir zuflüsterte: »*Ajò*, schau nach der Beerdigung in der Bar vorbei. Wir haben zu seinen Ehren die ganze Nacht lang geöffnet. Und bring auch den Pfarrer mit. Du kennst dich ja aus und kannst ihm erzählen, wie das hier bei uns vonstatten geht.« Wie um zu sagen, dass ich in ihren Augen wieder dazugehörte.

## ERINNERUNGEN

Es ist ja allgemein bekannt, dass Gefühle durch den Magen gehen und Verstorbene, auf eine sympathisch wundersame Weise, nach dem Ableben über eine reiche Tafel auf immer mit den Lebenden verbunden bleiben.

Und so ist es kein Wunder, dass man die köstlichsten *culurgiònes* am Totensonntag, dem ersten Sonntag im November, isst. Das war schon immer so.

Ob nur Bohnen und Eier oder am Tag der Beerdigung zubereitete hausgemachte Pasta spielt keine Rolle, man speiste immer hervorragend. Auch für die Verstorbenen wurde ein Gedeck aufgelegt, als hätten sie sich lediglich verspätet und würden noch zu Tisch erscheinen.

Die *attidadòras*, die alten Frauen, die den Leichnam beweint hatten, der ordentlich hergerichtet und mit den Füßen zur Tür weisend dalag und in nicht wenigen Fällen zur Blutrache aufforderte, da war nichts mit *Pacem in Terris*, beendeten ihre Trauerklagen und dankten Gott freudig. Sie trösteten die Angehörigen mit der Aussicht, dass der Tote jetzt glücklich und von allen irdischen Schmerzen und Übeln befreit sei, und im Falle eines gewaltsamen Todes hieß es: »*Issu si bidi de'ncui*, der schaut uns von oben zu.« Das sollte den Angehörigen Schutz garantieren und ihnen Zuversicht und Hoffnung für die Zukunft vermitteln.

Die Kinder waren fröhlich. Sie als Einzige wissen um die Bedeutung des Todes, und sie stopften sich mit bitterem Honig bestrichenen *seadas* voll und mit allen möglichen anderen Süßigkeiten. Nach einer Beerdigung speiste man wie gesagt besser als bei einer Hochzeit.

Das Ganze dauerte nicht selten sieben Tage, und wenn die Angehörigen des Verstorbenen für die Gemeinschaft auftischten und auch denen etwas gaben, die ärmer waren als sie, auch mal neun.

Ganz zu schweigen vom Totensonntag. Dann ging es auf dem Friedhof zu wie bei einem Dorffest. Bis auf den letzten Dorfbewohner erschienen alle an diesem Ort und verbrachten ihren Tag dort, und nicht selten spielten Kinder zwischen den Gräbern Fangen.

Denn darum ging es – diesem geweihten Ort etwas Lebendiges zu verleihen, sich festlich herauszuputzen und in den besten Kleidern den verstorbenen lieben Angehörigen Hallo zu sagen, als wäre der Tod nur ein unglücklicher Zwischenfall auf dem gemeinsamen Weg.

Man vertrieb die Angst vor dem letzten Stündlein, indem man Seelenruhe vortäuschte, die beste Pasta zubereitete und den Tisch auch für die Verstorbenen in der Familie mitdeckte, als wäre das österliche Wiederauferstehungsfest eine Lotterie, mit der der unverrückbare Glauben ans Jenseits prämiert würde.

Für mich sind diese leeren Stühle und davor Teller mit den wunderbarsten Köstlichkeiten auf Gottes Erden, die niemand jemals essen würde, Sinnbild für höchste Kultur.

## 27.

»Gibt es hier einen Schraubenzieher?«

In Samueles Bar eine derart sinnlose Frage zu stellen konnte zur Folge haben, dass man hier ein Vierteljahr lang von jeder öffentlichen Veranstaltung ausgeschlossen wurde.

Und wenn einem das bei einem Umtrunk einfiel, der zu Ehren eines Ermordeten stattfand, wurde man eigentlich auf Lebzeiten in die Bars entlang der Küste verbannt.

Eiskaltes Schweigen.

Aber wirklich Verrückte erkennt man daran, dass sie alles immer noch schlimmer machen.

»Und vielleicht auch noch einen Schraubenschlüssel?«

Am liebsten wäre man dem Fragenden an die Gurgel gegangen. Aber Verrückte haben wie arme Leute Kenntnisse, die dem Rest der Welt abgehen. Sie wissen beispielsweise, wie man etwas repariert, eine Jukebox eingeschlossen.

Samuele hatte das als Einziger sofort begriffen.

Er hatte gesehen, wie ich das Gerät betrachtete, und begriff, dass ich über das Gewusst-wie verfügte.

»Hier, bitte, Gesuino. Wenn du's probieren willst ... kaputter kann das Ding nicht werden.«

Was soll das denn bitte schön heißen? Wenn du's probieren willst! Das hier ist eine Wurlitzer 3500, Baujahr 1971. Modell Zodiac, dachte ich bei mir.

»Nichts leichter als das«, sagte ich, während Samuele mir eine Werkzeugkiste reichte, die er von seinem Vater »geerbt« hatte. Ein Blick auf die Aufschrift U. S. Army 1945 genügte, um zu wissen, dass er sie hatte mitgehen lassen.

Man ließ sich nicht mal die Zeit, den in Myrtenlikör gegarten Schweinerollbraten zu probieren, den Peppinu Pisilentzia zu Ehren Padre Carlos mitgebracht hatte. Der hatte die Einladung gerne angenommen, denn er war neugierig auf die sardischen Trauerfeierlichkeiten, ein Ritual, das auch den Alten in seinem Heimatdorf im Kongo am Herzen lag.

Das ist nur ein Problem des Münzeinwurfs. Jemand hat dem Ding einen solchen Tritt versetzt, dass die Spalte für die Münzen sich verschoben hat. Die hier funktioniert noch mit alten 100-Lire-Stücken, Samuele muss noch eine ganze Menge davon haben, überlegte ich, während ich das Plexiglasgehäuse entfernte, um besser an den Mechanismus heranzukommen.

Ein Kinderspiel.

Die anderen kamen aus dem Staunen nicht heraus.

»Fertig«, sagte ich leise, um das Andenken an den Toten nicht zu stören. »Morgen, oder wann ihr wollt, könnt ihr eine dieser hübschen alten Münzen einwerfen, und ihr werdet sehen, das Ding funktioniert wieder.«

»Morgen erst? Sofort!«, rief Samuele, den Anlass völlig vergessend.

Er warf ein Geldstück ein, und der Song setzte genau an der

Stelle wieder ein, an dem ihn der vermaledeite Tranàga mit seinem Fuß aus dem Tritt gebracht hatte.

Natürlich stellte man die Jukebox sofort wieder aus. Man konnte das Ding nicht um zehn Uhr abends, schon gar nicht bei einem solchen Anlass, auf voller Lautstärke laufen lassen. Und weil ich schon einmal da war, fragte Samuele gleich: »Verstehst du auch von Flippern was? Der ist seit zwei Jahren kaputt, und niemand kann ihn reparieren. Er steht da hinten.«

Unter dem bewundernden Schweigen seiner Gäste folgte ich ihm nach hinten.

»Fangt schon mal an zu essen, das wird sonst alles kalt. Auch Sie, Padre Carlo, bitte greifen Sie zu. Bedient euch selbst, wir kommen gleich«, rief Samuele allen Anwesenden zu.

Das war schon etwas schwieriger. Es handelte sich um ein Modell Hayburners, Mitte der siebziger Jahre hergestellt, in das später eine elektronische Karte eingebaut worden war. Das Relais, die Polräder, Elektromagnete und Kontakte schienen alle in Ordnung zu sein. Vermutlich hatte der Tilt-Mechanismus die elektronische Karte verschoben. Ich setzte eine professionelle Miene auf und fing an zu werkeln. Aber eigentlich musste ich die Karte nur ausbauen und wieder richtig einlegen. Als die kreiselnde Kugel zu hören war und Samuele die beiden Flipperfinger löste, die seit zwei Jahren blockiert gewesen waren, brach allgemeiner Jubel aus.

Technik ist wie eine Droge, sie verschafft einem sofort Befriedigung. Und dann will man immer mehr.

»Es wären noch drei Glühbirnen auszuwechseln und drei Bumper zu reparieren, dafür komme ich ein anderes Mal wieder«, sagte ich, um dem Dankeschön von Samuele und seinen Stammgästen zuvorzukommen, die mit dem Essen gewartet hatten und jetzt von den Geräuschen des Flippers, die sie seit Jahren nicht mehr vernommen hatten, verzaubert dastanden.

»Danke, danke«, sagten sie im Chor.

»Und du kennst dich mit so was aus? Damit könntest du ein Vermögen verdienen ...« sagte Samuele.

»Ich repariere nur für Leute, die ich mag.«

»Und mich, uns magst du?«

»Ja.«

»Und warum?«, erkundigte sich Samuele mit einem Unterton von schlechtem Gewissen. Vermutlich dachte er daran, wie sie sich in der Bar gerne über mich das Maul zerrissen und lustig machten.

»Weil du keine Maschinen hast, die Münzen fressen. Da bist du er Einzige in der Gegend.«

Und damit war alles gesagt.

An jenem Abend floss das Bier in Strömen, und auch Padre Carlo hielt gut mit. Der eine hatte *is coccòis prenas* vorbereitet, ein anderer *sa coccòi e tamata*, ein Dritter *seadas*. Jeder hatte zu dem Gelage beigesteuert, wie und was er konnte. Man plauderte, und unser Pfarrer hatte bei all den Andeutungen, unvollendeten Halbsätzen und dem vielsagenden Lächeln bald den Eindruck, dass man über die Todesumstände sehr viel mehr wusste, als man sagte.

Jedenfalls sagte er mir das auf dem Weg zum Pfarrhaus, bei dem es glücklicherweise bergab ging. Er schwankte etwas, denn er war an unseren Konsum von Bier und Cannonau nicht gewöhnt.

»Die wissen alle Bescheid, stimmt's?«

»Ich glaube schon. Man hat keine konkreten Namen, aber manches ist gewiss.«

»Gewiss?«

»Es war niemand von hier, und mit seiner Arbeit hatte es auch nichts zu tun. Aber das habe ich dir schon gesagt.«

»Und warum sagen sie es nicht den Carabinieri?«

»Warum sollten sie? Du müsstest mehr Kontakt zum Dorf haben, dann würdest du das verstehen. Du solltest mit den Leuten auf Wildschweinjagd gehen, deine freien Stunden mit ihnen verbringen und miterleben, wie schwierig es ist, in ihrem Alter auch nur für einen Tag Arbeit zu finden ...«

»Das ist nicht schön ...«

»Nicht schön? Das Leben hier war niemals schön und bequem. Man kann von Glück sagen, wenn man lebt, aber am Leben zu bleiben ist ein Luxus, den man nur erlebt, wenn man nicht nach rechts und links schaut. Da sind wir nicht anders als andere, als Kriminelle, wollte ich sagen.«

»Und was ist deiner Meinung nach passiert?«

»Ich denke das gleiche wie alle anderen.«

»Und willst du es mir nicht sagen?«

»Nein.«

Er war eingeschnappt. Aber selbst dem eigenen Arbeitgeber muss man nicht alles verraten. Auch weil man dann mit allem herausrücken muss, mit Namen, Fakten, Umständen, Ursachen.

Todmüde, betrunken und vollgefressen kamen wir am Pfarrhaus an. Ich sagte nur: »Ich habe keine Lust, nach Hause zu gehen. Wenn ich jetzt noch den Berg hochlaufen muss, dann kannst du mir am Morgen die Letzte Ölung verpassen.«

Er musste lachen, ein bisschen, weil er getrunken hatte, aber auch, weil er begriff, dass diese Letzte Ölung in *Su Cuccuru* für beide Parteien tödlich sein konnte.

»Ich schlafe hier, dann kann ich morgen früh gleich alles für die Messe vorbereiten. Ich hau mich aufs Sofa.«

Es war eine irrationale Entscheidung, aus dem Bauch heraus getroffen, aber ich verriegelte das Kirchentor, das normalerweise selbst nachts immer unverschlossen blieb, und Padre Carlo wunderte sich. Auch die Tür zwischen Sakristei und Pfarrhaus schloss ich mit dem Schlüssel ab und legte auch noch den Riegel vor.

»Was ist los mit dir? Warum verrammelst du alles?«

Ich wusste selbst nicht, warum ich das machte.

Aber mein Bauchgefühl war richtig, denn meine Nachbarin, Antiòga Tzuccuru, erzählte mir am nächsten Morgen um halb sieben, während ich den Altar für die erste Messe vorbereitete, dass sie gesehen hatte, wie nachts Schatten um mein Haus schlichen. Sie hatten sich sofort auf und davongemacht, als sie das Fenster öffnete und fragte, wer denn da sei.

## 28.

Schatten sind das, Schatten.

Mit diesem Gedanken erwachte Brigadiere Tigàssu an jenem Morgen. Mittlerweile war er daran gewöhnt, es verging kein Tag mehr ohne diese *pensamentos*, die sich erst nach Stunden davonmachten. Das Problem war nur, dass sie ihn daran hinderten, etwas anzupacken, zum Beispiel selbst das Minimum an bürokratischen Pflichten zu erfüllen, das sein Beruf ihm auferlegte, sich zum Beispiel Beschwerden über die Müllentsorgung anzuhören, Anzeigen zu nächtlichem Hundegebell aufzunehmen, Mamas zu trösten, deren Söhne das Tafelsilber an einarmige Banditen verspielten … also das ganz normale Tagesgeschäft.

Er hatte fast die ganze Nacht damit verbracht, die Manuskriptseiten, die er insgeheim mit seinem iPhone abfotografiert hatte, zu vergrößern und zu entziffern. Sein Handy hatte ihm übrigens bestätigt, dass nur 119 Seiten abgespeichert waren.

Wie kann das sein?, fragte er sich. Die Seitenzahlen standen unten am Blattrand, und er war beim Fotografieren exakt der Ordnung von Nonies gefolgt.

Ach, hier war sie endlich, die fehlende Seite. Die vorletzte, die Nummer 118. Als er das herausfand, dämmerte es draußen bereits. Es gab also tatsächlich nicht 120 Seiten, sondern nur 119, und genau davon hatte er Aufnahmen.

Warum ist mir das nicht sofort aufgefallen? Die Seitennummern waren winzig klein geschrieben, und man musste sie fast bis zur Unleserlichkeit vergrößern, um das Problem zu erkennen. Es war also nicht seine Schuld.

Ich kann also nichts dafür, überlegte er erleichtert. Und wahrscheinlich hat auch der Maggiore es nicht bemerkt. Und damit war das Problem für ihn erledigt.

Aber er wollte sich gerade seinen Morgenkaffee auf dem Gasherd aufsetzen, als auf dem Handy der Name des Maggiore erschien und unmittelbar darauf eine Fanfare ertönte, die mit dieser Nummer abgespeichert war. Um sieben Uhr morgens? Er war doch noch nicht mal im Dienst.

»Guten Morgen, Brigadiere. Entschuldigen Sie die Uhrzeit. Ich weiß, Sie sind erst ab 12 Uhr im Dienst. Können Sie sofort kommen?«

»Ja, natürlich. Geben Sie mir eine halbe Stunde. Ist noch was passiert?«

»Ich erzähle Ihnen alles. Kommen Sie nicht in die Kaserne. Ich erwarte Sie in einer halben Stunde unten in der Bar.«

Er entfernte die mobile Speicherkarte und legte sie in das Versteck zurück. Auf der Fahrt dachte er über Nonies' seltsame Ausführungen zu Schafen und Herdenverhalten nach.

Man muss nicht alles gelesen haben. Die ersten drei Seiten, die Streichungen und die Seiten 117 bis 119 reichen, um zu verstehen, worum es geht. Trotzdem, diese fehlende Seite … naja, wird schon keiner merken.

Aber der stellvertretende Staatsanwalt hatte etwas gemerkt und um sechs Uhr morgens beim Maggiore angerufen.

»Der hat mich geweckt, um mich zu fragen, ob ich eine Seite verloren habe!«, begann der Maggiore, kaum dass er die Bar betreten hatte.

»Wie … eine Seite verloren?«, wiederholte der Brigadiere, ohne mit der Wimper zu zucken.

»Naja, eine Seite eben. Ich habe das ganze Büro auf den Kopf gestellt, überall gesucht, in allen Schubladen und Ecken. Vielleicht hat sie sich irgendwo versteckt. Ist Sie Ihnen vielleicht abhanden gekommen, als Sie das Manuskript aus dem Umschlag herausgeholt haben?«

»Ich habe immer nur zehn Seiten auf einmal herausgezogen, das haben Sie vielleicht bemerkt. Das Manuskript ist nicht in Kapitel unterteilt. Und ich bin auch nur bis Seite 40 gekommen.«

»Tja, … bis Seite 40. Sie haben nicht mal alles gelesen. Sind Sie aus dem Text schlau geworden?«

»Nein, Signor Maggiore, nur das, was ich Ihnen schon berichtet habe. Ein Buch mit sieben Siegeln.«

»Ja, mit sieben Siegeln … philosophisch, würde ich sagen. Aber verraten Sie niemandem, dass Sie das Manuskript überhaupt in der Hand hatten, sonst geht es mir an den Kragen. So wie Dottor Arcànu sich dafür interessiert, muss der Text wohl recht relevant sein. Aber warum hat er ihn dann nicht selbst gelesen?«

»Wissen Sie denn, welche Seite fehlt? Die waren doch alle durchnummeriert, wenn ich mich recht erinnere ...«, heuchelte der Brigadiere Interesse.

»Weiß ich nicht, er hat mir nur gesagt, dass eine fehlt und dass wir sie so bald wie möglich beschaffen sollen.«

»Vielleicht hat der Maestro sie entfernt ... aber das ergibt keinen Sinn ... nein, das ist unmöglich. Sonst hätte er gleich das ganze Manuskript verschwinden lassen können. Wenn Sie mich fragen, hat jemand anderes die Seite herausgenommen ... Vielleicht jemand, der problemlos Zugang zu seinem Haus hatte«, überlegte der Brigadiere laut.

»Ach ja? Vielleicht ja eine weibliche Person ...«, fuhr der Maggiore fort, der sofort an Mariàca Tidòngia gedacht hatte, und dann weiter: »Wer weiß, was auf dieser Seite stand ... Wir hätten natürlich auch daran denken können, eine Fotokopie von dem Manuskript zu machen ...«

Fast hätte Ettore Tigàssu sich verraten.

Und wenn der Maggiore mir hier eine Falle stellt?, dachte er bei sich.

Wenn er nun, um seinen Vorgesetzten zu beeindrucken, gestehen würde: »Wissen Sie, ich habe alles abfotografiert«?, würde er seine Entlassung aus dem Polizeidienst riskieren oder sich zumindest von dem Traum verabschieden können, kurz vor der Pension noch zum Maresciallo befördert zu werden. Er hielt kurz den Atem an, zählte bis drei und spann seine Lüge weiter. Es gab kein Zurück mehr.

Aber was wurde hier eigentlich gespielt? Vor nicht einmal einer Woche wurde ein Landpolizist tot aufgefunden, aber die

Staatsanwaltschaft interessierte sich vor allem für das Manuskript eines Grundschullehrers?

Merkwürdig, sehr merkwürdig, grübelte der Brigadiere.

Der Maggiore schien seine Gedanken zu erraten, denn er sagte: »Um ganz ehrlich zu sein, bin ich überrascht. Da ist jemand aus dem öffentlichen Dienst umgebracht worden, und man hat noch nicht mal Ermittlungen aufgenommen. Dem Opfer wurde von hinten in den Nacken geschossen, wahrscheinlich mit einer gestohlenen Waffe, die irgendjemandem vom einem Sicherheitsdienst gehört hat. Mit Schalldämpfer.«

»Liegt das Ergebnis der ballistischen Untersuchung schon vor?«, fragte der Brigadiere.

»Ja, klar. Wissen Sie, was mir zu denken gibt? Im Umkreis von fünf Kilometern vom Fundort der Leiche gibt es keine Hinweise auf Funk- oder Handysignale, nur die von dem Touristen, der den Toten entdeckt hat. Das Handy des Landpolizisten war ebenfalls stumm. Und sein Funkgerät muss auch ausgeschaltet gewesen sein, das haben wir übrigens nicht am Tatort gefunden, erinnern Sie sich?«

»Stimmt ... wie vom Erdboden verschluckt. Naja, dort kommt nie jemand vorbei, ich kenne die Gegend gut. Wenn einem dort das Benzin ausgeht, hat man Pech gehabt ...«, und dann kam ihm ein Geistesblitz: »Die Satellitenaufnahmen, Signor Maggiore! Dort in der Nähe ist doch der Nato-Stützpunkt!«

»Ja, genau ... ist schon organisiert. Man will sich drum kümmern«, sagte der Maggiore und wies mit einem Zeigefinger in einer langsamen und vielsagenden Geste nach oben.

»Und was machen wir jetzt?«

»Was wir machen? Wir warten auf weitere Hinweise. Die Marihuanafelder wären eine erste Spur. Das Opfer hat mindestens auf drei hingewiesen, eins davon größer als ein Hektar, scheint's. Aber der Finanzbehörde ist es nicht gelungen, einen der vermeintlichen Betreiber zu erwischen, während sie, vielleicht auch nur zufällig, unterwegs waren.«

»Die verstecken sich gut, Maggiore. Riesige Landstriche, die dem Staat gehören. Unmöglich herauszufinden, wer dahintersteckt. Entweder erwischt man sie direkt bei der Ernte, oder *nisba*. Was meinen Sie, wie oft wir das schon versucht haben. Man bleibt ihnen auf den Fersen, und die behaupten eiskalt: ›Ich komme hier nur vorbei, woher soll ich dieses Unkraut kennen? Nicht mal die Schafe fressen das.‹ Die Leute, die das Land gepachtet haben, wissen meistens von nichts. Das wahre Problem ist leider, dass heutzutage irgendein Jungspund, vielleicht sogar minderjährig, so tut, als wäre er Hirte, und sein Zeug auf Land anbaut, das niemandem gehört. Und dann wird die Schuld den wirklichen Hirten gegeben. Wenn man die Jungs nicht auf frischer Tat ertappt, hat man keine Chance.«

»Stimmt, die sind nicht dumm. Die benutzen keine Handys, haben keine Festanschlüsse, die treffen sich an der frischen Luft. Sie schreiben keine Nachrichten, sondern verkaufen das Zeug direkt selbst, vertreiben es an der Küste und beschränken die Kontakte beim Verkauf auf ein Minimum. Dahinter steckt keine Organisation mit einem festen Machtgefüge. Das sind Gruppen von zwei, drei Freunden. Denen kommt man nicht auf die Schliche.«

»Unmöglich ist es nicht. Man muss sich nur deren dicke Autos anschauen. Kein Einkommen, aber einen 50.000-Euro-SUV? Mittlerweile ermitteln wir auf der Grundlage ihres Lebenswandels. So intelligent sind sie dann auch wieder nicht, auch wenn sie ihre Drogen auf dem heimischen Markt verticken. Aber ...«

»Aber?«

»Die bringen sich gegenseitig um, Signor Maggiore. Ich habe noch nie gehört, dass sie einen Carabiniere oder Polizisten bedroht hätten, der sie ertappt hat. Und schon gar nicht einen Landpolizisten ...«

»Wissen Sie, das ist mir auch sofort durch den Kopf gegangen. Das wäre auch dumm. Ein Mord bedeutet lebenslänglich. Wenn man dich erwischt, weil du Drogen anbaust und du nicht vorbestraft bist, kommst du mit ein paar Jahren davon, und vielleicht hast du ja schon ein bisschen Geld zur Seite gelegt ...«, sagte der Maggiore.

»Es geht doch immer nur ums Geld, Maggiore. Die leichten Drogen hier sind unsere Herausforderung. Einmal habe ich einen erwischt, der Hunderte Marihuana-Pflanzen in seinem Gemüsegarten hatte, und wissen Sie, was er mir gesagt hat? ›Wenn ihr das für therapeutische Zwecke tun dürft, warum dann nicht auch wir? Legalisiert den Anbau.‹«

»Ja, ich weiß, so wird argumentiert ...«, sagte der Maggiore und geleitete ihn aus der Bar, die sich mittlerweile füllte.

»Meiner Meinung nach hat Cesareddu etwas mitbekommen, von dem er nichts wissen sollte, etwas Wichtiges. Vielleicht ging es um Waffenschmuggel oder Hehlerei. Und dann wurde er umgelegt, mit Schalldämpfer und ohne Spuren zu hinterlassen, mmmh ... Nicht einmal Spuren von Autoreifen gibt es. Es sah aus, als hätte er auf jemanden gewartet und gemütlich die Aussicht genossen ...«, bemerkte der Brigadiere.

»Sie haben recht. Warten wir ab, bis es eine Hypothese zum Tatmotiv gibt und weitere Anordnungen. Etwas anderes können wir im Augenblick nicht tun. Mir scheint, wir haben es hier mit Schatten zu tun.«

Schatten? Hatte sein Vorgesetzter beim Aufwachen etwa den gleichen Gedanken gehabt?

Gemeinsame Gedankengänge lassen einem Personen, mit denen man sich sonst nicht weiter abgegeben hätte, oft sympathisch werden.

Und so geschah es auch an jenem Morgen.

Brigadiere Tigàssu entschied für sich, dass ihm Maggiore Pantognostis sympathisch war.

## 29.

Ein Ermittler muss wissen, wann er genau hinhören sollte, das ist für ihn so wichtig wie das Bauchgefühl für einen Spieler beim Roulette. Wenn man dieses Gespür nicht hat, sollte man kein Detektiv werden. Die Augen sind längst nicht so wichtig wie ein feines Gehör.

Und wenn man als Spieler in einem Casino das richtige Bauchgefühl hat, setzt man alles auf eine Zahl und gewinnt.

Für Brigadiere Tigàssu war diese Glückszahl ein französischer Akzent, den er vernahm, als er nach dem Mittagessen in der Bar unweit der Kaserne, in der er am Morgen bereits mit dem Maggiore gewesen war, einen Espresso trank.

Eine Abfolge glücklicher Zufälle kam ihm dabei zu Hilfe. Normalerweise nahm er seinen Espresso am Tresen zu sich, aber an jenem Nachmittag hatte er Lust, sich nach draußen, an einen der Tische im Zeltpavillon vor der Bar, zu setzen. In Uniform tat er das eigentlich nie. Und dann war ihm danach, vor dem Espresso seinen Durst zu löschen, und so stand er auf und bestellte ein Glas Wasser mit Sprudel. Auch das sehr ungewöhnlich. Und die wenigen Sekunden, die er dann wartete, bis der Espresso sich ein wenig abgekühlt hatte, waren entscheidend für die folgende Begegnung, mit der er nie im Leben gerechnet hätte.

Es waren viele Touristen unterwegs, die mit Pendelschiffen zu den beliebten Badesträndern unterwegs waren oder gerade von dort zurückkehrten, und man hörte alle möglichen Sprachen.

Aber der Typ, der gerade auf Französisch in sein Handy sprach, war genau jener sechste Mann, der Maestro Nonies' Beerdigung diskret beigewohnt hatte. Der Jüngste aus der Gruppe.

Und das war kein gewöhnliches Telefonat.

Der Brigadiere brachte auf Französisch gerade mal ein *merci beaucoup* heraus, zu mehr hatte es in der Schule nicht gereicht. Etwas von dem Gespräch zu verstehen war damit illusorisch. Selbst für einen Simultandolmetscher wäre das eine Herausforderung gewesen, denn der Mann sprach sehr schnell. Außerdem wurde seine Stimme vom Lärm der Touristen übertönt. Aber man konnte ahnen, dass eine angeregte Diskussion im Gange war.

Der Brigadiere tat so, als schaute er in eine andere Richtung, behielt den Mann aber, die Augen halb von der mittlerweile leeren Kaffeetasse versteckt, im Blick. Außerdem, Ermittlung hin oder her, waren auf dem Grund der Tasse noch Zucker und Kaffeeschaum, die er herauslöffeln wollte.

Er sah, dass der andere in eine Gasse einbog, die zum teuersten Hotel der Umgebung führte.

Sollte er den Maggiore anrufen oder nicht?

Sein Vorgesetzter war aus ihm unbekannten Gründen zum

Staatsanwalt beordert worden und mithin nicht in der Kaserne. Er überlegte eine Weile hin und her, ob er ihn sofort per Handy informieren oder warten sollte, bis der Maggiore wieder zurück in der Kaserne war.

Anrufen oder nicht? Anrufen, beschloss er.

»Pronto, Signor Maggiore, entschuldigen Sie die Störung. Passt es gerade?«

»Ja, schießen Sie los. Ich habe gerade das Büro von Dottor Arcànu verlassen und steige ins Auto.«

»Wir sollen uns ja nicht mehr mit dem Grundschullehrer beschäftigen, aber falls es Sie interessiert – ich habe gerade den jüngsten von den sechs Typen gesehen, die damals bei der Beerdigung dabei waren.«

»Was? Und wo war das?«, antwortete der Maggiore überrascht.

»Hier in Narghilè. Und er ist in einem Hotel verschwunden, in dem ich mit meinem Gehalt bestenfalls für zwei, drei Tage übernachten kann.«

»Zu mehr reicht es bei mir auch nicht. Bleiben Sie, wo Sie sind, und halten Sie sich im Hintergrund, obwohl das in Uniform nicht so einfach ist. Ich bin in einer halben Stunde da. Und falls er wieder herauskommen sollte, verlieren Sie ihn nicht aus den Augen, aber ohne ihn zu beschatten, das geht in dem Fall nicht.«

»Beschatten? Ich stehe einfach nur hier rum und schaue mich um.«

»Dann bleiben Sie so. Er hat sich sicher ausweisen müssen, und das Hotel ist verpflichtet, uns die Gästeliste auszuhändigen. Auch wenn wir in diesem Fall nicht ermitteln dürfen, sollten wir über das Kommen und Gehen der Gäste in den Hotels im Umkreis auf dem Laufenden sein. Ich möchte wenigstens erfahren, wie er heißt und woher er kommt«, sagte der Maggiore, der das gegenseitige Einvernehmen, das sich zwischen ihm und seinem Untergebenen herauskristallisiert hatte, zu nutzen wusste.

Genau, das möchte ich auch gerne erfahren, pflichtete ihm der Brigadiere in Gedanken bei.

Der Empfang, in diesem Teil der Stadt immer prekär, wurde so schlecht, dass er nur die Hälfte von dem mitbekam, was der Maggiore ihm sagte.

»Ich bin auf jeden Fall bald an Ort und Stelle«, verstand er noch, dann hörte er nur noch undeutliche Sprachfetzen.

Der Brigadiere hätte seine Entdeckung gut und gerne für sich behalten können, und er fragte sich jetzt insgeheim, was er sich bei seinem Anruf gedacht hatte, denn eigentlich ging dieser Fall sie doch nichts mehr an.

Er konnte nicht ahnen, welchen Ermittlungseifer er bei seinem Vorgesetzten, Maggiore Achille Pantognostis, damit auslöste.

Bei einem einfachen Carabiniere ist das kein Problem, aber bei den höheren Rängen kann das für den, der im Zentrum der Ermittlungen steht, ungeahnte Folgen haben.

Das sollte der Brigadiere noch am selben Abend erfahren.

## 30.

Und er musste erfahren, dass man einsam war, wenn man sich Lebensträume erfüllte.

Als ob Schuldbewusstsein und Selbstvorwürfe der Preis dafür waren, dass man selbst glücklich und froh war, sich in der eigenen Haut, in der Uniform wohlfühlte. Wenn der frohe Blick dem anderer begegnete, die einer Arbeit nachgingen, die nichts mit ihren Träumen zu tun hatte, und die nur routiniert und standhaft ihren Alltag abwickelten – und war das nicht bei der breiten Masse von Leuten so? –, fühlte man sich unweigerlich elend und bekümmert.

»Haben Sie Lust, Brigadiere?«

Kurze Zeit nachdem sie sich in der Nähe des Hotels getroffen hatten, war der Maggiore hineingegangen und nur wenige Minuten später wieder herausgekommen. Danach hatte er ihn überraschenderweise zum Abendessen bei Tomà di Santa Maria eingeladen, ein ruhiges elegantes Restaurant, zu dem man durch mehrere historische Gassen gelangte. Es lag oberhalb des Hafens und bot einen wunderbaren Panoramablick.

»Sehr gern, Maggiore«, hatte er auf die Einladung seines

Vorgesetzten geantwortet. Dass er das Signor vor dem Dienstgrad weggelassen hatte, wollte etwas heißen.

»Also, lassen Sie uns nochmal alles gemeinsam besprechen. Niemand, nicht einmal ihre engsten Freunde, dürfen erfahren, dass Sie mit dieser Angelegenheit befasst sind. Lassen Sie uns von einer Angelegenheit sprechen und nicht von einem Fall. Niemand, haben Sie mich verstanden?«

»Ja, Maggiore, aber ich habe keine engen Freunde. Mithin keine Nutzung von Datenbanken, kein Einsatz moderner Informationstechnologie, keine Nachforschungen über die Zentrale? Verstanden. Wir sind also auf uns allein gestellt ... ich habe verstanden.«

»Moderne Informationstechnologie? Unsere Computer sind aus der Steinzeit ... Und wir sind nicht nur auf uns allein gestellt, sondern was wir hier unternehmen, kann uns den Job kosten. Wir ermitteln entgegen der Anweisungen der Staatsanwaltschaft. Begreifen Sie, was das heißt? Ich bin Ihre Harddisk.«

»Ja, Maggiore.« Das Ganze wühlte den Brigadiere ziemlich auf, aber er verbarg seine Gefühle und erkundigte sich in ruhigem Tonfall: »Und warum will die Staatsanwaltschaft Ihrer Meinung nicht, dass wir ermitteln?«

»Es liegt nicht an der Staatsanwaltschaft, die hat ebenfalls Order bekommen, alles einzustellen. Dottor Arcànu ist, wie wir alle wissen, ein harter Knochen, der musste das auch erstmal schlucken, und ich hatte den Eindruck, dass er trotz aller schönen Worte ziemlich sauer war.«

»Und was ist mit dem Landpolizisten? Gibt es irgendeine Spur? Ein Rachemord vielleicht? Dürfen wir da auch nicht ermitteln?«

Zwischen einem einfachen Carabiniere und einem höheren Dienstgrad gibt es einen entscheidenden Unterschied: Er betrifft die Fähigkeit, Zusammenhänge herzustellen und Fakten, Umstände und Kausalzusammenhänge, die auf den ersten Blick keinen Sinn ergeben, so zu ordnen, dass man am Ende zu einer für alle Seiten annehmbaren Erkenntnis gelangt. Und der Maggiore erbrachte dafür sofort den Beweis, ohne seinen Dienstgrad heraushängen zu lassen.

»Sehen Sie, Brigadiere, ich glaube, dass der Tod des Grundschullehrers und der des Landpolizisten ganz eng zusammenhängen.«

Der Maggiore bemerkte die Verblüffung des Brigadiere, der schwieg.

»Überrascht? Lassen Sie sich nicht zu viel Zeit, hier kommt unsere *Fregola alla marinara*«, stichelte der Maggiore.

*Für die Menschheit ist die Entdeckung eines neuen Gerichts gleichbedeutend mit der Entdeckung eines unbekannten Sterns.*

Der Maggiore erinnerte sich nicht mehr, wer diesen genialen Satz gesagt hatte, aber seitdem er vor einigen Monaten dieses köstliche Gericht entdeckt hatte, teilte er ihn voll und ganz.

Ein Gaumenzauber, den er in Rom, woher er stammte, niemals erfahren hatte: *sa frégula*, kleine Kügelchen aus Hartweizen, die im Ofen geröstet und dann langsam in einer Fischbrühe – kleine Tintenfische, Miesmuscheln, kleine Kalmare, Mollusken, Moschuskraken, Venusmuscheln, frische Datteltomaten, kleine getrocknete Tomaten, Knoblauch, Lauch, Peperoni, Olivenöl, Basilikum und Salz – gegart werden.

Das Ganze war so köstlich, dass man den Verstand verlieren konnte. Und dazu der eisgekühlte Vermentino mit seinem Hauch von mediterraner Macchia und Orangenschale, der wie Wasser durch die Kehle rann und diese Köstlichkeit aus Gemüse und Fisch gebührend ergänzte.

Am Tisch herrschte Schweigen. Mordopfer hin oder her, *sa frégula* verlangte nach Konzentration, Stille, Andacht. Da kann man beim Essen nicht gleichzeitig reden. Und außerdem erfordert das Gericht Mut, sehr viel Mut. Den braucht man für das obszöne schmatzende Schlürfen, das auch bei anderen Gelegenheiten unschön ist, aber bei Meeresfrüchten, die man direkt aus ihren Schalen saugt, gibt es einfach nichts Besseres. Man fühlt sich wie befreit, spürt die typisch sardische Freiheit von allen Machtansprüchen.

*Sa frégula*, Anarchie pur.

Man kann natürlich Gabel und Löffel benutzen oder wie einige wahre Gourmets einen mittelgroßen Teelöffel: Aber eigentlich muss man die Brühe, die am Ende im Teller bleibt, trinken, sie zwischen Zunge und Gaumen auskosten, um zu begreifen, dass sich hinter diesem Gericht eine jahrhundertalte Tradition verbirgt, auch wenn man sie gerade erst für sich selbst entdeckt hat.

Sie aßen und tranken.

Der Vermentino ist nicht zu unterschätzen, wenn man zu viel davon trinkt.

Anders als der Cannonau, der dich dazu verleitet, über die

Bedeutung des Lebens, über Gott und die Welt zu grübeln, und dich bei deinen einsamen Gedanken tröstet, lässt der Vermentino Fröhlichkeit aufkommen und löst die Zunge.

Und so plauderte der Maggiore an jenem Abend drauflos. Dabei wirkte er derart selbstsicher und kompetent, dass der Brigadiere überlegte, ob er nicht auch, wenigstens im Sommer, zu diesem Wein wechseln sollte, und ihn, von dem eiskalten Getränk befeuert, fragte: »Und wissen Sie, was ich glaube? Dass es sich um den Sohn der Tidòngia handelt.«

Tigàssu hatte bei dem Maggiore mit einem verblüfften Gesichtsausdruck gerechnet, aber der nickte fast bewundernd.

»Ich glaube, Sie haben recht«, sagte er. »Eigentlich wissen wir von dem Typen, den Sie für den Sohn der Tidòngia halten, nur das, was in seinem Pass steht, und wir kennen seine Adresse in Frankreich. Aus den ersten Ermittlungen wissen wir auch, welchem Beruf er nachgeht. Wenn Sie noch mehr erfahren wollen ... tja, fragen Sie mich. Aber niemals telefonisch, das versteht sich hoffentlich von selbst. Entweder im Büro, oder wir treffen uns irgendwo außerhalb.«

»Gut ... Und was ist mit dem Barsch, den wir bestellt haben?«, fragte der Brigadiere, der sich gänzlich den Vorschlägen von Tomà, dem Restaurantbesitzer, überlassen hatte.

»Nicht für mich, ich habe genug gegessen. Aber Sie essen, so viel Sie wollen.«

»Aber das ist bestimmt ein Kilo Fisch ...«, sagte der Brigadiere und tat, als wäre das zu viel für ihn.

»Fangen Sie ruhig an, vielleicht probiere ich etwas davon.«

Eigentlich verlangte auch ein frischgefangener Barsch nach

genussvollem Schweigen bei Tisch. Aber mittlerweile hatte der Maggiore beschlossen, sich über alle Regeln hinwegzusetzen. Er legte seinem Gegenüber einen handbeschriebenen Zettel vor. Es war nicht schwer gewesen, zuvor im Hotel an die Informationen zu kommen.

»Jacques Leccisi, von Beruf Anästhesist, 46 Jahre alt, 184 Zentimeter groß, changierende Augenfarbe, wohnhaft in Paris, Quai de la Tournelle 31«, sagte der Maggiore verschmitzt.

»Changierende Augenfarbe? Was soll das heißen?«, stotterte der Brigadiere, der gerade mit der Schwanzflosse seines Barschs beschäftigt war, dort schmeckte das Fleisch am besten.

»Das heißt, dass sich die Augenfarbe je nach Lichteinfall ändert. Wenn die Sonne scheint, sind die Augen grün, am Abend werden sie grau. Das kommt nicht mal so selten vor und ist erblich. Und was sagen Sie zu den Informationen? Ist das etwa nichts? Das ist eine ganze Menge, und wissen Sie, warum?«

»Weil wir jetzt einen Nachnamen haben? Und wer ist dieser Leccisi? Das klingt nicht sehr sardisch, vielleicht der Name seines Adoptivvaters ...«

»Vergessen Sie den Nachnamen. Diese Angaben stimmen, sie sind nicht gefälscht, das zählt. Und das ist doch was, oder?«

»Klar, das ist was«, sagte der Brigadiere ohne Überzeugung.

»Dieser Mann reist unter seinem richtigen Namen, der ist kein Schatten, der versteckt sich nicht. Es ist also gut möglich, dass es sich um ihren Sohn handelt oder dass er unter besonderem Schutz steht, denn wir haben ja immer noch nichts über das Unternehmen herausgefunden, bei dem die Autos gemietet wurden, die zur Beerdigung gekommen sind.«

»Was für ein Schutz soll das sein?«

Achille Pantognostis holte tief Luft, und dann kam der Hammer.

»Kennen Sie Hyperion?«, fragte der Maggiore kurz angebunden.

»War das nicht eine Nymphe?«, antwortete der Brigadiere beschwingt.

»Wenn überhaupt, war es ein *Nymph*, denn es handelt sich um ein männliches Wesen. In der griechischen Mythologie gehört Hyperion zu den Titanen … aber hier geht es nicht um griechische Mythologie, sondern um Frankreich Ende der siebziger Jahre.«

»Frankreich? Siebziger Jahre?«

»Jetzt hören Sie mir gut zu. Hyperion war der Name eines Unternehmens, 1977 von Terroristen gegründet, die aus Italien geflohen waren. Offiziell handelte es sich um eine Sprachschule. Vielleicht steckte auch der Geheimdienst dahinter. Sicher ist, dass alle europäischen und internationalen terroristischen Organisationen dort ihre Finger im Spiel hatten, aber auch alle Geheimdienste, von der CIA über den KGB bis hin zu den Japanern. Alle auf einmal, schon merkwürdig, nicht?«

»Wahnsinn!«, rief der Brigadiere aus, und diesmal meinte er das, was er sagte.

»Genau … Sie haben doch bestimmt schon mal den Ausdruck *Grande Vecchio* gehört, in den Achtzigern nannte man so den Drahtzieher von Terrorakten, also die Person, die hinter Attentaten auf Politiker und Richter steckte.«

»Ja, ich erinnere mich.«

»Sehen Sie. Anscheinend operierte er genau von der Adresse jenes Unternehmens aus, das sich, wie es der Zufall will, nur vier Häuser weiter von Jacques Leccisis Adresse befindet.«

»Das Unternehmen existiert noch?«

»Nein, ich glaube nicht. Die Abschaffung der Mitterrand-Doktrin im Jahr 2002 hat dieses Unternehmen überflüssig gemacht.«

»Verzeihen Sie, ich habe keine Ahnung von dieser Doktrin.«

»Ich will sie Ihnen erklären. Während Sie davon träumten, Entführern, Schafdieben und Brandstiftern das Handwerk zu legen, beschloss der französische Präsident, die Auslieferung italienischer Staatsbürger zu verbieten, die nach Frankreich geflohen waren und zu recht oder unrecht unter Anklage standen, zu den Roten Brigaden zu gehören.«

»Was? Wirklich? Sie wissen so viel ...«

»Das wundert Sie? Das sind ja keine geheimen Informationen. Sie kennen sich doch aus, die finden Sie problemlos übers Internet. Sie müssen nur in den Akten der *Commissione Stragi* nachlesen, der parlamentarischen Kommission zum Terrorismus in Italien, die untersucht hat, warum niemand je zur Verantwortung gezogen wurde. Das sind öffentlich zugängliche Dokumente. Und dann werden Sie auch herausfinden, dass der Gründer dieser angeblichen Sprachschule 1992 eine Audienz beim Papst erhielt. Dann haben Sie einen Begriff davon, von welchen Kreisen wir hier sprechen.«

»Aber das ist, bei allem Respekt, doch völliger Wahnsinn ...«

»Da treffen Sie den Nagel auf den Kopf. Wahnsinn. Sagt Ihnen die Entführung von Aldo Moro etwas?«

»Natürlich sagt die mir was.«

»Man hat es niemals wirklich beweisen können, aber anscheinend wurde in Rom ein Ableger von Hyperion gegründet, und zwar vierzehn Tage vor der Entführung. Und zwar nur ein paar Hundert Meter von der Straße entfernt, wo sein Leichnam gefunden wurde, und, jetzt kommt der Hammer, Brigadiere ... in demselben Gebäude, in dem andere Scheinunternehmen des italienischen Geheimdiensts ihren Sitz hatten.«

Von dem eisgekühlten Myrtelikör, den der Hausherr selbst brannte, würde er Abstand nehmen müssen.

Ein Jammer, aber die Ausführungen seines Vorgesetzten waren Ettore Tigàssu auf den Magen geschlagen. Er bewunderte dessen sichere Detailkenntnis und freute sich, darüber ins Vertrauen gezogen zu werden, auch wenn ihm diese Vertrauensbeweise etwas übertrieben vorkamen.

Genau dieses Wort fiel ihm dazu ein: übertrieben.

Und sein Eindruck trog ihn nicht. Der Maggiore fuhr fort: »Meiner Meinung nach haben Sie recht. Dieser Mann ist mit ziemlicher Sicherheit der Sohn, den die Tidòngia mit fünfzehn auf die Welt gebracht hat. Und zwar in Paris. Man weiß nicht, unter welchem Nachnamen sie ihn bei der Behörde gemeldet hat. Bis zum Alter von zwei Jahren hat sie sich, dank des französischen Sozialamts, in einer sozialen Einrichtung in Paris selbst um den Jungen gekümmert. Aber dann, mit siebzehn, ist sie in Kontakt mit Landsleuten gekommen, die wegen Terrorakten aus Italien geflüchtet waren. Sie begeht die ersten Gesetzesverstöße, auch nahe der italienischen Grenze, ist mit achtzehn an einem bewaffneten Raubüberfall beteiligt. Sie bewegt sich oft zwischen den beiden Ländern hin und her, das Kind wird bei einer französischen Familie in Pflege gegeben. Am Anfang ging es bei den Aktionen vor allem darum, Aufmerksamkeit zu erregen. Aber 1978, mit zwanzig, unmittelbar nach dem Fall Moro, dreht sie ein großes Ding. Sie sprengt in den Savoyen ein Landhaus in die Luft, das von den Franzosen zum Training ihrer Anti-Terrorismuseinheiten benutzt wurde. Es sind auch Polizisten aus anderen Ländern dabei. Ein Toter und mehrere Schwerverletzte. Sie wandert hinter Gitter, aber nach nicht mal vier Jahren verschwindet sie.«

»Wie? Sie verschwindet?«, fragte der Brigadiere verblüfft nach.

»Sie bleibt nicht länger im Gefängnis.«

»Wo bleibt sie denn, wenn nicht im Gefängnis?«

Der Maggiore beantwortete die Frage nicht sofort und fuhr fort: »Den Jungen hat man ihr weggenommen, er wurde zur Adoption freigegeben. Aber wie es der Zufall will, immer diese Zufälle, darf Maria ihn aber sehen, wann immer sie will.«

»Jetzt begreife ich nichts mehr …«

»Vielleicht wird Ihnen alles begreiflicher, wenn ich Ihnen sage, dass sie ab 1983 unter der Adresse gemeldet ist, die auch in Jacques Leccisis Pass aufgeführt ist. Es ist also anzunehmen, dass sie ihren Sohn wieder zu sich geholt hat.«

»Und was bedeutet das? Der Sohn wird von einer Familie adoptiert, dessen Namen er auch annimmt, und dann holt sie ihn wieder zu sich? Habe ich das richtig verstanden?«

So viele Informationen auf einmal. Der Brigadiere hatte Mühe, all das zu ordnen, was der Maggiore ihm da gerade ohne klar erkennbaren Grund erzählte – auch wenn beide einvernehmlich beschlossen hatten, ihre Ermittlungen entgegen dem Beschluss der Staatsanwaltschaft fortzuführen.

»Übertrieben. Übertrieben. Übertrieben und ungefragt.«

Wieder so ein fixer Gedanke, der sich bei ihm einnistete und der nicht so leicht verschwinden würde. Er hätte seinen Vorgesetzten vielleicht fragen sollen, warum er mit einem Mal so gut informiert war.

»Vielleicht hat ihm der Staatsanwalt das alles gesteckt? Aber aus welchem Grund? Erst erfährt man nichts, dann mit einem Mal alles?«

Pasta, Barsch, Meeresfrüchte und der Vermentino entfalteten ihre magische Wirkung: eine leichte Umnebelung, die einen mit der Welt versöhnt, sodass einem nicht einmal die Rechnung mehr etwas ausmacht.

»Wie blöd, Brigadiere! Ich habe meine Kreditkarte im Büro liegenlassen und auch nur wenig Bargeld dabei. Könnten Sie zahlen? Ich gebe Ihnen morgen früh das Geld zurück. Sie sind eingeladen.«

Was? Du lädst mich ein, und ich soll zahlen? Da schau mal einer an ... Ich hätte das doch nie alles bestellt, wenn ich ... Eingeladen? Ja, als zahlender Gast ... Und ich kann nicht mal sagen, dass es für mich als Quittung auch ein handgeschriebener Zettel tut, damit es ein bisschen billiger wird ... wir sind ja Carabinieri, dachte Tigàssu bei sich.

»Klar, kein Problem. Ich lade Sie ein«, sagte er stattdessen, aber innerlich wurmte ihn das Ganze gewaltig.

»Nein, nein, so weit kommt es noch. Morgen gebe ich Ihnen das Geld«, bekräftigte der Maggiore.

»Also wirklich, diese Franzosen«, sagte der Brigadiere verdrossen. »Wie viele Terroristen, die vielleicht Carabinieri und Polizisten auf dem Gewissen hatten, sie wohl vor der Justiz bewahrt haben? Alle auf freiem Fuß?«

»Nicht die Franzosen, sondern wir sind selbst dafür verantwortlich ...«

»Wir? Meinen Sie, wir Italiener oder wir Carabinieri?«

»All die Regierungen, die seit 1970 an der Macht waren. Wir haben uns die Kronzeugenregelung doch ausgedacht, auch für Terrorismus. Man verpfiff andere, und nach fünf Jahren war man auf freiem Fuß ... Aber es gab keine andere Lösung, sonst würden wir immer noch flüchtigen Kriminellen hinterherjagen. Aus zweimal lebenslänglich wurden zehn Jahre hinter Gittern, und wenn man rauskam, bekam man sogar eine Arbeit ...« Der Tonfall des Maggiore war verbittert, und er fügte leise hinzu, fast, als wollte er seinen Schmerz für sich behalten: »Ich denke nur an die Kinder, die Witwen und anderen Angehörigen der Opfer. Die Täter so auf freiem Fuß zu sehen, vielleicht auch noch in Fernsehinterviews, für die sie Geld bekommen ... das macht mich richtig wütend.«

»Ist das der Grund, warum wir nicht ermitteln sollen? Weil es sich um eine Ex-Terroristin handelt, die als Kronzeugin dafür gesorgt hat, dass viele ihrer Konsorten ins Gefängnis gewandert sind?«

Die Antwort ließ auf sich warten. Der Maggiore zuckte leicht mit den Schultern, und seine Mundwinkel umspielte ein schwaches Lächeln. Sie hatten sich mittlerweile auf den Weg gemacht und spazierten gemütlich zwischen den vielen Touristen. Es wurde gerade wieder einmal eine »Notte bianca« gefeiert, wie sie mittlerweile jeder Ort an der Küste organisierte.

Es war kurz vor Mitternacht, als der Maggiore endlich mit der ganzen Wahrheit herausrückte.

»Wir dürfen im Augenblick zu den beiden Toten nicht ermitteln. Die Staatsanwaltschaft will die Frau aber unter allen Umständen ausfindig machen. Seit ihrer Ankunft hier hat sie nichts mehr von sich hören lassen. Sie ist über Korsika eingereist, wo sie sich ein Vierteljahr aufgehalten hat. Von dort aus hat sie die Fähre nach Sardinien genommen und ist seitdem wie vom Erdboden verschluckt. Auch der Personenschutz ist ratlos.«

»Personenschutz? Verzeihen Sie, aber ich verstehe immer noch nichts. Warum ist sie eigentlich hierhergekommen?«

»Ich will deutlicher sein. Man wollte sie hier einschleusen. Der französische Geheimdienst hat sie beauftragt, dem offenbar massiven Drogenhandel zwischen den Häfen in Sardinien und Korsika nachzugehen, denn dort gibt es weniger Kontrollen und das Risiko aufzufliegen ist um einiges geringer als in Marseille oder Genua. Sie sollte so tun, als wolle sie für den französischen Markt mit der Unterstützung von Geschäftsleuten große Mengen an Drogen erwerben.«

»Eingeschleust? Ich fasse es nicht.«

»Und warum, Brigadiere? Glauben Sie im Ernst, dass man ihr, nur weil sie mit einem Mal die Welt mit anderen Augen sieht, das Lebenslänglich erlässt? Sie hat mit der Justiz zusammengearbeitet, die Namen ihrer Konsorten preisgegeben und dafür gesorgt, dass man sie verhaften konnte und die terroristische Vereinigung aufgelöst wurde. Aber einmal Kronzeuge, immer Kronzeuge, bis zum letzten Atemzug, auch wenn seit der Tat vierzig Jahre vergangen sind. Dein Leben ist besiegelt. Bis zum Ende deiner Tage bezahlst du für deine Freiheit mit Informationen und verdeckten Ermittlungen, immer mit dem Risiko, dass man dich auf Nimmerwiedersehen verschwinden lässt. Und genau davor haben die alle Angst.«

»Und wer sind die alle? Und warum wollte man sie dazu zwingen, ihrer Meldepflicht in der Kaserne nachzugehen, wenn auch nur einmal in der Woche?«

»Eine Farce. Machen Sie sich nichts draus, Brigadiere, ich bin auch drauf reingefallen. Das sollte der Glaubwürdigkeit dienen. Wir alle sollten im Glauben gelassen werden, dass diese Frau ihre Taten nicht bereut und ihre Gefängnisstrafe abgesessen hat, ohne jemals zur Zusammenarbeit mit der Justiz bereit gewesen zu sein. Eigentlich wollte man die Ermittlungen hier in Sardinien geheimhalten, aber das hat nicht geklappt, und so hat man sich diese Prozedur ausgedacht. Aber dann hat man seit ihrer Ankunft hier nichts mehr von ihr gehört, und sie bleibt weiterhin unauffindbar. Die Franzosen suchen nach ihr, und jetzt müssen wir ebenfalls nach ihr suchen. Eigentlich geht es nur darum herauszufinden, ob sie noch lebt oder ...«

Mit einem Mal wurde Ettore Tigàssu vieles klar, auch wenn ihn der Halbsatz »jetzt müssen wir ebenfalls nach ihr suchen« etwas verblüffte.

»Man glaubt also, dass sie gestorben ist. Und zwar hier in unserer Gegend, stimmt's?«

Der Maggiore holte tief Luft und sagte dann: »Ja genau, in unserer Gegend. Bis zur ersten Juniwoche, da war sie noch in Korsika, hat sie regelmäßig ihren Standort durchgegeben sowie alle notwendigen Informationen.«

»Jetzt begreife ich, warum wir von nichts wissen durften. Sie war undercover hier.«

»Genau. Dottor Arcànu hat es mir erklärt. Die Männer, die Sie bei der Beerdigung bemerkt haben, sind hier, um nach ihr zu suchen und sie gegebenenfalls zu beschützen. Man ging davon aus, dass sie sich dort einfinden würde, immerhin war Nonies ihr Grundschullehrer und sie hatte ja auch seine Adresse als Anwesenheitsort angegeben. Das sind Franzosen, die mit uns zusammenarbeiten. Über sie müssen Sie sich also nicht den Kopf zerbrechen. Vermutlich haben Sie mit Ihrer Vermutung zu dem M auf einer der Kranzschleifen richtig gelegen. Immerhin wissen wir damit, dass sie am Tag der Beerdigung noch am Leben war.«

»Und was macht der Sohn hier?«

»Das weiß ich nicht. Wir haben lediglich die Aufgabe, alle erdenklichen Informationen über den Aufenthaltsort der Tidòngia einzuholen und sie unverzüglich an den Staatsanwalt weiterzuleiten. Aber ohne offiziell zu ermitteln.«

Sie gingen noch ein paar Schritte, dann fragte der Maggiore: »Aber morgen ist doch eigentlich Ihr freier Tag, stimmt's?«

»Ja, aber wenn Sie möchten, verzichte ich darauf«, antwortete der Brigadiere engagiert angesichts der jüngsten Enthüllungen.

»Nein, nein, bis übermorgen.«

Ciaooo, mein liebes Geld. Wann wird er wohl seine Schulden bezahlen?, dachte Tigàssu.

Er stieg ins Auto, aber bevor er den Zündschlüssel drehte, googelte er im Internet »Mitterrand-Doktrin« und las nur den ersten Satz: »Die aus Italien Geflüchteten, die vor dem Jahr 1981 an Terrorakten beteiligt waren, mit diesem höllischen System gebrochen haben und in eine zweite Lebensphase eingetreten sind, haben sich in die französische Gesellschaft integriert. Ich habe der italienischen Regierung mitgeteilt, dass sie vor jeglicher Auslieferung sicher sind.« (François Mitterrand, 21. April 1985)

Unglaublich.

Und damit fuhr er gemächlich zu sich nach Hause ins Hinterland. Vor einem Alkoholtest war er sicher, denn das einzig verfügbare Gerät lag sorgsam gehütet in seinem Schränkchen in der Kaserne.

## 31.

Als Padre Carlo mir mitteilte, dass der Bischof mich entlassen habe, konnte ich mich kaum halten vor Lachen.

Er war den Tränen nahe, ich ein Lachbündel.

»Du kannst hier nicht bleiben, hat er mir gesagt. Dann würde ich auch gehen, habe ich geantwortet. Du hättest mir nämlich Leute in die Kirche gebracht. Aber er findet, einer wie du passt nicht zur Kirche und ist ungeeignet.«

»Klar bin ich ungeeignet. Er wird dir mein *Gurrigulum* schon vorgelesen haben. Und was hat er noch gesagt? Soll ich dir auf die Sprünge helfen? Schämst du dich, es mir offen zu sagen?«

»Ja.«

»Auf mich ist kein Verlass, hat er gesagt, und dass ich mein Leben in einer Irrenanstalt verbracht habe. So habe ich wenigstens die Welt kennengelernt, wie sie wirklich ist. Soll ich weitermachen?«

»Du hättest mir das alles sagen können.«

»Und hättest du mich dann trotzdem eingestellt?«

Schweigen.

»Hättest du nicht. Ich wollte dich doch nur ein bisschen

unterstützen. Und jetzt umarm mich, Bruder. Ich werde dir weiter Leute in die Kirche bringen, wenigstens an den Sonntagen.«

»Und was machst du jetzt? Warum lachst du?«

»Was weiß ich? Ich kann nicht anders, ich muss einfach lachen. Wenn ich daran denke, wie dumm die normalen Leute sind, kommt mir das Lachen. Dagegen kann ich nichts tun. Ich lache allein für mich, aber wenigstens lache ich, und dann ist wieder alles gut.«

»Und du hilfst mir trotzdem? Wenn es kalt wird, kannst du dich zum Schlafen neben den Ofen legen, wenn du magst. Kein Bischof kann mir Nächstenliebe untersagen.«

»Bemüh dich nicht, ich habe ein Dach über dem Kopf, danke. Und Brennholz kann ich im Wald sammeln, das reicht mir für den Winter.«

»Ich geb dir das Geld von der Kollekte. Ich kann das Holz für dich kaufen.«

»Ich brauche kein Geld, ich habe gelernt, ohne auszukommen.«

Eine aufrichtige Umarmung lässt sich nicht beschreiben. Oder um es mit den Worten von jemandem zu sagen, an dessen Namen ich mich nicht mehr erinnere: »Wenn ein Freund dich umarmt, ist das keine Umarmung wie jede andere. Man spürt sofort den Unterschied zu einer, die unverbindlich oder anstandshalber stattfindet. Das ist eine Sache von Muskelspannung und Nachdruck, und dieser kleine, aber feine Unterschied macht's.«

So waren auch die Umarmungen in Samueles Bar, als sich herumsprach, dass ich meine Arbeit verloren hatte. Man hatte mich die Hauptstraße herunterschlendern sehen, und Samuele, nett wie immer, hatte mich hereingerufen: »Hallo, Gesuino, Lust auf ein frisches Bierchen?«

»Ich bin meinen Job los, hahaha.«

Es waren nicht viele Leute in der Bar, aber alle kamen herbei und nahmen aufrichtig Anteil.

»Nicht mal auf einen Pfarrer ist Verlass«, sagte Antoni Malugòru.

Immer noch lachend, erklärte ich, dass es nicht am Pfarrer gelegen hatte, sondern am Bischof.

»Stell dir vor, Samuele, ausgerechnet jetzt«, sagte ich und tat so, als sei es mit dem Lachen vorerst vorbei.

»Genau, ausgerechnet jetzt, wo du eine Arbeit gefunden hattest ... In diesem Leben ist alle Hoffnung verloren«, sagte Samuele Baccanti verbittert.

»Das meine ich doch nicht, ich meine: ausgerechnet jetzt, wo ich ihm die Namen der Spieler von Cagliari beigebracht habe, als sie die Nationalmannschaft stellten. Sogar die der Ersatzspieler, so ein Ärger.«

»Sogar die der Ersatzspieler?«, fragten die Gäste im Chor.

»Ja, sogar die ... Und er war drauf und dran, auch die Namen aller Engel zu lernen, und zwar in der genauen Abfolge der Hierarchien. Aus dem wäre noch ein großer Pfarrer geworden, der beste, den wir hier jemals hatten«, fuhr ich niedergeschlagen fort.

Zum Lokalhelden braucht es nicht viel.

Manchmal reicht es auch, wie im Fall von Peppinu Pisilentzia, sich die Fahrzeugkennzeichen zu merken, die in Telévras unterwegs sind, samt der Fahrzeughalter. Oder die einzelnen Bestandteile einer Blume: Kelchblatt, Stempel, Fruchtknoten, Staubblatt, Griffel, Narbe, Blütenblatt.

»Kennt ihr denn die Namen der Cagliari, einschließlich der Ersatzspieler?«

»Naja, mehr oder weniger ...«, stotterte Samuele.

»Na, dann sagen wir sie mal alle gemeinsam auf, das tut gut.«

Darauf alle im Chor: Albertosi, Martiradonna, Zignoli, Cera, Niccolai, Tomasini, Domenghini, Nené, Gori, Greatti, Riva.

Trainer: Manlio Scopigno.

Präsident: Efisio Corrias.

»Und die Ersatzspieler?«

Man musste schon ein bisschen raffiniert sein, wenn man eine Legende werden und vom öffentlichen Gespött zum Lokalhelden avancieren wollte.

»Na, gut, ich helfe euch ein bisschen. Reginato, Mancin, Poli, Brugnera, Nastasio, Tampucci.«

So viele anerkennend lächelnde Gesichter, das hatte es in Samueles Bar lange nicht mehr gegeben.

»Naja, die Ersatzspieler ...«, winkte Samuele ab.

»Und was haben die euch getan? Die Reserve ist wichtig. Wie der Jahrgang beim Cannonau, und welcher ist da der beste?«, fragte ich großspurig.

»Stimmt, Gesuino. Das sind die Jahrgänge, die beim Weinfest keiner zu sehen kriegt, die führen wir uns zu Gemüte, wenn die offiziellen schon weggetrunken sind«, sagte Antiògu Tranàga, und alle lachten herzhaft.

Erst die Jukebox und der Flipper und jetzt noch die Namen von Cagliaris Reserve? Ich war auf dem Höhepunkt meines Triumphs.

Jemand hob die Hand, er wolle für mich zahlen, aber Samuele sagte laut und deutlich, sodass alle es hören konnten: »Ab jetzt geht für dich alles aufs Haus.«

Allgemeines Kopfnicken.

»Danke, nicht nötig. Aber die Geste ehrt dich.«

»Unsinn. Wenn du dich mit dem begnügst, was da ist, kannst du hier auch gerne mindestens einmal am Tag eine Mahlzeit essen. Und falls du's nicht tust, sind wir beleidigt. Stimmt's, Leute?«, sagte er drohend, und wieder nickten alle zustimmend.

»Na, dann sage ich Dankeschön. Ich revanchiere mich, sobald ich kann.«

»Sag mal, du kannst doch so viel, Gesuino, spielst du zufällig auch *pinella*?«

»Nein, leider nicht.«

Eine Notlüge. Ich durfte natürlich nicht preisgeben, dass Matteo Trudìnu mir den Trick beigebracht hatte, sich alle Karten einzuprägen, auch die, die man zur Seite legte, weil man sie für das eigene Blatt nicht brauchte.

Würde ich einen Mord begehen, konnte ich sicher sein, dass sie mich decken würden.

Aber hätte ich beim Kartenspiel gewonnen, wäre mir nur das Exil geblieben.

Und wie so oft im Leben brachte es Glück, sich dumm zu stellen.

Und andere gewinnen zu lassen hat ja auch etwas von einem Engel.

So habe ich es gelernt.

Und so habe ich es weitergegeben.

## 32.

Der Brigadiere war an seinem arbeitsfreien Tag fix und fertig. Am Vorabend hatte er, um das Essen im Restaurant zu verdauen, ein Gläschen *fil' e ferru* getrunken. Und schlecht geschlafen.

Er war im Morgengrauen aufgewacht und hatte im Manuskript des Lehrers nach weiteren brauchbaren Informationen geforscht. Mittlerweile war er überzeugt davon, dass er dort eine Erklärung für Mariàcas plötzliches Verschwinden finden würde.

Warum mache ich das eigentlich?, fragte er sich, während er die Seiten auf seinem iPhone vergrößerte.

Natürlich hätte er sich auch die Frage stellen können, warum sein Vorgesetzter ihm Informationen weitergegeben hatte, die er bei einer offiziellen Ermittlung problemlos hätte selbst herausfinden können.

Er dachte daran zurück, wie oft er in der Vergangenheit schon zu hören bekommen hatte, »lassen Sie's sein, es ist für nichts gut«. Das konnte zu einer Berufskrankheit werden.

Aber er war mit Herz und Seele Carabiniere, wollte begreifen und mit den wenigen Puzzleteilen, die er in der Hand hatte, das Mysterium um das Verschwinden lösen. Koste es, was es wolle.

Wenn er es schaffen würde, sie ganz allein zu finden, ohne Befragungen, Haftbefehle und Festnahmen!

Was die Lage jedoch erschwerte, war die Tatsache, dass er jetzt, nachdem es ihm mit viel Mühe gelungen war, die Seiten 117 und 119 des Manuskripts zu vergrößern, keinen Deut besser durchblickte, sondern nur noch verwirrter war. Seite 120 war gänzlich unbrauchbar, denn darauf stand nur: *Hochachtungsvoll Marcellino Nonies.*

Er war kurz davor, alles hinzuschmeißen und nicht mehr weiterzulesen.

Den Rest schaue ich mir nicht mehr an, auf keinen Fall. Nur über meine Leiche. Und überhaupt, was geht mich das alles an? Warum nehme ich mir das so zu Herzen? Denn mal angenommen, ich würde was rausfinden, dürfte ich ja nicht verraten wie.

Verständlich, dass er das dachte, vor allem nach diesen Zeilen:

*… meine kleine Verrückte hat recht. Schafe brauchen Führung. Und sie hat auch recht, wenn sie sagt, dass auch Jesus seine Anhänger nicht beleidigt, wenn er sie als Herde bezeichnet. Denn wenn ein Hirte gut und weise ist, führt er seine Schafe in ihr Glück, selbst wenn das für sie nichts anders heißt, als dass sie immerfort was zu grasen haben. Und sie hat mich mit dem Satz des Philosophen W. Ben Hunt bekannt gemacht, von dem ich vorher noch nie gehört hatte. »Das Schaf ist das eigennützigste Säugetier auf dieser Welt. Ein Schaf*

*wird nie die Führung für seinesgleichen übernehmen, und Schafe bilden auch keine Gruppen mit einem Anführer, denn sie kümmern sich nicht um ihresgleichen. Jedes Tier lebt in einem Universum, das nur ihm allein gehört, und das macht Schafe höchst eigenwillig.« Wer auf Individualität pocht, sollte sich das zu Gemüte führen. Mit der Masse ist nicht zu spaßen. Ich wusste, dass sie zu den besten Schülerinnen gehörte, die jemals in meiner Klasse saßen. Aber jetzt ist sie zurückgekehrt, und ...*

(Marcellino Nonies, *Die Frömmigkeit der Schafe*, Seite 117)

Er las den Absatz noch einmal aufmerksam durch und teilte darauf die Annahme des Maggiore, dass sie nach Telévras zurückgekehrt war.

Aber warum hat Maestro Nonies dem Maggiore erzählt, dass er keine Ahnung hat, wo sie steckt? Und wie seltsam: Die ersten Seiten, auf denen er sie von jeder Schuld am Tod ihres Vaters freisprechen will, sind fast unleserlich geschrieben. So weit, so gut. Und dann? Dann schreibt er noch den ganzen Rest dazu?

»Ich bin sooo dumm!«, rief er dann mit einem Mal in seinem stillen abgelegenen Haus. Und redete laut weiter, als würde er vor einem Vorgesetzten stehen: »Warum ist mir das nicht schon früher eingefallen? An diesem Opus schrieb er schon lange, Seite um Seite ... so weit ist alles klar. Und die letzten Seiten muss er hinzugefügt haben, nachdem Mariàca bei ihm gewesen war. Da bin ich mir jetzt ganz sicher.«

Selbst wenn Seite 119 das Geheimnis nicht wirklich lüftete:

*Ich muss sie beschützen. Sie ist etwas Besonderes. Sie will mit alldem nicht mehr weitermachen und in Frieden leben. Sie allein entscheidet, ob sie euch sagt, wer der Vater ihres Kindes ist. Auch wenn das aus meiner Sicht nicht relevant ist.*

Und weiter:

*Sie ist zu einem anderen Menschen geworden. Nämlich so rein und ungezähmt, wie sie als Kind war, und sie wird niemals so sein wie ihr »Hochleistungs-Soziopathen, schamlose, eifersüchtige Wesen voller Schadenfreude, genau der Typ Mensch, der für den Erfolg in der modernen Welt wie geschaffen ist«, wie Hunt sagen würde. »Ihr seid die wahren Schafe«, würde ich hinzufügen ...*
  (Marcellino Nonies, *Die Frömmigkeit der Schafe*, Seite 119)

Die deutsche Vokabel *Schadenfreude* musste der Brigadiere erst im Internet googeln.

Aber was hatte die eigene Genugtuung über das Pech eines Mitmenschen mit allem zu tun? Vielleicht fände sich auf der fehlenden Seite die Erklärung dafür ...

Sein Handy läutete, es erklang die Fanfare, und er wusste sofort, wer dran war.

»Entschuldigen Sie, dass ich Sie an Ihrem einzigen arbeitsfreien Tag störe«, sagte der Maggiore. »Könnten Sie in die Kaserne kommen? Ich habe gerade von meiner Versetzung nach Rom erfahren.«

»Wie bitte? Versetzung ...?«

»Ich gehe mit einem lachenden und einem weinenden Auge.

Befehl von oben. Kommen Sie, damit wir uns voneinander verabschieden können.«

Um ehrlich zu sein, dachte der Brigadiere sofort: Und jetzt? Der schuldet mir noch 80 Euro ... wann gibt er mir die zurück?

Aber vielleicht war die *frègula* diesen Reinfall wert gewesen. Er zog sich in aller Eile an. Was war da wohl passiert? Eine derart plötzliche Versetzung hatte es noch nie gegeben, schon gar nicht von einem derart ausgezeichneten Vorgesetzten.

Etwas war faul an der Sache. Klingt ganz nach einer Strafversetzung, dachte er bei sich.

Als er zum Auto kam, stockte ihm fast das Herz.

Die Autotür war zu, aber er sah etwas auf dem Fahrersitz liegen. Er ließ das Auto immer unverschlossen, und auch das Fenster war wegen der Sonnenhitze leicht heruntergelassen.

Auf dem Sitz lagen säuberlich aufgestapelt seine Kraftfahrzeugpapiere, der Versicherungsnachweis sowie ein Foto seiner Mutter, die vor einigen Jahren verstorben war. Normalerweise lag das alles in einem Fach im Armaturenbrett, eine abergläubische Angewohnheit, um Unheil abzuwenden.

Die präzise Ordnung, mit der diese wenigen Dinge auf dem Sitz gestapelt waren, sprach Bände. Keine Spur von Einbruch, Böswilligkeit oder Vandalismus. Er ging in die Hocke und wollte unter dem Auto nachsehen, vielleicht klebte dort was Verdächtiges, aber dann ließ er es sein.

Eigentlich wusste er genau, was diese Art von Nachricht zu bedeuten hatte.

Es war eine gutgemeinte Warnung, nach dem Motto: Wir wollen dir kein Haar krümmen. Aber wir wissen genau, wer du bist, wo du wohnst und woran du gerade arbeitest. Hör auf damit und vergiss es.«

Er setzte sich ins Auto und fuhr ganz gelassen los, obwohl er eine solche Drohung zum ersten Mal erhielt.

Auf der Fahrt nach Narghilè hämmerte er sich ein: Ruhig bleiben. Und kein Wort über die Sache.

## 33.

Was machen Sie in Ihrer Radlermontur vor einer Kaserne der Carabinieri? Haben Sie immer noch nicht genug von dieser Insel? Sie sind jetzt schon seit etlichen Wochen hier, und neuerdings suchen Sie sogar nach einem Haus, das Sie renovieren wollen.

Sie haben keinen Termin und müssen warten. Nachdem man den Leichnam des Landpolizisten aufgefunden hatte, sollten Sie sich eigentlich für eventuell aufkommende Fragen bereithalten und jeweils Ihren Aufenthaltsort mitteilen.

Aber es hat sich keiner bei Ihnen gemeldet.

Und auf die Frage, ob Ihnen auf Ihren Radtouren etwas aufgefallen ist, haben Sie mit Nein geantwortet.

Aufrichtigkeit ist das Wort des Tages.

Sie haben für jeden Tag ein spezielles Wort.

Und das ist das Wort für den heutigen Tag.

Ein Spiel aus Ihrer Kinderzeit. Beim Frühstück fragten die Eltern mit Blick auf die schneebedeckten Alpen jeden Morgen: »Was ist dein Wort für den heutigen Tag?«

Und Sie antworteten, je nach Lust und Laune: »Freude, Lernen, Liebe, Kuss, Umarmung, Schokolade«, und so weiter.

Und die Eltern darauf: »Schön. Dann verhalte dich heute so, wie es das Wort verlangt.«

Beim Wort von heute fällt Ihnen Schnee ein.

Und das bei dieser Affenhitze. Aber mit Sehnsucht nach Abkühlung hat Ihr Wort auch nichts zu tun.

Sondern mit Reinheit, Ehrlichkeit, mit Seelenreinigung.

Aufrichtigkeit und Schnee in einem Atemzug kann aber gefährlich werden, Vorsicht!

Aus dem Büro des Maggiore dringt fröhliches Stimmengewirr an Ihr Ohr. Dazu Gläserklingen und Gelächter, durch die Glastür leicht gedämpft. Hinter der Tür nehmen Sie Schatten wahr.

»Wollen Sie eine Anzeige erstatten?«, hat der junge Carabiniereanwärter Sie eben gefragt.

»Nein, ich möchte mit dem Kommandanten sprechen«, haben Sie lächelnd geantwortet.

»Da müsst Ihr etwas warten. Der Kommandant verlässt uns heute. Soll ich ihm Bescheid geben? Kennt Ihr ihn? Wollt Ihr Euch von ihm verabschieden?«

Bei der Anrede benutzte er die in dieser Gegend immer noch übliche zweite Person Plural.

»Nein, nein. Kann ich mit jemand anderem sprechen?«

»Naja, da ist noch der Brigadiere, der jetzt auf einen neuen Kommandanten wartet. Wenn es eilt, werde ich versuchen, ihn zu holen.« Der junge Mann ist dienstfertig, er wird erst seit zwei, drei Monaten bei den Carabinieri sein.

»Es ist nicht eilig, ich komme noch mal vorbei.« Eine Lüge.

Sie haben dem Wort des Tages zuwidergehandelt.

Aber der Zufall kommt Ihnen zu Hilfe und sorgt dafür, dass keine Gewissensbisse entstehen.

Der Brigadiere kommt gerade heraus, um dem Anwärter zu sagen, dass er seinen Posten verlassen und sich zu ihnen gesellen soll, denn »wer soll um diese Zeit noch in die Kaserne kommen?«

Er sieht Sie dort stehen und erkennt Sie sofort wieder. Aber Sie sind ja auch in ihrer Radlermontur, so schwierig ist das also nicht.

»Guten Abend, was machen Sie hier?«

»Ich möchte Sie gerne sprechen. Eigentlich mit dem Kommandanten, aber man sagte mir, er verlasse diesen Standort.«

»Wenn Sie möchten, können Sie gerne mit mir sprechen«, sagte der Brigadiere.

Und damit führt er Sie in ein kleines Büro. Normalerweise werden dort Anzeigen aufgenommen, oder es finden dort die ersten Befragungen von Personen statt, die man auf frischer Tat ertappt hat, bevor man sie in Untersuchungshaft nimmt.

»Bitte.«

Und dann reden Sie sich alles von der Seele.

Eigentlich schade, dass nur Sie das Gesicht des Brigadiere sehen, als Sie ihm sagen: »An jenem Tag bin ich zu Fuß auf den Gipfel des Tacco gewandert, von dem aus man die Kapelle sieht, und habe eine Frau beobachtet, die auf diesen armen Landpolizisten zugegangen ist. Der war immer so nett zu uns Mountainbikern. Klein und schlank war sie, mit sehr kurzen Haaren. Die beiden haben kurz miteinander geredet, dann ist die Frau mit einer Tasche in der Kapelle verschwunden. Beim Herauskommen hatte sie die Tasche nicht mehr dabei. Danach ist der Landpolizist in die Kapelle, und sie ist ganz schnell zur Rückseite der Kapelle gelaufen, wo ich mein Rad abgestellt hatte, und zwar unabgeschlossen.«

»Das müssen wir sofort zu Protokoll nehmen. Warten Sie hier«, sagt der Brigadiere mit ernster Miene und geht zur Tür, bleibt dort unvermittelt stehen und macht wieder kehrt.

»Um das Protokoll kümmern wir uns später. Fahren Sie fort. Sie hat Ihnen also Ihr Fahrrad geklaut und ist damit abgehauen. Sie haben das Rad später zusammen mit einer Karte, auf der sie sich entschuldigt hat, vor der Bar in Telévras wiedergefunden. Haben Sie die Karte noch?«

»Ich weiß nicht sicher, ob sie es war. Ich habe nicht gesehen, wie sie das Rad genommen hat. Die Bäume haben die Sicht versperrt.«

»Und Sie haben auch nicht gesehen, ob noch eine andere Person dabei war?«

»Nein. Ich hatte zwar ein Fernglas dabei, aber nur ein schwaches, für die Landschaft«, sagen Sie und reichen dem Brigadiere den zerknitterten Zettel.

»Ich habe Sie nach einer möglichen anderen Person gefragt, weil auf der Nachricht der Plural benutzt wird.«

»Ich habe niemand anderen bemerkt.«

Mit der Aufrichtigkeit ist es ein bisschen wie bei der Steuererklärung. Im Juni wollte man ganz schlau sein, zahlt im Oktober ein kleines Strafgeld und zack, hat man wieder ein reines Gewissen.

Aber Sie kommen aus einem Land, wo man jeden im Nullkommanix am Wickel hat, also kann man auch gleich die Karten auf den Tisch legen.

Wo Sie herkommen, bleibt einem nichts anderes übrig, als aufrichtig zu sein.

Und was Sie jetzt sagen wollen, kann außer Ihnen niemand wissen. »Wissen Sie, das Problem ist, dass ich den Landpolizisten auf meinen Touren mit einer Frau gesehen habe. Umarmungen, Händchenhalten. Sie wirkten sehr verliebt, und einmal bin ich auf der Abfahrt vom *Perd' e Liana* sogar an ihnen vorbeigefahren.«

»Vom *Perd' e Liana*? Der liegt doch mindestens dreißig Kilometer von Telévras entfernt und nicht mal in seinem Aufsichtsgebiet. Eine Steinwüste. Da kommt man nicht mal mit einem Jeep hin. Was hat er dort nur gemacht?«

Darauf haben Sie auch keine Antwort. Aber auf die nächste Frage schon: »Würden Sie diese Frau wiedererkennen?«

»Ich glaube schon. Ich habe sie aus der Nähe gesehen, als ich vorbeigefahren bin. Ich habe gegrüßt, aber nicht angehalten, ich war bei der Abfahrt und wäre gestürzt, wenn ich einfach so abgebremst hätte.«

Ausgezeichnet. Ihre Aussage bedeutet eine entscheidende Wende in den Ermittlungen. Natürlich könnten Sie sich fragen, warum der Brigadiere nichts von dem, was Sie ihm soeben erzählt haben, zu Protokoll nimmt und sich damit begnügt, nachzufragen, ob Sie immer noch in dem B & B nächtigen, das Sie damals angegeben haben, und ob Ihre Handynummer noch stimmt. Eigentlich drängt diese Frage sich geradezu auf.

Aber alles mit der Ruhe. Sie sind mit sich und Ihrem Wort des Tages im Reinen.

Sie fühlen sich aufrichtig.

# 34.

Ettore Tigàssu öffnete die Tür, hinter der »sein« Achille Pantognostis seine überraschende Versetzung in die Hauptstadt feierte, am Ende doch nicht mehr. Um der Wahrheit die Ehre zu geben, lag es vor allem an den nachfolgenden Ereignissen, dass er ihn über die Aussage des Touristen nicht in Kenntnis setzte.

Er erinnerte sich noch gut an dessen ironisches, von einem vielsagenden Fingerzeig Richtung Zimmerdecke begleiteten Satz: »Man will sich drum kümmern«.

Und diese Zimmerdecke nahm, während er den Schweizer zum Eingang begleitete, mit einem Mal Menschengestalt an. In Begleitung des stellvertretenden Staatsanwalts stand da nämlich der »Generalone«, der General. Tigàssu schlug sofort die Hacken zusammen.

Was macht der denn hier?, dachte er bei sich.

Der oberste Chef blieb normalerweise eine abstrakte Größe. Manche meinten sogar, dass es ihn gar nicht gab, denn er hatte sich hier noch nie sehen lassen.

»Ah, Sie sind es, ich muss Sie sprechen«, sagte er freundschaftlich, während der Staatsanwalt sich mit einem Kopfnicken verabschiedete und in das Büro des Maggiore entschwand.

Der Generalone will mich sprechen? Der Brigadiere traute seinen Ohren nicht.

»Also. Sie bewerben sich jetzt offiziell auf eine Beförderung zum Maresciallo. Es gibt große Neuigkeiten. Sie müssen sich ein Jahr lang fortbilden. Wir übernehmen natürlich die Kosten. Sie sind doch bereit dazu?«

Typisch Vorgesetzte – sie fragen einen und liefern die Antwort gleich mit.

Aber dem Brigadiere war es gleichgültig, ob aus ihm noch ein Maresciallo würde. Was für ein Aufwand! Fortbildung? Mit fast fünfzig? Und warum war man mit einem Mal derart um ihn bemüht?

»Die neue Regierung hat beschlossen, die staatlichen Organe zu stärken, allen voran uns. Man muss diese Gegend in den Griff bekommen, bevor ein Pulverfass daraus wird.«

Ein Pulverfass? Wir durften aber doch nicht mal ermitteln ... Tigàssu hatte seinen Gedanken noch nicht zu Ende gedacht, da fuhr der Generalone dazwischen: »Wir werden mehr Personal zur Verfügung haben, gut ausgebildete Leute. Außerdem werden wir ein paar ehemalige Kommandostellen wieder in Betrieb nehmen. Und mit Telévras soll es losgehen, denn hier scheint mir die Gefahr am größten.«

Telévras? Gefahr? Aber Tigàssu behielt seine Gedanken für sich.

»Und sobald Sie ihre Fortbildung beendet haben, werden Sie hier das Kommando auch über alle angrenzenden Dörfer übernehmen. Sie freuen sich doch? Dann wird sich rasch rumsprechen, dass man hier nicht machen kann, was man will. In der Zwischenzeit lassen Sie sich recht oft in dieser Gegend sehen. Man hat mir gesagt, Sie kennen sie wie Ihre Westentasche. Das stimmt doch, oder?«

»Naja ...«, hielt sich der Brigadiere bedeckt.

»Na kommen Sie schon, nicht so bescheiden! Nehmen Sie die Gegend unter Ihre Kontrolle, schon bevor Sie sie im zweiten Schritt dann auch offiziell kontrollieren. Lernen Sie dazu, schauen Sie sich um, sorgen Sie dafür, dass man sie mag. Ehrliche Leute sollen unsere Anwesenheit freudig begrüßen, Gesetzesbrecher sollen sie fürchten. Auf der Hut sein und vorbeugen, lautet das Motto. Sie sind doch einverstanden?«

»Ja«, sagte Ettore Tigàssu lakonisch. Und log wieder.

Die brauchen hier alles Mögliche, aber bestimmt nicht uns, dachte er bei sich, während der Generalone im Büro des Maggiore verschwand.

Er hatte das Bedürfnis nach einer kühlen Brise, und der Mistral, der genau in diesem Augenblick auffrischte und die drückende Julihitze milderte, kam da gerade recht.

Er hielt sein Gesicht in nordöstliche Richtung, dem Wind direkt entgegen.

Er hätte den Mut haben sollen zu sagen, »Nein, wissen Sie, das ist nichts für mich. Ich kenne die Leute in der Gegend hier, und sie kennen mich. Das haut nicht hin. Da freundet man sich mit einem bei einem Glas an, und am nächsten Tag soll man ihn verhaften? Schickt einen aus Treviso oder Cerignola hierher, der hat zwar von nichts eine Ahnung, aber irgendwas wird er trotzdem hinkriegen, und man wird ihm mehr Respekt entgegenbringen.«

Aber er verwarf diese Gedanken sofort wieder.

Ihm war eine andere Idee gekommen, noch schräger und abgefahrener.

Es war, als würden die beiden Toten ihn mahnen, für Recht und Gerechtigkeit zu sorgen. Er hatte zwar einen Verdacht, durfte dem aber nicht offiziell nachgehen.

Halt, einen Augenblick, dachte er. Ich soll also oft dort hinfahren, mich noch schnell bei allen lieb Kind machen, sodass man mich nach dem Fortbildungsjahr ans Herz drückt wie einen verlorenen Sohn? So stellt sich der Generalone das doch vor ... Gibt es einen besseren Vorwand, um mich umzusehen, Fragen zu stellen und die Gegend noch besser kennenzulernen?

Fast hätte er laut gelacht. Und nach der Fortbildung verzichte ich einfach darauf, die Leitung der Kommandostelle zu übernehmen.

Der Plan war perfekt.

Und so verlor er dem Maggiore und dem Generalone gegenüber kein Wort über die morgendliche Warnung in seinem Auto.

Er fühlte sich wütend und traurig, empfand aber zugleich auch eine unbestimmte Freude.

Er dachte daran, wie wohl er sich am Abend zuvor in Gegenwart seines Vorgesetzten gefühlt hatte (von der Restaurantrechnung mal abgesehen), wie er ihn in die geheimen und dunklen Seiten dieser Geschichte eingeweiht hatte, wie sie gemeinsame

Sache gemacht hatten, und jetzt ... hatte sich auf einmal alles in Wohlgefallen aufgelöst. Der Maggiore nahm seinen Hut, und er selbst konnte wieder ganz von vorne anfangen. Wer würde als Nachfolger eingesetzt? Keine Ahnung ... wieder alles von vorn.

Beim Nächsten brauche ich wieder mindestens ein Jahr, bis die Chemie zwischen uns stimmt, und dann ist der auch wieder weg, unterwegs zu neuen Ufern, neuen, attraktiveren Orten.

Festland, Großstadt, wichtige Ermittlungen, bei denen der Adrenalinspiegel steigt: Mafia, Korruption, gefälschte öffentliche Ausschreibungen, Medienöffentlichkeit, Beförderungen ...

Und hier, an diesem gottverlassenen Fleckchen Erde? Nur »Kokain, Marihuana und Springmesser«. So sagte er immer, wenn von den *balèntes* die Rede war, den sardischen Kriminellen, die sich auf ein längst überholtes hiesiges Brigantentum beriefen, das mit anachronistischem Schneid Delikte nachäffte, die auf dem Festland gang und gäbe waren.

Aus den Briganten von einst waren Drogenhändler geworden.

So war das in seiner Heimat, und so würde es immer sein.

Wer hier nicht lebt, würde nach einer Woche am liebsten für den Rest seines Lebens auf der Insel bleiben.

Wer aber hier geboren ist, würde, wenn er könnte, am liebsten schon mit dem Schnuller in der Hand abhauen.

# ERINNERUNGEN
*Arbeit*

Und da stand man dann am Hafen und sah den ersten Fähren des Tages zu, die zum *Continente*, zum Festland aufbrachen. Mit einem trockenen Kanten Brot in der Hand, einem Stück Wurst und einem 50-Lire-Schein für die Rückfahrt ins Dorf. Mit dem Blick folgte man der Fähre bis zum Ende der Hafeneinfahrt, sprang auf Klippen herum und winkte Gesichtern, die immer mehr verschwammen. Es reichte schon, dass jemand zurückwinkte, *Ciao*, und sofort hoffte man, dass man selbst auch eines Tages in die große weite Welt aufbrechen würde. Dieser letzte Gruß des Vaters, der einen bestimmt noch aus weiter Entfernung an den geflickten Strümpfen erkannt hatte. Angeblich sind Abschiede am Bahnsteig am Schönsten. Züge gab es bei uns nicht, und für mich gibt es nichts Herzerweichenderes, als jemanden zu verabschieden, der einen mit der Fähre verlässt. Oft war der Wellengang so hoch, dass die Fähre auch mal zwei Stunden brauchte, bis sie am Horizont verschwand. Als hielte man die, die einen verließen, unendlich lange umarmt. Natürlich in der Hoffnung, dass sie wiederkommen würden, mit ihrem Lächeln und den Weihnachtsgeschenken, denn Kinder sollen unter dem Weihnachtsbaum nicht weinen. Man ahnte noch nicht, dass man selbst auch eines Tages wegfahren und die gleichen Worte sagen würde, die Kinder von ihren Vätern hören: »Weine nicht, ich komme doch wieder. Das ist doch nur ein Abschied auf Zeit.« Und man selbst würde ein paar

Jahre später zur Mutter genau das Gleiche sagen: »Sorge dich nicht, *Mamma*. Weine nicht, ich komme doch zurück.« Auch wenn man wusste, dass man niemals zurückkommen würde. Der Geruch nach schmelzendem Gusseisen, der Lärm von Fräsen und Drehmaschinen, Schichtarbeit, Gewerkschaften, die Arbeiterklasse, die endlich ins Paradies eingehen würde, Flugblätter in Fabriktoiletten. Turin, Mailand, Genua und Bologna, vereint im Kampf. Mit dem ersten Geld, das man verdiente und nach Hause schickte, wurde dort endlich ein Telefon gekauft, und endlich konnte man mit seinen Liebsten sprechen. »Arbeit, Arbeit, mein Sohn hat eine Arbeit, *unu trabàlgiu*.« *Su trabàlgiu*, Arbeit ist in der einzigen Sprache, die einem so vertraut ist, dass sie zur Muttersprache taugt, nichts als Schufterei. Zum Umfallen müde, der Rücken mit nicht mal zwanzig kaputt, und immer diesen Gestank nach Maloche am Leib, den man auch mit Desinfektionsmittel nicht los wurde. Eine Schicht nach der anderen und Demonstrationen. Rote Fahnen, die im Wind flatterten. Enrico Berlinguer lockte auf der Piazza del Duomo in Mailand mehr Zuhörer an als die Rolling Stones. Träume verkamen zu Slogans, aber man hörte nicht auf, daran zu glauben, bis zur Entlassung, weil die Welt sich angeblich geändert hatte. Man war eine Nummer, überflüssig. Und sag mir, ob nicht auch du vierzig Jahre lang die Nächte damit verbracht hast, deine Romane und Geschichten in Schulhefte zu schreiben. Immer in der Hoffnung, dass sie vielleicht nach dem Tod jemandem, wenn auch nur einem Vertreter der Justiz, rein zufällig in die Hände fallen würden und er über deine vorübergehende Existenz auf dieser Erde Zeugnis ablegen könnte. Ich erinnere mich vor allem an die Worte meines Vaters an dem Tag, als er mit der Fähre abfuhr und auch er sich auf immer verlor: »Nur zwei Dinge zählen im Leben, mein Sohn.« Und ich: »Welche, Babbo?« Und er: »Ich erinnere mich gerade nicht, aber es sind zwei.« Ein Genie!

# 35.

»Hat jemand Gesuino gesehen?«
Als hätte Brigadiere Tigàssu, als er am frühen Morgen Samueles Bar betrat, ein offenes Messer in der Hosentasche. Sein Tonfall war herrisch, fast schon unfreundlich. Das ist immer ein Fehler, in diesem Fall war es fatal.

»Nein«, sagte Samuele kurz angebunden.

»Naja, wenn du ihn sehen solltest, richte ihm aus, dass ich ihn sprechen will. Nichts Wichtiges … ich würde nur gerne etwas von ihm wissen, falls er mir Auskunft geben will.« Erst der letzte Halbsatz sorgte unter den Anwesenden für etwas Entspannung.

Denn es herrschte leichte Besorgnis. Mittlerweile war der Brigadiere Dauergast in der Bar.

Und daran war was faul.

Wenn Samuele einem nicht von vornherein das Getränk vorsetzt, das man bestellen wollte, heißt das, dass man ihm nicht mehr ganz so sympathisch ist.

»Ich habe erfahren, dass er seine Arbeit los ist. Ich bin bei der Kirche vorbeigegangen, und der Pfarrer hat es mir erzählt. Tut mir wirklich leid, denn er war anscheinend tüchtig und wirkte sehr zufrieden«, fuhr der Brigadiere fort.

Augenblicklich schlug die Stimmung um und wurde freundlicher.

Er hatte sich solidarisch gezeigt, und das wurde positiv aufgenommen.

»Tja, ... Hauptsache eine Arbeit ... in diesen Zeiten ...«, kommentierte Antoni Malugòru.

»Genau, vielleicht höre ich ja von einer ...«

Diese letzten Worte des Brigadiere heiterten alle endgültig auf.

Sie konnten nicht ahnen, warum er auf der Suche nach Gesuino war.

Ebenso wenig wussten sie natürlich, was der Schweizer Tourist ihm von der Tasche, der überstürzten Flucht jener Frau und Cesareddu erzählt hatte, der ihr die Tür zur Kapelle aufgesperrt hatte. Tigàssu wollte dort nachsehen, denn er ging davon aus, dass es zwischen dem Tod des Landpolizisten und Mariàca eine Verbindung gab.

Kurz zuvor war er bei Padre Carlo vorbeigegangen, um ihn um die Schlüssel zur Kapelle zu bitten, aber der hatte sie in dem Schränkchen, in dem er alles Mögliche aufbewahrte, nicht gefunden.

»Vielleicht hat Gesuino eine Ahnung, wo sie sind. Aber er arbeitet nicht mehr hier. Der Bischof ist dagegen.«

Und so war er in die Bar gekommen.

Samuele war gerade damit beschäftigt, eines seiner Schilder anzufertigen, und malte mit schwarzem Filzstift die Lettern.

»Was wird das?«, fragte der Brigadiere.

»Das ist zu Ehren Cesareddus«, sagte Samuele lächelnd.

Er zeigte ihm das Schild:

1. Pokal zu Ehren Cesareddu Spoboràus
Seifenkistenrennen
Abfahrt: Cuccureddu
Ankunft: Bar
Teilnahme von 6 bis 80 Jahre
Teilnahmebedingungen und Gebühr in der Bar

»Seifenkisten? Seid ihr verrückt geworden?«, fragte der Brigadiere ehrlich besorgt.

»Genau! Wir nehmen aber nur welche, die vor 1970 gebaut wurden. Mit Radlagern aus Metall, Holzachsen und einem Lenkrad wie bei einer Lambretta. Und ohne Bremsen, sonst wird man disqualifiziert. Cesareddu war als Junge ein Champion im Seifenkistenrennen. Und jetzt widmen wir ihm einen Pokal«, verkündete Samuele.

»Aber damit kann man sich umbringen. Die Dinger sind gesetzlich verboten. Sehr gefährlich, vor allem ohne Bremsen, und das bei diesen abschüssigen Straßen … In eurem Alter? Seid ihr völlig durchgeknallt?«

»Wir sind durchgeknallt und mögen Dinge, die verboten sind, Brigadiere. Verhaften Sie uns jetzt?«

»Genau das müsste ich eigentlich tun. Ist euch eigentlich klar, was ihr da macht? Und wenn sich jemand verletzt?«

»Ein Gläschen Cannonau, und schon ist alles wieder heile. Besser als jede Lebensversicherung«, ließ Peppinu Pisilentzia von einem der hinteren Spieltische vernehmen.

»Setzen Sie Ihren Namen auch auf die Liste, Brigadiere. Auch Padre Carlo ist mit dabei.«

»Der Pfarrer? Ich fasse es nicht! Ein Pfarrer, der mit achtzig Sachen eine dieser Gassen runterdüst? Wollt ihr ihn umbringen?«

»Gesuino poliert gerade eine Seifenkiste für ihn auf. Ich glaube, Padre Carlo wird das Rennen glatt gewinnen. Das wird die reinste Rennmaschine.«

Alle lachten, und der Brigadiere war unentschlossen, ob er ihnen diesen Kinderquatsch untersagen sollte oder darüber hinweggehen. Er entschied sich für Letzteres.

»Ich werde so tun, als hätte ich nichts davon mitbekommen. Am Sonntag schicke ich euch auch keine Streife vorbei, aber wenn sich jemand was tut ...«, sagte er ermahnend, nach dem Motto: Dann ist es mit dem Spaß vorbei. »Was für ein Wahnsinn!«

»Machen Sie sich keine Sorgen, Brigadiere. Wir legen Strohballen in die Kurven, dann kann man sich höchstens das Kinn aufschlagen oder die Kinnlade brechen. Es haben sich schon ganz viele eingeschrieben. Es soll doch nur ein kleiner Spaß werden. Der Supereinfall stammt von Gesuino, er ist jetzt unterwegs und bringt alle Seifenkisten auf Vordermann. Es machen auch Kinder mit, und wir Großen werden mal wieder wie sie«, sagte Samuele.

»Kaum zu fassen ... der hat ja tolle Einfälle! Naja, verrückt genug ist er ja ... Und ihr immer schön hinterher.«

»Das habe ich Ihnen doch gerade eben gesagt, Brigadiere.

Wir mögen Verrückte, aber nur, wenn sie einen zum Lachen bringen. Tränen vergießen wir schließlich schon genug.«

»Aha, wenn sie einen zum Lachen bringen ... aber wenn sie Böses im Schilde führen und man weinen muss? Was ist dann? Dann sind sie euch nicht mehr sympathisch, oder was? Dann wollt ihr sie nicht hier sehen.«

»Die gehen doch alle zu den Carabinieri, Brigadiere.«

Der Satz wurde zum Witz des Jahres. Er stammte von Peppinu Pisilentzia, bekannt für seinen schwarzen Humor.

»Wie auch immer, Sie dürfen trotzdem ein Sümmchen beitragen, auch wenn Sie nicht mitmachen«, neckte Samuele.

Tigàssu hatte die witzige Bemerkung gelassen aufgenommen. Aber jetzt zeigte er auf das Schild, das gerade im Fenster der Bar aufgehängt worden war.

»Und was ist mit der Gebühr fürs Aufhängen? Ich tu so, als wäre sie bezahlt worden. Das ist mein Beitrag«, sagte er.

Inmitten allgemeiner Überraschung sagte Samuele zu Antiògu Tranàga: »Tu mir einen Gefallen, Trana', begleite den Brigadiere dahin, wo Gesuino gerade die Seifenkiste für den Pfarrer repariert, vielleicht hat er ja eine Arbeit für ihn.«

Totenstille.

»Ich gehe«, sagte Antoni Malugòru bestimmt.

Damit hatte niemand gerechnet.

Immer noch Totenstille.

Nur an diesem abgelegenen Fleckchen Erde war es denkbar, dass ein Brigadiere der Carabinieri, und zwar im Dienst, und ein Ex-Knacki, der auf dem Festland dreißig Jahre lang aus einem Gefängnis raus und ins nächste reingewandert war, wie alte Freunde davonspazierten. Der eine in Dienstuniform, der andere in Hosen aus grobem Leinen, schwarzem Hut, schwarzer Weste und weißem Hemd, die Alltagsuniform.

Jeder steckte in seinen Klamotten.

Jeder war mit den Gedanken in seiner Welt.

Aber der Vordenker von Telévras hielt mit seinen Überlegungen nicht lange hinterm Berg.

»Naja, wenn Sie mit einem wie mir gesehen werden, Brigadiere ... haben Sie da nicht Angst, dass man Ihnen ordentlich auf den Hut steigt?«

»Nein, wieso? Du hast deine Strafe abgesessen und kannst dich frei bewegen. Außerdem ist bekannt, dass man hier kaum Leute antrifft, die keinen Dreck am Stecken haben.«

»Was soll das heißen? Dass wir alle Verbrecher sind?«

»Das wollte ich damit nicht sagen, hier gibt es auch ehrliche Leute, aber wenn es darum geht, einen Mord oder eine Brandstiftung aufzudecken, will keiner mit uns zusammenarbeiten. Jeder, ob ehrlich oder nicht, weiß, wer es war, aber man behält es für sich.«

»Na ja, Brigadiere, das ist dann so wie bei euch.«

»Was meinst du damit? Was willst du damit sagen? Meinst du die Carabinieri?«

»Klar. Wenn einer von euch einen Verdächtigen oder einen in Untersuchungshaft zu Tode prügelt, deckt ihr ihn und erfindet zu seiner Verteidigung irgendwelche Geschichten. Sie glauben doch selbst nicht, dass jemand einfach so stirbt, oder, Brigadiere?«

»Was soll das heißen, wir decken den? Was sagst du da?

Wenn einer bei uns einen Fehler macht, ist er seine Uniform los. Faule Äpfel gibt es überall. Ausgerechnet du willst dir dazu eine Meinung anmaßen.«

»Schon wieder diese Geschichte mit den Äpfeln? Sie sind ja schlimmer als der Philosoph, von dem Gesuino uns erzählt hat. Aber das passt schon. Hier bei uns ist es genauso. Ich bin ein fauler Apfel, und dann gibt es vielleicht noch ein paar andere. Aber die Mehrheit ist ehrlich und gesetzestreu und verbringt das Leben ohne zu klauen, dem Nächsten zu schaden oder ihn umzubringen.«

»Aber sie wissen Bescheid und halten trotzdem den Mund.«

»Genau wie bei euch. Ihr wisst auch Bescheid und haltet den Mund.«

»Du kannst doch nicht alle Carabinieri über einen Kamm scheren, nur weil einer bei einer Befragung mal zu hart zugepackt hat«, redete sich der Brigadiere in Fahrt, bis seine Stimme in den engen Gassen widerhallte.

»Regen Sie sich nicht auf, Brigadiere. Das bringt nichts, ich wollte Sie auch nicht beleidigen. Aber Sie glauben, ich übertreibe? Ich denke nur an diesen Jungen, den man mit Fußtritten ins Jenseits befördert hat. Aber Sie haben recht. Lassen Sie uns nicht alle über einen Kamm scheren, nur weil einer von euch was falsch gemacht hat, und Sie urteilen nicht über das ganze Dorf, nur weil es ein paar Kriminelle gibt.«

»Aus dir ist ja ein richtiger Philosoph geworden, sieh mal einer an, was du so alles von dir gibst.«

Mittlerweile waren sie an der ehemaligen Werkstatt von Priamo Brullèri angelangt, wo ich dessen Seifenkiste aus dem

Jahr 1969 aufpolierte, denn er konnte wegen seines Ischias nicht an dem Wettkampf teilnehmen.

Malugòru und der Brigadiere? Was machen die wohl hier?, dachte ich bei mir.

»Hallo Gesuino, wie hieß noch dieser Philosoph mit dem Apfel, du hast uns an einem Abend davon erzählt … ich erinnere mich nicht mehr, Palton?«

»Platon, nicht Palton.«

»Kannst du hier überhaupt was sehen? Mach doch mal Licht an!«, sagte der Brigadiere, als er mich in dem Dämmerlicht stehen sah, das durch das alte Holztor hereindrang.

»Ich mag helles Licht nicht, Brigadiere. Meine Augen halten das nicht aus«, sagte ich, während ich die beiden vorderen Radlager ölte, die für den Schwung in den Kurven am wichtigsten sind. »Ich liebe die Dunkelheit, das ist mein Element.«

»Aber man sieht die Hand vor Augen nicht.«

»Ich orientiere mich an Geräuschen, das funktioniert besser. Hören Sie nur, wie dieses Lager surrt.«

»Stimmt, läuft prima. Hör mal, Gesuino. Ich habe erfahren, dass du nicht mehr als Kirchendiener arbeitest. Padre Carlo hat mir auch den Grund genannt. Tut mir wirklich leid.«

Antoni Malugòru, mit dem natürlichen Takt von Ex-Knackis, war draußen stehengeblieben und rauchte seinen Zigarillo.

»Und er hat mir auch gesagt, dass du vielleicht weißt, wo sich der Schlüssel zur Kapelle der Madonna d'Itria befindet.«

»Nein, den habe ich nie zu Gesicht bekommen, Cesareddu hatte den immer. Hin und wieder ist er zur Kapelle gegangen, um dort nach dem Rechten zu sehen.«

»Danke, das weiß ich schon alles.«

»Tja. Und bei ihm zu Hause ist er auch nicht? Das ist bestimmt so einer mit einem ganz langen Bart.«

Der Gesichtsausdruck des Brigadiere sprach Bände, jeder Dummkopf hätte begriffen, dass man das Haus des Toten nicht durchsucht hatte.

Man hatte es einfach vergessen. Stell sich das mal einer vor. Die Wege der Ermittler sind unergründlich.

»Wir haben nicht daran gedacht, nach Schlüsseln zu suchen. Die haben damals keine Rolle gespielt«, log der Brigadiere. »Trotzdem vielen Dank. Polierst du diese Kiste wirklich für den Pfarrer auf?«

»Klar, wir sind doch keine Rassisten. Meinen Sie, weil er eine schwarze Hautfarbe hat?

»Nein, weil er Pfarrer ist. Was hat denn Rassismus mit dem Seifenkistenrennen zu tun?«

»Eine ganze Menge, Rassismus gibt es überall.«

Und damit zogen die beiden wieder von dannen. Sie waren bereits gut außer Hörweite, als der Brigadiere sagte: »Hör mal, soweit ich wusste, spricht dieser Verrückte mit niemandem, und wenn er sich irgendwie bedroht fühlt, kommt er ohnehin ins Stottern. Aber er redet doch ganz normal und flüssig. Wenn man ihn nicht kennen würde, könnte man denken, er wäre leicht beschränkt, wie ein großes Kind, ein bisschen dümmlich.«

»Weil ich mit dabei war. Wären Sie mit Antiògu Tranàga aufgekreuzt, hätte er keinen Ton gesagt.«

»Du jagst allen Angst ein, stimmt's?«

»Angst, Unsinn! Er mag mich, und damit mag er auch Sie. Er spricht nur, mit wem er will, da gibt es nichts zu wollen. Und dumm ist er übrigens nicht. Er weiß vieles und hat uns den Flipper und die Jukebox repariert. Aber wenn er sich mit einem unterhält, heißt das, dass man ihm sympathisch ist.«

»Was für eine Ehre«, kommentierte der Brigadiere sarkastisch.

Antoni Malugòru hatte aus reiner Freundschaft verschwiegen, dass ich seit ein paar Nächten bei ihm übernachtete, und zwar seit Antiòga Tzuccuru, meine Nachbarin, Schatten beobachtet hatte, die um mein Haus schlichen. Nachts blieb er wach, sein Jagdgewehr griffbereit, während ich schlief. Nachdem ich ihm die Zusammenhänge erklärt hatte, hielt er Wache.

Malugòru lachte: »Gesuino ist schon komisch. Er mag die Dunkelheit. Helles Licht mag er nicht, weil seine Augen dann ihre Farbe ändern und grün werden. Dann bedeckt er sie immer. Wie sagt man nochmal dazu?«

»Changierende Augenfarbe? Gibt es in Telévras noch andere mit solchen Augen?«

»Soweit ich weiß, nur ihn.«

## 36.

Wenn man auf dem falschen Dampfer unterwegs ist, sollte man das Boot wechseln. Und das tat Brigadiere Ettore Tigàssu, Maresciallo in spe. Das Manuskript, die Analyse der Streichungen und der unterschiedlichen Farbintensität der Tinte – alles wertlos. Falls herausgekommen wäre, dass er die 119 Seiten abfotografiert hatte, hätte ihn das auch noch den Job gekostet.

Er war auf dem Holzweg gewesen.

Der Name, der ihm fehlte – jetzt kannte er ihn.

Seine intuitiven Einfälle, die irgendwann zu einem Gedankenkarussell geworden waren, hatten ihn in die Irre geführt.

Und sein Durst nach der wahren Erkenntnis, diese Berufskrankheit, hatte ihm einen bösen Scherz gespielt. Aber er war frei von Überheblichkeit.

Denn was ist Irren anderes, als Schlussfolgerungen zu ziehen, im Glauben zu sein, alles verstanden und die Dinge unter Kontrolle zu haben und als Einziger auf dem Weg der Erkenntnis zu wandeln. Und dann genügt ein beiläufiger, zufälliger Satz und wirft alles über den Haufen.

Er hatte keine Lust, ins Auto zu steigen.

Er wollte bleiben, wo er gerade war.

Nachdem er sich bei Malugòru bedankt und sich von ihm verabschiedet hatte, betrachtete er, gegen die Tür seines Dienstwagens gelehnt, das Tal des Pardu. Er verspürte weder Hunger noch Durst, wie ein Krieger, der darauf wartete, dass das Horn zum Aufbruch in die Schlacht ertönte. Eigentlich wartete er darauf, dass das Karussell in seinem Kopf anhalten würde und die Gedanken ein geheimes Schlupfloch fänden, durch das sie entfleuchten und ihn nicht weiter quälten.

Alles wieder zur Ruhe kommen lassen.

Atmen und abwarten.

Ohne Hast.

Er hatte alles begriffen.

Ihm fehlte jetzt noch ein Puzzleteilchen, um zum nächsten Grad der Erkenntnis zu gelangen.

Nicht mal Pantognostis, falls er geblieben wäre, hätte den erreicht.

Nie im Leben hätte der wie ein guter Bekannter mit Antoni Malugòru, Peppinu Pisilentzia, Samuele Baccanti oder gar mit Gesuino Némus geplaudert, dem Sohn von Niemandem, über den sich das ganze Dorf lustig machte.

Sollte er ihm einfach eine Halogenleuchte ins Gesicht halten, um sich davon zu überzeugen, wie seine Augen ihre Farbe änderten?

Das genügte auf keinen Fall.

Dafür musste man sich schon unter diesen »Plebs« mischen, nicht, um die Leute zu befragen, sondern einfach, um unter ihnen zu leben, mit ihnen die »lokalen Köstlichkeiten« zu teilen, wie damals, als er in die Bar gekommen war und mitbekommen hatte, wie sie sich über einen riesigen runden *casu marzu*, einen Pecorino mit Würmern drin, hermachen wollten – nur so war an Erkenntnis heranzukommen.

Damals hatte Samuele ihm zugerufen: »Bleiben Sie, wo Sie sind, keinen Millimeter weiter, Brigadiere, sonst findet hier ein Massenmord statt.«

Abermillionen von Würmern waren aus dem Käse gekrochen und jetzt auf dem Fußboden der Bar unterwegs.

Wie üblich hatte Antiògu Tranàga noch eins draufgesetzt.

Mit seinem Messer mit der 30-Zentimeter-Klinge, made in Sardegna, hatte er dem großen runden Käse, der ein Jahr lang in Samuels Hinterzimmer mit den Fliegenlarven gereift war, die sich dort viel wohler fühlten als auf staatseigenem Grund und Boden, einen tödlichen Stoß versetzt und ihn geteilt.

*Casu marzu* gehört zu den größten Köstlichkeiten, die unsere Insel hervorbringt. Wahrscheinlich hat man ihn deswegen als ungenießbar verboten. Aber unserer DNA aus Ogliastra kann er nichts anhaben.

Der Brigadiere ließ seine Gedanken schweifen. Sie waren wie grasende Schafe, die schön dick und rund sein sollen, bevor man sie meistbietend verkauft.

»Der Freundlichkeit des Nächsten nicht zu vertrauen, kann oft lebensverlängernd sein.«

Und mit diesem Gedanken stieg der Brigadiere ins Auto.

Er dachte an seine Kollegen. Er hatte mit einem Mal begriffen, dass er vor ihrer freundlichen Zurückhaltung, ihrem Hang, alles für sich zu behalten und sich auf nichts einzulassen, auf der Hut sein musste, wenn er Fälle lösen wollte.

Auf sogenannte Eingebungen wollte er nicht mehr hören und ebenso wenig auf die Gabe der Intuition vertrauen.

Weg mit dem sogenannten sechsten oder siebten Sinn. Nur auf eines konnte man sich verlassen: die eigene Unfähigkeit.

Kein Aphorismus der Welt konnte fassen, was er in diesem Augenblick über den Weg der Erkenntnis herausgefunden hatte.

»Bescheidenheit, Nachdenken und eine tüchtige Portion Glück.«

Wie gerade eben, als Antoni Malugòru ihm das mit der changierenden Augenfarbe erzählt hatte, die nur eine Person in Telévras hatte.

# 37.

»Freuen Sie sich schon auf Velletri, Brigadiere?«

Dottor Arcànus Ton war freundschaftlich.

Es geht so, dachte Tigàssu bei sich, aber er sagte: »Ja, Dottore.«

Man sieht den stellvertretenden Staatsanwalt nicht alle Tage in Bermuda-Shorts, Badelatschen, weißem Sonnenhut und in Begleitung seiner Familie.

»Ich mache mit meiner Familie einen kleinen Ausflug nach Cala Luna. Wir werden den ganzen Tag unterwegs sein. In einer halben Stunde geht es los. Frau und Kinder haben von der Gegend hier noch so gut wie nichts gesehen. Wie ist das Essen auf dem Schiff? Sie sind doch von hier ...«

»Ganz gut, Dottore. Wenn Sie Fisch mögen ...«

Er grüßte mit einem Kopfnicken die Ehefrau des stellvertretenden Staatsanwalts und die zwei Kinder, die ein paar Meter hintan trödelten.

Dottor Arcànu hakte sich bei ihm unter und zwang ihn zu einem Gewaltmarsch in der prallen Sonne.

»Sie werden schon sehen, Sie werden sich bestimmt wohlfühlen. Ein Jahr geht schnell vorbei. Und wenn Sie dann zurückkommen, haben Sie ihre eigene Kommandostelle mit drei, vielleicht sogar vier Carabinieri und mindestens zwei Dienstwagen. In ein paar Monaten geht es mit der Renovierung der alten Kaserne los, an die erinnern Sie sich doch noch?«

Anscheinend gehört es wirklich zu seinen Dienstpflichten, immer gleich die Antwort mitzuliefern. Und das Unterhaken, als hätten sie beide den gleichen Dienstgrad oder wären alte Kommilitonen, war eine Überraschung. An derartige Vertraulichkeiten musste er sich noch gewöhnen.

»Wir müssen als Staat Präsenz zeigen. Die Leute verlangen danach. Sie haben Angst, jeden Tag gibt es mehr Verbrechen. Die haben das Gefühl, die Übeltäter kommen ungestraft davon. Aber unsere Präsenz wird abschreckend wirken, davon bin ich überzeugt.«

Glauben Sie wirklich, dass die Leute das wollen? Ich habe nicht den Eindruck, dass man hier Angst hat, dachte Tigàssu bei sich.

Aber er antwortete: »Ja, natürlich.«

»Haben Sie schon gehört, wie es mit dem Maggiore weitergeht?«

»Nein, nur, dass er in Rom ist.«

»In den nächsten Tagen wird er zum Tenente Colonnello, zum Oberstleutnant, ernannt. Sie werden sehen, er wird sich bei Ihnen melden, um Ihnen das persönlich mitzuteilen. Er hält große Stücke auf Sie, aber ich denke, das wissen Sie bereits.«

Naja, eigentlich nicht ... außerdem schuldet er mir noch 80 Euro, dachte er bei sich.

Dottor Arcànu sprach leise und vertraulich weiter, obwohl

dazu eigentlich kein Grund bestand, denn beim Besteigen der Boote zu den Badestränden der Ogliastra, die nur vom Meer aus erreichbar waren, brach ein ziemlicher Tumult aus.

»Der General hat mir anvertraut, aber das bleibt strikt unter uns, dass er derartige Lobreden von einem Kommandanten in Bezug auf einen Untergebenen seit Jahren nicht mehr gehört hat. Und deswegen hat er bei der Beförderung auch sofort an Sie gedacht. Pantognostis hat Ihnen da vor seiner Versetzung ein schönes Geschenkchen hinterlassen. Von jemandem so hochgeschätzt zu werden, der auf dem Weg zum General ist, das kommt wirklich selten vor, das dürfen Sie mir glauben. Wirklich ein schönes Geschenk.«

Das hätte er sich sparen können, ich wäre mit den 80 Euro zufrieden gewesen, dachte er.

Aber nach außen hin lächelte der Brigadiere.

»Haben Sie bei Ihren Touren etwas über den armen Landpolizisten in Erfahrung bringen können?«

»Nein, wir ...«

»Ja, ja, das weiß ich alles. Die Guardia di Finanza hat den Fall übernommen. Die hatte bereits wegen des illegalen Anbaus von Marihuana ermittelt. Wahrscheinlich hat man ihn umgebracht, weil er die Felder in den Bergen entdeckt hatte. Aber die kriegen wir dran. Bald gibt es Neues dazu. Aber falls Ihnen trotzdem noch was zu Ohren kommt, können Sie sich natürlich direkt an die Guardia di Finanza der Provinz wenden. Die können jede Information gebrauchen. Ich zähle da auf Sie.«

An die Guardia di Finanza? Nie im Leben. Das sind die Letzten, an die ich mich wenden würde, dachte er bei sich.

Beim Abschied sagte der Staatsanwalt noch: »Aber ziehen Sie sich selbst in Ihrer Freizeit an wie im Dienst? Machen Sie oben an Ihrem Hemd mal ein paar Knöpfe auf, es ist 9 Uhr morgens und schon 39 Grad, Brigadiere! Sie sind doch nicht in Uniform!« Er lachte und gab ihm einen Klaps auf die Schulter.

Er sah sich um, und tatsächlich war er unter den vielen Menschen auf dem Landungssteg der Einzige mit langen Hosen, Halbschuhen und Strümpfen und einem Hemd, an dem gerade mal der oberste Knopf offenstand. Noch dazu in einem hellen Blau, der gleichen Farbe wie die Sommeruniform. Er hatte nicht mal einen Hut, um sich vor der Sonne zu schützen.

Kein Wunder, nichts als Regeln und Verbote in meinem Leben, dachte er bei sich.

Dazu gehörte im Dienst: das Verbot, einen Regenschirm einzusetzen; offenstehende Knöpfe; Haustiere an der Leine auszuführen; Taschen an der Bekleidung mit Gegenständen auszubeulen; Schmuck, ungenehmigte Abzeichen oder Ordensbändchen; private Taschen oder Rucksäcke aller Größen mit sich zu führen.

Das Regenschirmverbot ärgerte ihn am meisten. Wenn es schüttete, stand man da, im Allwettermantel, der nicht mal einem Glas Wasser standhielt.

Und mit den Taschen war es auch so eine Sache. Erlaubt waren nur Schwarz und Braun. Was gab es eigentlich gegen Gelb, Rot, Blau und Grün einzuwenden?

Vielleicht stand er noch unter dem Einfluss des Manuskripts.

Eigentlich gar nicht so schlecht, der Titel, *Die Frömmigkeit der Schafe,* überlegte er. Wir sind wirklich Schafe. Es würde reichen, dass wir uns alle vereint gegen das Regenschirmverbot stellen, und das wär's dann. Wenn ich mich allein widersetze, stufen sie mich im Dienstgrad zurück. Wenn zwanzig von uns protestieren, heißt es, was soll das, Leute. Aber wenn wir alle uns einig sind, wird das Verbot aufgehoben, das geht gar nicht anders.

*Wenn du dich wie ein Schaf verhältst, machst du es richtig. Die Herde gewinnt immer, wenn sie es nur will.*

Dann sollten wir uns also verhalten wie eine Herde? Mit vereinten Kräften protestieren? Als Herde? Aber waren nicht die schwarzen Schafe die Rebellen? Mmm ...

Er sah den Staatsanwalt mit seiner Familie an Bord des Schiffs und deutete mit der Hand ein Winken an. In wenigen Minuten würden sie ablegen.

»Entschuldigung, welches Schiff fährt nach Cala Luna?«, fragte in seinem Rücken eine Frauenstimme mit einem kaum hörbaren französischen Akzent.

»Genau vor Ihnen, Sign ...«, aber er beendete den Satz nicht.

Ihn beschlich eine Ahnung. Er musste an die Beschreibung des Schweizer Touristen denken. »Klein und schlank, mit sehr kurzen Haaren.« Das passte genau auf die Frau vor ihm.

»Vielen Dank, sehr freundlich«, sagte sie.

»Die Abfahrt ist in zehn Minuten«, sagte er und zog von der tatsächlichen Uhrzeit zwei Minuten ab. »Sie kommen aus Frankreich, stimmt's? Ihr Italienisch ist hervorragend.«

»Danke, ich bin in Sardinien geboren.«

»Ah ja, wo denn genau?«

Aber darauf kam keine Antwort.

Er setzte ein Lächeln auf. »Aber sie haben viel Zeit in Frankreich verbracht, oder? Sind Sie dorthin ausgewandert oder vielleicht ein Nachkomme von Auswanderern?«

»Ja, das kommt ungefähr hin«, sagte sie und entfernte sich.

»Das kurze Haar steht Ihnen sehr gut.« Sofort schämte er sich für dieses hingeworfene Kompliment, damit sie sich noch einmal zu ihm umdrehte, wenigstens für ein Dankeschön.

Er machte mit dem Handy ein Foto von ihr, wenn auch nur von hinten.

Die Frau ging an Bord des Touristendampfers und setzte sich am Bug auf einen der letzten freien Plätze.

»Wenn das tatsächlich die Tidòngia ist ... aber nein, das kann nicht sein, auf demselben Schiff wie der Staatsanwalt? Unmöglich. Der würde sie doch auf der Stelle erkennen. Man sucht doch nach ihr wie nach einer Stecknadel im Heuhaufen.«

Während er noch mehr Aufnahmen machte, überlegte er weiter. Vielleicht war eine brauchbar genug, um sie dem Schweizer Touristen zu zeigen.

Das Schiff hatte mittlerweile abgelegt.

Der Zeuge hat sie ja angeblich in Begleitung von Cesareddu gesehen, dachte er und freute sich darauf, dass der Schweizer sie auf einer der Handyaufnahmen wiedererkennen würde, auch wenn er sie nicht von vorn erwischt hatte. Dann wählte er die Nummer des Schweizers und hatte wieder Glück. Der Mann war gerade in der Nähe des Hafens unterwegs und ein paar Minuten später zur Stelle.

Aber die Schweizer, das ist allgemein bekannt, sind von Natur aus Spaßbremsen.

Und Sie, lieber Schweizer Tourist, sind ein Prachtexemplar von einer Spaßbremse.

»Ich bin nicht sicher, aber ich glaube, das ist sie. Klein, flink und mit einem Männerhaarschnitt.«

»Und was ist mit diesem Foto?«, fragt Sie der Brigadiere und vergrößert mit seinem Daumen die einzige Profilaufnahme.

»Das könnte sie sein, aber ich bin mir nicht hundertprozentig sicher. Ich weiß wie gesagt auch nicht, ob es tatsächlich jene Frau war, die mir das Rad geklaut hat. Aber ich habe es ja wieder zurück und verzichte deshalb auf eine Anzeige.«

Mariàca ist also vermutlich am Leben, dachte Tigàssu freudig.

»Ja, ja, ist schon gut«, sagt er zu Ihnen. »Aber Sie haben die Frau ja auch mit dem Landpolizisten in der Nähe des *Perd' e Liana* gesehen, nicht wahr? Das war doch diese Frau, oder? Sie haben mir erzählt, sie hätten die beiden zusammen gesehen.«

»Nein, das stimmt so nicht. Ich habe gesagt, dass ich ihn mit einer Frau gesehen habe, aber das war nicht die von der Kapelle.«

»Wie? Was? Schauen Sie noch einmal genauer hin, ich vergrößere das Foto noch ein bisschen.«

»Das ist sie nicht, wenn ich es Ihnen doch sage. Diese andere Frau war auch klein, aber ich würde sie unter Tausenden wiedererkennen, obwohl ich sie nur kurz gesehen habe.«

»Wie kann das sein, dass Sie sie ohne Zweifel wiederkennen würden, obwohl Sie sie nur so kurz gesehen haben?«

»Hören Sie, Signor Carabiniere ... ich weiß nicht, wie ich es sagen soll ... also ... sie hatte einen Riesenbusen ... klein, mit schwarzem Pferdeschwanz und einem Riesenbusen.«

»Ah ... wie groß ungefähr?«

»Mit Sicherheit Körbchengröße E, wenn nicht mehr, Carabiniere. Vielleicht sogar F. Und wie war der Busen von der Frau auf den Aufnahmen?«

»Keine Ahnung, C vielleicht? Jedenfalls nicht sehr groß. Haben Sie der Frau mit diesem Busen auch mal kurz ins Gesicht, in die Augen gesehen?«

»Ja, sehr kurz, dann ist mein Blick ...«

»... rein zufällig am Busen hängengeblieben.«

Und damit bestätigte sich für Brigadiere Ettore Tigàssu der Verdacht, dass Männer bei Frauen als Erstes auf den Busen schauen.

Schweizer sind da keine Ausnahme.

## 38.

»Haben Sie nach denen hier gesucht, Brigadiere?«

Antoni Malugòru, der, was für eine Überraschung, an der Tür zum Büro stand, schreckte ihn auf. Malugòru verließ nur selten sein Dorf, und schon gar nicht im Auto. Außerdem mochte er weder Narghilè noch Polizeikasernen.

»Die Schlüssel zur Kapelle? Hättest du nicht anrufen können? Dann hätte ich sie abgeholt. Jetzt bin ich gerade im Dienst.«

Der Brigadiere war mit Verwaltungskram beschäftigt, auf einem der alten Computer schrieb er Listen, verfasste Einsatzbefehle und plante Streifenfahrten für die zwei Einsatzwagen, die noch zur Verfügung standen.

»Hat Padre Carlo sich doch noch daran erinnert, wo er sie hingelegt hatte? Lass sie einfach hier, ich kann jetzt nicht weg.«

»Nein, wenn Sie das nächste Mal nach Telévras kommen, schauen Sie in der Bar vorbei. Ich behalte die Schlüssel solange.«

»Was? Was soll diese Geheimnistuerei? Leg sie da hin, sobald ich Zeit habe, schaue ich da vorbei, und dann bringe ich sie

Padre Carlo zurück, ihr seid doch ohnehin schon in der Kapelle gewesen, oder liege ich da falsch?«

»Und was hätten wir da tun sollen?«

»Hör auf, mich für dumm zu verkaufen, Anto'. Mit einem Mal seid ihr alle so freundlich, aber dann ...«

»Warum reden Sie im Plural? Ich stehe doch ganz allein vor Ihnen. Wenn einer nach Telévras kommt, als wäre er auf Schatzsuche, dann muss es wichtig sein, oder nicht?«

Antoni ließ sich nicht aus der Ruhe bringen.

»Mit einem Mal seid ihr alle so hilfsbereit, geht mir um den Bart, und das, wie soll ich sagen, lässt mich aufhorchen. Ihr wisst Bescheid, haltet den Mund ... und seid scheißfreundlich. Warum den Brigadiere nicht mal ein bisschen verarschen? Hattet ihr mit eurem Seifenkistenrennen nicht Zerstreuung genug? Wisst ihr nicht mehr, wie ihr euch die Zeit vertreiben sollt?«

Nichts betrübte Malugòru so sehr, wie wenn jemand seine Freundlichkeit nicht zu schätzen wusste.

»Ja, gut, Brigadiere, wenn Sie darauf anspielen – wir haben beschlossen, das Dorffest, die *Sagra del Cannonau e della Pecora*, trotzdem abzuhalten.«

»Wirklich? Obwohl Cesareddu tot ist?«

»Wir haben es nur ein bisschen nach hinten verlegt. Während der Trauerzeit geht das natürlich nicht. Aber das Leben geht weiter, Brigadiere.«

»Genau, das Leben ...«

»Egal, offenbar waren die Schlüssel doch nicht so wichtig. Aber ich lasse sie nicht in der Bar. Sie wissen, wo Sie mich finden. Der Pfarrer ist übrigens Dritter geworden. Bronze. Er hat sich so gefreut, dass er das ganze Dorf auf eine Runde eingeladen hat. Mit dem Gehalt, das er Gesuino nicht bezahlt hat.«

»Gehalt? Hör zu, gib die Schlüssel wieder dem Pfarrer zurück. Ich komme dann vorbei. So kannst du gehen, wohin du willst, und musst auf mich keine Rücksicht nehmen.«

»Ich habe doch schon Nein gesagt. Mir macht das nichts aus, wenn Sie mich suchen, werden Sie mich auch finden. Auf Wiedersehen.«

Und damit ging er.

Ettore Tigàssu schlug sich mit der Hand gegen die Stirn.

»So ein Mist ...«

Niemand, außer ihm selbst und dem Schweizer, wusste davon, dass die Tidòngia mit einer Tasche in der Kapelle verschwunden war und sie ohne verlassen hatte. Das war nie zu Protokoll genommen worden. Und jetzt hatte er Malugòru sicher neugierig gemacht.

Und jetzt geht der in die Kapelle, und wenn er was findet? Dann habe ich ihn dazu gebracht. Ich bin so ein Esel! Vielleicht passiert auch nichts, aber besser ...

Er handelte umgehend, es war keine Zeit zu verlieren. Er sagte dem Carabiniere Tamburi Bescheid, dass er dringend eine Person überwachen müsse, und stieg, so wie er war, in Uniform, in sein Privatauto. Falls er Rede und Antwort stehen musste – diese Aktion konnte ihn den Job kosten –, klang diese Erklärung ziemlich plausibel. Aber er war sich eigentlich sicher, dass man ihn nicht ertappen würde.

Antoni war seit gerade mal fünf Minuten weg. Der Brigadiere stieg aufs Gas und holte ihn nach ungefähr zehn Kilometern ein. Er betätigte die Lichthupe, um dem anderen seine Gegenwart zu signalisieren.

Antoni, überzeugt, dass ihn jemand überholen wollte, hielt in der Bucht auf dem einzigen geraden Stück der Strecke an. Der Brigadiere machte neben ihm Halt und rief ihm durch das Beifahrerfenster zu: »Fahren wir alle beide hin. Wir nehmen die Umgehungsstraße durch die Tacchi. Also nicht durchs Dorf, verstanden?«

Er wollte möglichst unbemerkt bleiben.

Aber auch Antoni war nicht scharf darauf, auf den engen kurvigen Straßen mit einem Carabiniere gesehen zu werden, als ob sie beide wie gute Freunde gerade einen Ausflug unternähmen. Auch wenn der Brigadiere in Telévras mittlerweile eine feste Größe war.

Bei der Kapelle angekommen, parkten sie beide vor der Holztür, die so verwittert war, dass man sie auch ohne Schlüssel, mit einem simplen Schulterstoß, hätte öffnen können.

Die steife Brise, die ihnen um die Ohren pfiff, war ein Kontrast zu der öden Windstille, die Ettore in der Provinzhauptstadt oft auf die Nerven ging.

»Ganz schöner Wind, was? Hier bläst es immer, aber wenigstens lässt es sich freier atmen. Wie hoch sind wir? Tausend Meter?«

»1.035«, antwortete Antoni, der es mit Höhenmetern sehr genau nahm.

Antoni reichte dem Brigadiere die Schlüssel. Es waren derer drei, zwei sehr kleine, wahrscheinlich für den Tabernakel und das Kästchen mit der Kollekte. Der Türschlüssel war riesig, rostig und uralt.

Drinnen war es stockdunkel.

»Mach das Licht an, Antoni.«

»Das geht nicht von innen, dazu muss man die Außenleuchte anmachen, aber dafür habe ich keinen Schlüssel. Den hatte ebenfalls Cesareddu, aber der Pfarrer ... keine Ahnung, was er damit gemacht hat. Aber vor dem nächsten Sommer kommt hier ohnehin keiner rein, das wissen Sie so gut wie ich.«

»Dann muss es eben ohne Licht gehen. Mach die Tür weit auf, damit etwas Sonne reinkommt.«

Tatsächlich sah man bei geöffneter Tür etwas mehr, auch wenn manche Winkel immer noch im Halbdunkel lagen. Es blieb eben nichts als abzuwarten, bis sich die Pupillen an das Dunkel gewöhnt hatten.

Die Kapelle war klein. Ihm stach sofort die Tasche im unauffälligen Carabinieri-Schwarz ins Auge, die vor der Madonnenstatue abgestellt war wie eine Opfergabe und nicht, als ob man sie dort vergessen hätte.

Antoni stand nicht mal einen Meter hinter ihm.

»Öffne du die Tasche, Antoni«, sagte der Brigadiere.

»Ich? Wirklich nicht, machen Sie das.«

»Siehst du nicht, dass ich keine Handschuhe dabei habe. Auf geht's, mach die Tasche auf.«

»Meine Fingerabdrücke sind polizeibekannt, Brigadiere. Warum wollen Sie mich in Schwierigkeiten bringen?«

»Erzähl keinen Unsinn! Was denn für Schwierigkeiten. Du

weißt genau, was da drin ist. Los, öffnen.« Seine Stimme dröhnte als Echo zurück.

»Hören Sie auf, mich anzubrüllen. Machen Sie das nie wieder. Das hab ich Ihnen schon mal gesagt. Ich tue Ihnen hier einen Gefallen, nicht umgekehrt. Ich wusste ja nicht mal, dass diese Tasche hier steht.«

»Natürlich wusstest du das. Das hat dir jemand gesteckt. Jemand, der wollte, dass man sie findet. Aber das sagst du natürlich wieder nicht.«

»Vielleicht ist die ja leer. Wenn Sie sie nicht öffnen, werden Sie es nie erfahren. Ich rühr sie jedenfalls nicht an.«

Malugòru blieb stur.

Der Brigadiere beharrlich.

Ihm war klar, dass er einen anonymen Anruf oder einen vertraulichen Hinweis von einem Informanten vorschützen musste, um Meldung erstatten zu können, falls sich in der Tasche etwas Verdächtiges befand.

Nicht sehr glaubwürdig. Aber wie soll ich erklären, warum ich mich an diesem Ort befinde?

Er überlegte, dass keine Informanten mehr eingesetzt wurden und auch anonyme Anrufe Spuren hinterließen.

Nur ich weiß Bescheid, wie komme ich aus der Nummer wieder raus, überlegte er.

»Hast du ein Taschentuch bei dir? Ich habe gerade keins dabei.«

Malugòru zog einen völlig verkrumpelten Lappen aus der Hosentasche.

»Voller Rotz, einfach eklig.«

Dann ging es eben nicht anders – der Brigadiere beschloss, die Tasche mit seinen bloßen Händen zu öffnen.

Aber als braver Ermittler verrückte er sie dabei um keinen Millimeter.

Beim Anblick des Inhalts verschlug es ihm dann kurz die Sprache: eine Beretta, wie das Militär sie benutzte, dazu die passenden Magazine, sowie zwei Handgranaten.

»Schau her, siehst du das? Komm her«, sagte der Brigadiere leise.

Und so warf auch Antoni einen Blick darauf.

Er wusste, was dahintersteckte. Waffen an einer Marienstatue abzulegen, bedeutete, dass man als Gesetzesbrecher Reue zeigte und auf Maria zählte, um im Himmel eine Vergebung zu erwirken, die kein irdischer Richter gewähren würde. Nach dem Motto: »Ich mach solche Sachen nicht mehr und vertraue dir meine Reue an«.

Der Brigadiere ging davon aus, dass der Ex-Bandit bereits von allem gewusst hatte, und fragte: »Warum?«

»Warum was?«

»Verarsch mich nicht. Warum hast du dafür gesorgt, dass ich die hier finde? Was habt ihr vor? Wollt ihr mich in Schwierigkeiten bringen? Mich fertigmachen? Was soll das Ganze hier?«

»Schon wieder dieser Plural, Brigadiere! Ich hatte von nichts eine Ahnung. Mir ist egal, ob Sie mir das abnehmen oder nicht. Machen Sie, was Sie wollen. Nehmen Sie die Waffen mit und tragen Sie sie in die Kaserne. Finden Sie heraus, von wem sie stammen.«

Der ruhige und ironische Tonfall machte den Brigadiere nur noch misstrauischer.

»Genau! Ich trage sie in die Kaserne ... Aber woher weiß ich überhaupt davon? Schon mal überlegt? Soll ich behaupten, du hättest mir den Tipp gegeben?«

»Was habe ich denn damit zu tun! Sie wollten doch die Schüssel unbedingt haben! Offenbar wussten Sie genau, dass Sie hier was finden würden. Sie stecken doch in Ermittlungen, oder nicht?«

Ein schönes Desaster.

Er durfte ja nicht ermitteln.

Und wie sollte er sich jetzt gegenüber Antoni aus der Affäre ziehen?

»Hol mir bitte die Flasche Wasser aus dem Auto.«

Ein Krimineller von Antonis Kaliber wurde nicht alle Tage Zeuge, wie ein Brigadiere sich abmühte, Fingerabdrücke zu beseitigen.

»Lass mich mal machen«, sagte er.

Mit seinem Taschentuch wischte er über alle Teile der Tasche, die er sich unter den Arm geklemmt hatte, und trug Sorge, dass er sie mit der Linken nicht berührte.

Dem Brigadiere kam der Gedanke, dass der andere es vielleicht doch ehrlich mit ihm meinte. Trotzdem weigerte er sich, ihm zu trauen.

Als sie wieder draußen vor der Kapelle standen und Antoni gerade abschloss, sagte er grantig: »Das hier behältst du für dich. Nein, besser im Plural: Das bleibt unter euch.«

»Was ist denn das Problem? Sollen wir einen anonymen

Anruf absetzen? Das ist gleich erledigt, von einem öffentlichen Telefon aus.«

»Siehst du, ich lag doch richtig. Du hast dich verraten, du hast den Plural benutzt.«

»Ob Plural oder Singular spielt keine Rolle, Brigadiere. Sie fahren in Ihre Kaserne zurück, und ich bringe die Schlüssel zurück zu Padre Carlo. Bis morgen früh wird ein anonymer Anrufer behaupten, dass er gesehen hat, wie jemand eine Tasche in der Kapelle abgestellt hat. Dann können Sie jemanden von Ihrer Truppe zum Nachschauen vorbeischicken. Man wird den Inhalt der Tasche entdecken, und alles ist gut. Natürlich rufe nicht ich an, sondern jemand anderes.«

»Wahnsinn ... und das alles für den Brigadiere eures Vertrauens?«, sagte Tigàssu mit triefender Ironie.

Aber Antoni blieb ernst.

»Ich hab's Ihnen schon mal gesagt, Sie sind uns sympathisch.«

Der Brigadiere wusste nicht, ob er lachen oder sein Gegenüber wüst beschimpfen sollte.

Und so formulierte er eine Frage, die aber als Behauptung herauskam. »Ihr wisst genau, wer es war.«

»Das wissen wir so gut wie ihr, Brigadiere.«

»Aber wir haben keine Ahnung, wer Cesareddu auf dem Gewissen hat.«

»Ich habe auch nicht von ihm geredet. Das finden wir ohne euch raus.«

»Und wovon hast du dann geredet?«

»Nur so, Brigadiere. Ihr habt keine Ahnung und wir auch

nicht. Ihr sagt uns nichts, und wir halten es umgekehrt genauso.«

»Genau ... immer die gleiche Geschichte. Hier in dieser Gegend wird sich nie was ändern.«

»Naja, wenn ihr den Anfang macht, dann könnte es schon sein, dass man euch weiterhilft.«

»Und was soll das heißen? Eine Hand wäscht die andere? Wir sind doch nicht bei der Ernte, wo sich alle gegenseitig helfen.«

Vielleicht hätte der Brigadiere sich seine Ironie sparen und überlegen sollen, was mit diesem Vorschlag gemeint war.

Als er ins Auto stieg, kam ihm plötzlich der Gedanke. »Ruft an, aber in der Zentrale, und die gibt mir dann Bescheid. Verlangt nicht gleich nach mir.«

»Wir kennen uns aus, Brigadiere, keine Sorge«, sagte Antoni.

»Aber eine Sache interessiert mich noch, Antoni, kann ich dich was fragen?«

»Nur zu, Brigadiere.«

»Warum habe ich deiner Meinung nach die Fingerabdrücke abgewischt und die Tasche dagelassen?«

»Mal abgesehen davon, dass ich die abgewischt habe«, berichtigte ihn Antoni. »Meiner Meinung nach, weil es hier um eine Angelegenheit geht, die eine Nummer zu groß für Sie ist.«

»Aha ... und warum glaubst du das?«

»Auch wir haben es hier mit einer Angelegenheit zu tun, die eine Nummer zu groß für uns ist. Und wir verhalten uns genau wie Sie.«

Er war mittlerweile seit zwei Stunden unterwegs und musste so schnell wie möglich wieder in die Kaserne zurück. Aber er stellte trotzdem den Motor ab, stieg aus, lehnte sich an die Autotür und atmete tief durch.

Antoni brauchte keine weitere Aufforderung mehr, um weiterzureden.

»Ich habe so gut wie nichts aus meinen Fehlern gelernt, Brigadiere, und mache gern noch ein paar mehr, solange man mich nicht dabei erwischt. Aber von dem Wenigen, das ich von den Terroristen und Mafiosi im Gefängnis gelernt habe, habe ich mir eins gemerkt: Einen Feind sollte man gut kennen, bevor man ihn fertigmacht. Man sollte sich verhalten wie er, leben wie er, sich an den gleichen Orten aufhalten wie er und sein Komplize und Freund werden. Und erst dann macht man ihn fertig.«

»Ein guter Rat«, sagte der Brigadiere, diesmal ganz ohne eine Spur von Ironie, und mit diesen Worten stieg er in sein Auto und ließ den Motor an.

»Also, ich erwarte den anonymen Anruf ... nicht vergessen, morgen früh!«, rief er noch.

»Wie versprochen, Brigadiere.«

Aber nach wenigen Metern hielt er wieder an und stieg rasch aus. Antoni war noch nicht losgefahren.

»Lass das mit dem Anruf«, sagte er entschieden. »Bloß kein Anruf! Ich komme in Zivil zur Bar, sobald ich Zeit habe. Kein Anruf in der Kaserne, auch nicht von irgendeinem öffentlichen Telefon aus, klar?«

»Wie Sie möchten, Brigadiere. Sie haben das Kommando.«

Und damit machten sich alle beide auf den Weg. Der Brigadiere nahm die Umgehungsstraße, wo man ihn nicht weiter bemerken würde. Antoni nahm die kürzere Strecke, denn ihm war es egal, ob man ihn bemerkte.

Beide waren in ihre Gedanken vertieft, und beiden tat es leid, dass sie dem jeweils anderen gegenüber nicht offen gewesen waren.

Antoni dachte bei sich: Ich muss mit dem Plural besser aufpassen. Wollen wir hoffen, dass er nicht rausbekommt, wer mir die Schlüssel gegeben hat. Aber ich glaube, Padre Carlo wird sich eine gute Lüge ausdenken. Ich werde bei ihm vorbeifahren und ihm sagen, dass ich sie noch ein paar Tage lang behalte. Wahrscheinlich ist auch den Carabinieri bekannt, dass hier Schatten unterwegs sind.

Im Auto sind die Gedankengänge ein bisschen wie die Strecke, die man gerade zurücklegt.

Und die von Antoni waren eng gewunden, aber kurz und oberflächlich. Genau wie die fünf Kilometer Serpentinen, die er hinter sich bringen musste, um nach Telévras zu kommen.

Etwas linearer, wenn auch mühsam erarbeitet und komplex, waren die Gedanken des Brigadiere.

Die wissen auch nix, da bin ich mir ganz sicher. Und hätten die sich die Waffen nicht unter den Nagel gerissen, wenn sie eine Ahnung gehabt hätten, was sich in der Tasche befindet? Aber klar! Die mit ihren separatistischen Hirngespinsten. Die hätten sie sofort verschwinden lassen und irgendwo gut versteckt.

Die Straße, auf die der Brigadiere fuhr, hatte weniger Kurven, dafür aber recht viele natürliche Hindernisse, die ihn dazu zwangen, das Tempo zu drosseln.

Als er endlich auf die Provinzstraße einbog und damit die bewohnten Gegenden umfuhr, waren seine Gedanken produktiver.

Warum war die Frau mit dem französischen Akzent, seiner Meinung nach Mariàca, nicht von Bord des Touristendampfers gegangen, als dieser von seiner Tour zu den Badeinseln zurückgekehrt war, lautete die Kernfrage, die ihn beschäftigte.

Gegen 18.30 Uhr hatte er in Zivil an einem der vielen Kioske am Touristenhafen einen kalten Kaffee getrunken, den er so sehr liebte, und gewartet. Dottor Arcànu war krebsrot von der Sonne mit seiner Familie von Bord gegangen. Von der Frau keine Spur, sie war wieder in der Versenkung verschwunden.

Warum habe ich mich eigentlich so in diesen Fall verbissen? Besser, ich hätte auch bei diesem Seifenkistenrennen mitgemacht, sogar der Priester war mit von der Partie. Für die ist alles immer ein Spiel … wie machen sie das nur?

Als die Straße wieder eben wurde und kurz bevor sie dann eine Zeitlang schnurgerade weiterlief, dachte er an die Spiele seiner Kindheit zurück …

# ERINNERUNGEN
## *Mussolini*

Man spielte *scarca, bandiera e barriera, calanàsu* mit den Panini-Sammelbildern. Mit den Kronkorken von Siete Fuentes oder Ichnusa spielte man *pilì, pilot* und *gaz*. Holzachsen oder

Kugellager, die wir einem durchfahrenden Handwerker geklaut hatten, wurden in *carruccius*, Seifenkisten, eingebaut. Oder man vertrieb sich die Zeit mit *bardùnfulas*, aus Muttern und spitz gefeilten Schrauben gebastelte Kreisel, die man an einem langen Bindfaden befestigte und dann schleuderte, denn es ging gar nicht darum, dass ein Kreisel sich möglichst lange drehte, sondern das Ziel war, die der anderen möglichst zu zerlegen. Aber das schönste Spiel hieß »Mussolini«. Das Los, das man zog, war ein Hinweis darauf, welche Rolle einem im Leben später mal zufallen würde. Je mehr Kinder mitmachten, desto schöner war es. Der Älteste von allen schrieb die verschiedenen Rollen auf die Lose: Carabinieri (die Hälfte aller Zettel), Partisanen (30 Prozent), Deutsche und Republikaner (10 Prozent), Amerikaner (4 Prozent), die restlichen Zettel waren auf König, Königin, Claretta, Badoglio, D'Annunzio und Mussolini verteilt. Diese letzte Rolle war die begehrteste und zugleich gefürchtetste. Wir waren fast alle Jungen, und so war es lustig, wenn einer von uns eine der zwei weiblichen Rollen zog: Elena del Montenegro, die Königin, und die Petacci, Geliebte Mussolinis. Nach dem Ziehen las man schnell, welche Rolle man in dem Spiel hatte, und hielt seinen Mund. Derjenige, der das Zettelchen mit »Mussolini« gezogen hatte, brachte das Spiel in Gang. Davor standen alle schweigend herum und beäugten einander, denn man durfte ja nicht fragen: »Ach, bist du auch Carabiniere?« Erst im Laufe des Spiels fand man zueinander. Aber sobald Mussolini aus der Gruppe ausbrach und über einen der steilen Abhänge davonrannte, brach die Hölle los. Claretta musste natürlich aus Liebe sofort hinter ihm her. Dann wurde bis fünf gezählt, und man heftete sich dem Flüchtenden an die Fersen. König und Königin blieben, wie historisch belegt, an Ort und Stelle und rührten sich nicht. Die Carabinieri mussten dem Flüchtenden aber ebenfalls hinterherrennen, um mit einer Festnahme zu verhindern, dass er den Partisanen in die Hände fiel. Nur so hatte er eine Chance auf ein faires Gerichtsverfahren. Die Deutschen und Republikaner taten sich zu seiner Verteidigung zusammen. Badoglio und die Amerikaner führten zum Schein Friedensverhandlungen und kungelten mit Vittorio Emanuele III. Wir lernten viel über Geschichte, indem wir sie je nach Ausgang der Hetzjagd umschrieben. Das Schlimmste war, wenn das Glück es wollte, dass die Rolle dem Schnellsten unter uns zufiel, denn der wurde später zu einem der besten Läufer Sardiniens. Er war schneller als der Blitz, und wenn er dann triumphierend zu uns zurückkam, weil alle anderen aufgeben hatten, wurde er vom König begnadigt und von Deutschen und Republikanern gefeiert. Wenn aber die lahme Ente unter uns die Rolle des Mussolini übernahm, war alles drin. Die Partisanen prügelten auf ihn ein, als hätten sie ihn als Erste gefangen, und lieferten sich mit den Deutschen und den Vertretern der Republik Salò, die ihn verteidigen und in Sicherheit bringen wollten, heftige Kämpfe. Wenn er dann von den Carabinieri verhaftet worden war, fand vor dem König ein Prozess statt, und aus den Carabinieri, die als Einzige eine Doppelrolle besetzten, wurden Richter. Das reinste Spektakel aus fröhlichen Kinderstimmen, Wettrennen und spielerischen Auseinandersetzungen, um Benito zu retten. Die Erwachsenen, die nur ein paar Jahre zuvor im richtigen Leben das gleiche Spiel gespielt hatten, lieferten Hinweise zum Flüchtenden, die je nach politischer Orientierung unterschiedlich ausfielen. Die Ewiggestrigen ließen einen in die Irre laufen, die Kommunisten verrieten, wo er sich wirklich versteckt hielt, die *Democristiani* wollten verhandeln. Wer auch immer damals die Mussolini-Karte zog und heute daran zurückdenkt, welch zufällige Rollen dieses Spiel ihm und seinen Freunden zugewiesen hatte, wird feststellen, dass es darin tatsächlich zuging wie im richtigen Leben.

Die nutzloseste Rolle fiel eigentlich immer auf einen, der nichts anderes im Kopf hatte als Literatur. Ein Typ mit Brille. Der musste immer den D'Annunzio spielen. Während alle anderen sich die Knie aufschlugen und bis zur Erschöpfung herumrannten, trug er der Königin ausgewählte Verse aus seiner Feder vor. Und das musste er so lange machen, bis das Spiel beendet war. Wenn die Königin von einem Mädchen gespielt wurde, war das nicht weiter schlimm, aber wenn er einen seiner Freunde vor sich hatte, kostete der sanfte Blick, der zu der Rolle gehörte, einige Überwindung.

# 39.

Die Wahrheit, welcher Natur auch immer, aus der Zeitung zu erfahren, ist wirklich bitter, Online-Ausgaben sind da noch unangenehmer.

Für die Berufsgruppe der Carabinieri, Polizisten oder Rechtsanwälte ist so etwas ein schwerer Schlag.

Genau das widerfuhr Brigadiere Tigàssu an jenem Morgen.

So ein Mist! Er hatte fast sein Leben aufs Spiel gesetzt, und jetzt kamen alle mit ihren Wahrheiten, öffentlichen Stellungnahmen, ihren Mikrofonen und Gewissheiten.

Als trudelten Meldungen aus freien Stücken in Redaktionen ein, als suchten sie sich ihr Medium selbst aus, »die Bullen, diese Schießbudenfiguren, sind doch zu nichts nütze«.

Brillanter Ermittlungserfolg der Guardia di Finanza
Mindestens fünf Hektar große Marihuanaplantage auf öffentlichem Grund und Boden entdeckt
Sechs Festnahmen, darunter ein Minderjähriger und eine Frau
Ist einer der Verhafteten der Killer des Landpolizisten Cesare Spoboràu?

Bei der letzten Zeile verspürte der Brigadiere leise Genugtuung, auch wenn er dem Staatsanwalt fälschlicherweise nicht geglaubt hatte, der dies vorausgesehen hatte. »Also hat er richtig gelegen und der Maggiore nicht. Und die haben tatsächlich ihre Methoden verfeinert. Mittlerweile töten sie mit Schalldämpfer ... das hat es noch nie gegeben ... und wir haben uns die Ermittlungen wegen dieser Mordsache vom Hals geschafft.«

Als er das Foto der Verhafteten betrachtete, war er sich seines Fehlers gewiss.

Wow ... was für ein Busen, dachte er beim Betrachten der jungen Frau. Unter dem Foto standen der Name, ihr Alter, achtundzwanzig Jahre, sie sei in einem Dorf in der Gegend geboren und habe kleinere Vorstrafen wegen Verstößen gegen Regeln zur Nutzung von Gemeingut. Der Schweizer hatte sicherlich genau diese Frau auf einem romantischen Spaziergang mit Cesareddu gesehen.

Wirklich riesig ... damit ergibt alles Sinn ... und ich hatte gedacht, dass er sich in die Tidòngia verliebt und dass die ihn umgebracht hat ... Gott sei Dank habe ich das niemandem gesagt. Mariàca mag immer noch attraktiv sein, aber sie ist doch zwanzig Jahre älter als er. Nicht auszudenken, wenn ich Malugòru von meinem Verdacht erzählt hätte oder mir in der Bar was rausgerutscht wäre. Die hätten sich für den Rest meines Lebens über mich das Maul zerrissen ... Und Gott sei Dank habe ich ihm noch gesagt, dass er das mit dem Anruf vergessen soll. Wenn sie die Waffen im nächsten Jahr entdecken, ist längst Gras über die Sache gewachsen.

Und doch hatte er den Eindruck, dass hier irgendetwas

nicht stimmte, vor allem, als er die Namen der angeblichen Komplizen las.

Was soll das denn? Irgendwelche Jüngelchen, von denen ich noch nie gehört habe. Wie passt das denn zum Rest? Laut Maggiore ist die Tidòngia hier eingeschleust worden und hat Verbindungen nach ganz weit oben, und dann werden gerade mal fünf Hektar Marihuana entdeckt? Und dafür hat man jemanden mit ihrer Erfahrung eingesetzt? Das sind doch alles kleine Handlanger. Und was ist mit den Bossen? Na gut, immerhin gab es einen Mord ...

Das Läuten des Telefons unterbrach ihn in seinen Gedanken.

Dottor Arcànu, meldete die Zentrale.

»Guten Tag, Brigadiere. Haben Sie in die Zeitung geschaut? Und was habe ich Ihnen gesagt? Vergessen Sie bloß nicht, dem Provinzkommando der Guardia di Finanza Ihren Glückwunsch zu übermitteln«, und er glaubte ein Kichern in der Leitung zu hören.

»Ja, mache ich«, sagte er. Im Leben nicht, dachte er bei sich.

»Bleiben Sie in der Leitung, ich gebe Ihnen den General.«

Den Gen ...? Der verbindet mich mit dem Generalone? Was ist denn hier los?

Die Stimme des obersten Bosses klang gelassen, ganz auf Augenhöhe.

»Guten Tag, Brigadiere. In zwei, maximal drei Tagen übernimmt der neue Kommandant, ein Hauptmann aus Florenz. So können Sie in drei Monaten Ihre Fortbildung beginnen. Es wird auch bald jemand eintreffen, der Sie ersetzt, damit Sie die Übergabe organisieren können.«

Bei dieser Nachricht befiel den Brigadiere Resignation, er wollte diese Fortbildung nicht machen, und die Beförderung zum Maresciallo war ihm herzlich egal. Mir bleibt immer noch ein Monat, um mich zu entscheiden, tröstete er sich. »Ich will da nicht hin.«

»Nehmen Sie sich über Mittag nichts vor. Ich weiß, dass Sie viel zu tun haben, aber lassen Sie die Büroarbeit liegen, ich muss Ihnen ein paar Dinge sagen.«

»Zu Befehl, Signor Generale.«

»Ach was, Befehl. Ich bitte Sie, nicht so förmlich! Ich möchte mit Ihnen ein paar Fragen besprechen, aber nicht im Büro.« Und er nannte ihm ein Restaurant in der Nähe, wo er sich gegen 13 Uhr einfinden sollte.

»Ich habe nicht ganz verstanden, im Santa Maria?«

»Genau, dem Lokal von Signora Angela, es liegt in der Straße auf halber Höhe. Kennen Sie es?«

»Jetzt habe ich verstanden, man isst dort sehr gut.«

Nicht schon wieder, der hat wahrscheinlich auch wieder kein Geld in der Tasche, aber diesmal zahle ich nicht, keinen Pfennig nehme ich mit, dachte er bei sich.

Das Restaurant war ruhig und diskret. Es war an ein Hotel angeschlossen und ideal, wenn man ungestört reden wollte.

»Erscheinen Sie bitte nicht in Uniform, ziehen Sie sich so an, dass Sie sich wohlfühlen.« Das machte er und erschien im gleichen Aufzug wie sonntags am Hafen, als er Dottor Arcànu über den Weg gelaufen war.

Der Generalone empfing ihn mit besorgtem Gesichtsausdruck, was in seltsamem Kontrast zu dem freundschaftlich herzlichen Tonfall zwei Stunden zuvor am Telefon stand.

Schon verstanden ... jeder dort, wo er hingehört. Aber hören wir erst, was er von mir will, dachte der Brigadiere.

Was ihn dann aber unangenehm überraschte, war die Anwesenheit zweier Typen in blauer Jacke und weißem Hemd, die an einem Tisch ganz hinten auf der Veranda saßen und beim Essen seinen Vorgesetzten im Auge behielten.

Ein kurzer Blick, und er hatte die beiden erkannt.

Sie waren bei der Beerdigung des Maestro gewesen.

»Sind die beiden zu Ihrer Sicherheit hier? Sonst ...«

»Ja, mehr oder weniger, kein Grund zur Sorge. Was wollen wir denn bestellen?«

Angelas Stimme zu lauschen, wie sie rasch hintereinander die fangfrischen Köstlichkeiten aus dem Meer aufzählte – frischer ging es nicht, das Meer lag ja vor der Tür, wie sie ihren Gästen immer wieder stolz sagte –, war Musik in seinen Ohren: kleine Pilgermuscheln, Scheidenmuscheln, Jakobsmuscheln, Miesmuscheln, Venusmuscheln, Meeresschnecken, Napfschnecken, Raue Venusmuscheln, Dreiecksmuscheln, Teppichmuscheln.

Am liebsten hätte er sie alle auf einmal gegessen.

Aber der General hatte offenbar kein Ohr dafür, denn er bestellte gegrillten Tintenfisch, typisch für jemanden, der nur eine Kleinigkeit probieren wollte.

»Die haben die Gangster erwischt, haben Sie gesehen? Wir haben denen von der Finanza gratuliert«, begann sein höchster

Vorgesetzter, während Signora Angela ihrem neuen Küchenchef die Bestellung durchgab.

»Aber ... merkwürdig«, dachte der Brigadiere laut.

»Was ist merkwürdig? Dass man ihnen auf die Schliche gekommen ist? Ich weiß, wäre schön gewesen, wenn wir diesen Erfolg hätten feiern können, aber die waren schon seit Monaten hinter ihnen her. Wir werden in Zukunft noch genügend andere Gelegenheiten haben, daran ist hier nie Mangel. Die verschiedenen Ordnungsorgane müssen gut zusammenarbeiten. Wir sollten nicht neidisch sein auf den Erfolg der anderen, sondern stattdessen untereinander Informationen austauschen und den Kriminellen dadurch zu verstehen geben, dass sie es mit einer einzigen geballten Kraft zu tun haben, ohne die übliche Rivalität zwischen Finanza, Carabinieri und Polizei.«

»Nein, ich meinte das Vorgehen. Der Schalldämpfer ... seit Jahren war so was nicht mehr im Einsatz. Das wissen Sie besser als jeder andere, Signore. Wenn man hier einen umlegen will, dann kann man einfach hinter irgendeinem Busch oder einer Trockenmauer lauern, und dann *peng*! Hier hat doch jeder sein Jagdgewehr. Noch dazu in den Bergen, wer soll da etwas von dem Schuss hören? In dieser Gegend kommt doch nie jemand vorbei.«

Er war über sich selbst überrascht, dass er den Mut aufgebracht hatte, seine Zweifel anzubringen, noch dazu gegenüber einem General.

Die letzten Tage hatten Ettore Tigàssu verändert.

Die Beförderung, der künftige Einsatzort – ließen ihn kalt. Und das gab ihm eine innere Ruhe, aus der er Mut schöpfte.

Zum ersten Mal in seinem Leben sprach er frei von der Leber weg seine Gedanken aus.

Der General fuhr fort: »Die sind auch nicht mehr von gestern. Denken Sie nur an all die Fernsehserien, das Internet, Kriminalromane ... das machen die alles nach, weil sie sicher sind, dass sie ungeschoren davonkommen. Und wie wir wissen, kann man im Deep Web alles bekommen. Im Augenblick haben sie den Mord noch nicht gestanden, nur den illegalen Anbau. Stellen Sie sich das mal vor! Sogar ein Minderjähriger ist darunter. Die Ware ist mindestens fünf Millionen Euro wert ...«

»Wenn Sie mich fragen, werden sie den Mord auch nicht gestehen, Signore.«

»Das wird schon, Sie werden sehen. Zwischen dem einen und dem anderen Delikt liegen fünfundzwanzig Jahre Gefängnis Unterschied. Die werden sich gegenseitig die Schuld in die Schuhe schieben, und dann werden Sie sehen ... man steht mit den Befragungen noch am Anfang.«

»Ich rede von dem Abstand, Signore, der macht den Unterschied.«

»Was meinen Sie damit?«

Es wurden die ersten, sehr heißen Vorspeisen serviert, und die beiden verstummten kurz. Doch dann nutzte der Brigadiere die Zeit, die das Essen zum Abkühlen brauchte, um seinen Gedanken näher auszuführen.

»Je näher er an sein Opfer herangeht, desto professioneller ist ein Killer«, sagte er bestimmt.

»Die Drogenschmuggler werden ja auch zunehmend professionell, Brigadiere. Oder besser, sie tun alles dafür. Warum fangen Sie nicht an zu essen?«

»Diejenigen, die jetzt festgenommen wurden, haben das Zeug angebaut, aber das sind keine Schmuggler. Kleine Fische, keine großen Haie, wenn Sie mich fragen.« Und damit machte er sich über die ersten Muscheln her.

»Stimmt. Wahrscheinlich hat man jemanden von außen dazugeholt. Die 'ndrangheta, Mafia oder die Camorra, denn die nisten sich hier auch bereits ein und nutzen den Tourismus als Fassade. Die bestimmen hier, wie die Geschäfte laufen. Aber wir sind ihnen auf der Spur. Man hofft, dass einer der Verhafteten, vielleicht der Minderjährige, uns erzählt, an wen sie das Zeug im großen Stil verkaufen wollten«, sagte er, während er missvergnügt seinen Tintenfisch probierte.

»Entschuldigen Sie, Signore, aber ich halte es für eher unwahrscheinlich, dass ein Sarde sich nicht mit denen einlässt … Haben Sie den Tatort gesehen, an dem der Landpolizist erschossen wurde? Ein Labyrinth aus Fels, Mauern und Gebüsch. Man hätte gut unbeobachtet aus einer Entfernung von hundert Metern zielen können, mit einem Gewehr geht das problemlos und ohne befürchten zu müssen, irgendwie erkannt zu werden. Man hätte ihn ebenso gut auf einem seiner Rundgänge umlegen können. Warum sollte man was riskieren, indem man von hinten aus geringer Distanz auf den Nacken zielt? Und so eine Pistole mit Schalldämpfer wiegt was. Und warum ausgerechnet vor einer Kapelle, wo immer die Gefahr besteht, dass irgendjemand, vielleicht ein Tourist, ausgerechnet dort ein Foto machen will?«

»Weil man sicher sein wollte, dass er aus dem Weg geräumt ist. Er war doch bewaffnet, oder nicht? Stellen Sie sich vor, ich ziele aus hundert oder zweihundert Metern und verfehle mein Ziel, was passiert dann?«

Der Brigadiere schwieg, und die *Spaghetti alla bottarga*, die gerade aufgetischt wurden, verliehen seinem Schweigen zusätzliches Gewicht.

»Oder was ist Ihre Meinung?«, fragte der Generale.

»Wer auch immer ihn umgebracht hat, war überzeugt davon, dass er der Komplize von jemandem war oder etwas verschwieg, das er sofort hätte melden müssen.«

Der General sah dauernd auf die Uhr, als erwarte er noch jemanden, und nippte an seinem eisgekühlten Vermentino.

»Hätten Sie noch gerne einen *Secondo* oder lieber gleich ein Dessert?«, fragte die Restaurantbetreiberin, denn normalerweise bestellte um diese Uhrzeit niemand mehr ein volles Menü.

Anstelle einer Antwort blickte der General auf einen Mann, der auf ihren Tisch zusteuerte.

Das darf nicht wahr sein, jetzt sag bloß ... ich glaub's nicht, dachte der Brigadiere in seiner Überraschung.

Der Mann war schlank, hochgewachsen und sprach Italienisch, wenn auch mit einem starken französischen Akzent. »Ich heiße Jacques.« Mit diesen Worten nahm er genau gegenüber von ihm Platz.

Und endlich begriff Ettore Tigàssu, warum man ihn zum Essen eingeladen hatte und so freundlich tat. Diese Person war niemand anderes als Mariàcas Sohn.

»Dies ist der Sohn von Signora Tidòngia, und er ist hier, weil wir ein Problem haben. Wollen Sie reden, oder soll ich es erläutern?«

»Reden Sie nur, Generale«, sagte Jacques gelassen.

»Wir haben seit einiger Zeit nichts mehr von der Signora gehört und haben Grund zu der Vermutung, dass ihr etwas zugestoßen ist. Ich weiß, dass Sie sich in der Gegend umgesehen haben, wie ich Ihnen das nahegelegt hatte. Finden Sie sie. Und zwar so schnell wie möglich.«

»Grund zu der Vermutung? Also sind Sie sicher? Und sie suchen nach ihr, oder?«

Er brachte die Frage kaum zu Ende, als Jacques ernst und so leise, als handelte es sich um ein Staatsgeheimnis, für den General antwortete: »Tot oder lebendig. Der General wollte das gerade nicht so formulieren, deswegen sage ich Ihnen das so deutlich.«

Tigàssu hätte gute Lust gehabt, ihm zu sagen, dass sie seiner Meinung nach nicht nur sehr lebendig war, sondern sogar nur zwei Tage zuvor zusammen mit dem Staatsanwalt an Bord eines Touristenschiffs gewesen war.

Ist es denkbar, dass der Staatsanwalt kein Wort darüber verloren hat? Er hat sie doch sicher bemerkt ... Was für ein Spiel ist hier im Gange?

»Die Suche hat allerhöchste Dringlichkeit. Konzentrieren Sie sich nur darauf, kommen und gehen Sie, als hätten Sie Urlaub. Und tragen Sie immer Ihre Waffe. Sobald Sie etwas hören, und sei es auch nur ein Gerücht oder eine Bemerkung, rufen Sie sofort unter dieser Nummer an.«

Und damit reichte Jacques ihm seine Visitenkarte.

»Ich bin sicher, dass hier jemand etwas weiß«, sagte der Generalone. »Das Handy der Tidòngia ist tot. Und das versetzt uns in Sorge, denn sie soll uns eigentlich täglich ihren Aufenthaltsort übermitteln. Ein Hinweis darauf würde uns schon genügen.«

Er sprach leise, aber außerordentlich schnell. Er musste sie finden, und zwar schnell – das war eigentlich das Einzige, was dem Brigadiere klar war. Und er durfte weder auf Telefonmitschnitte noch auf Informanten oder Amtshilfe zählen.

Er hätte gerne von der Warnung erzählt, die er einige Tage zuvor erhalten hatte, aber natürlich gab es da keine logische Verbindung zu den Worten des Generals.

Jacques hatte erneut das Wort ergriffen.

Ein paar Sonnenstrahlen fielen durch die Bäume, die die Veranda überschatteten, und seine Augen wurden mit einem Mal grün.

»Helfen Sie uns, meine Mutter zu finden. Auch wir suchen weiter nach ihr. Das hier ist ein aktuelles Foto. Ich weiß, dass sie sich irgendwo an diesem Scheißort aufhält, wo sie geboren ist und wo ...«

Und wo? ... Nur zu, sprich weiter. Schämst du dich? Wo auch du hättest auf die Welt kommen sollen? Aber du hattest Glück und bist in Paris geboren ... dabei hättest du beinahe in Telévras das Licht der Welt erblickt, tja ... kleiner Hirtenjunge ... von wegen Arzt an der Sorbonne ... wie gerne hätte ich dich gesehen, wie du läufigen Schafen nachrennst, mit einem hübschen sardischen Dialekt ...

»Überlegen Sie gerade, Brigadiere?«

Die Frage des Generals holte ihn in die Realität zurück.

»Es gibt da einiges, das ich Ihnen nicht sagen darf, aber nicht, weil ich General bin und Sie Brigadiere. Sie sind ja bald schon Maresciallo. Dann werden Sie Männer unter sich haben und verstehen, was ich damit meine. Sie sind bei einem Befehl nicht immer eine Erklärung schuldig, Sie können einfach verlangen, dass er ausgeführt wird.«

Der Brigadiere betrachtete das Foto, aber eigentlich war das nicht nötig. Aus einem natürlichen Überlebensinstinkt heraus, der ihm in der Vergangenheit oft die Haut gerettet hatte, täuschte er Konzentration vor. Tarnen und täuschen, hieß sein Motto.

Sie war es. Sie lächelte nicht auf dem Foto, vielleicht handelte es sich um ein vergrößertes Passfoto. Und ihr Haar war länger.

Sie erhoben sich alle drei. Der General machte eine Handbewegung Richtung Angela, als wollte er sagen, »Schreiben Sie schon mal die Rechnung, ich komme später nochmal vorbei«, und zeigte auch auf den Tisch, wo die beiden Leibwächter gesessen hatten. Hatte der auch wieder kein Geld dabei?

Die nehmen sich ganz schön was raus, eine richtige Mode ist das ... immer ohne Geld unterwegs ...

Dem Gesichtsausdruck von Signora Angelo nach war er nicht der Einzige mit diesen Gedanken.

Die beiden Männer verabschiedeten sich mit einem unmerklichen Kopfnicken von ihm und lächelten unverbindlich dazu, offenbar war das ihre Art.

Jacques erzählte ihm leise Dinge, die er bereits seit Tagen

wusste, zum Beispiel, in welchem Hotel er nächtigte, und der Brigadiere täuschte professionelles Interesse vor.

Der General schien die Irrelevanz jener Information zu spüren – der Franzose ließ sich gerade über die Gewohnheiten seiner Mutter aus, darüber, was sie aß, wie sie sich kleidete.

»Hören Sie«, schnitt er ihm das Wort ab. »Diese Frau ist wertvoll, das ist das Einzige, was ich Ihnen sagen kann. Wir müssen sie finden und sie beschützen. Verstanden? Lassen Sie ihre Vergangenheit ruhen. Sagen wir …«, und hier machte er eine Pause und warf Jacques einen Blick zu, und der nickte. »Also … sagen wir so viel, dass diese Frau sich um die staatliche Sicherheit verdient gemacht hat, und ich rede nicht nur von Italien. Mehr darf ich nicht sagen. Aber ich bin sicher, dass Sie mich verstanden haben.«

Was zum Teufel hindert euch daran, das Kind beim Namen zu nennen? Warum sprecht ihr es nicht aus, dann ist alles klar. Meinetwegen. Dann spiele ich eben den naiven Dummkopf und sage, wie es ist.

»Sie ist eine Kronzeugin, nicht wahr? Eine, die ihre Taten bereut hat und jetzt für uns arbeitet, oder nicht? Wenn das klar ist, wird die Suche vielleicht einfacher.«

Schweigen.

Der General sah Jacques an.

Immer noch Schweigen. Und dann sagte sein höchster Vorgesetzter ganz leise: »Sehr viel mehr als das« und machte mit einer rotierenden Bewegung seiner Rechten klar, dass er niemals im Leben ausplaudern würde, was aus Mariàca Tidòngia in all diesen Jahren wirklich geworden war.

Aber er wusste ja bereits Bescheid.

»Brigadiere, fangen Sie sofort mit der Arbeit an. Wir müssen sie so schnell wie möglich finden, lassen Sie uns hoffen ...«

Was hoffen? Immer diese Andeutungen und halben Sätze, wie in einem Film, in dem die Spannung für die Zuschauer steigt, weil das Geraune immer größer wird und sich hinter einem Geheimnis ein weiteres verbirgt, mit einem Verrückten, der alles löst, indem er sich von einem helfen lässt, der noch durchgedrehter ist als er ...

»... dass sie nicht tot ist.«

Der Sohn hatte den Satz für den General beendet. Er hatte sich bei Ettore Tigàssu untergehakt und zwang ihn damit zu einem kleinen Spaziergang auf der Promenade. Der General blieb mit den beiden anderen, die die Szene verfolgten, bei seinem Auto.

»Sehen Sie, Brigadiere, ich bin sofort gekommen, als ich hörte, dass sich von meiner Mutter jede Spur verloren hat, das war am Tag der Beerdigung dieses Grundschullehrers. Alle Personen, die Sie beim Trauerzug gesehen haben, einschließlich der beiden Männer im Restaurant, sind Teil einer groß angelegten Aktion, um einen Drogenring zu sprengen. Bis zu dem Moment, in dem sie nichts mehr hat von sich hören lassen, lief alles wie geplant. Mich hat man geholt, weil man hoffte, dass sie ein Lebenszeichen geben würde, wenn sie mich in der Nähe wüsste.«

»Bei allem Respekt, aber mir scheint nicht, dass man gerade international tätige Verbrecher verhaftet hat.«

»Sie haben recht, Brigadiere. Es war alles bereit, um den

Ring zu sprengen, aber sie ist zum geplanten Termin mit den Bossen nicht erschienen. Und so hat man mit den Verhaftungen begonnen, aber nur kleine Fische erwischt. Wir wussten, dass sie ihren Lehrer wiedersehen wollte. Das war Teil des Plans. Aber dann ist der gestorben, und sie ist von der Bildfläche verschwunden. Vielleicht ist sie aufgeflogen, und man hat sie umgebracht, oder sie hält sich mit Hilfe von jemandem, den sie gut kennt und der den Ort und seine Geschichte gut kennt, versteckt.«

»Sprechen Sie von Telévras?«

»Ja.«

»Und was wissen Sie über den Lehrer? Und warum ist der Landpolizist umgebracht worden?«

»Ich bin sicher, dass der General Sie sobald als möglich darüber aufklären wird. Ich bin dazu nicht befugt.«

Sie gingen zu ihren Autos zurück.

»Ich fahr nur kurz nach Hause, dann fange ich an. Werden mir die Benzinkosten auch sicher erstattet? Denn das andere Mal ...«, sagte der Brigadiere zum General.

»Ganz sicher, schreiben Sie alles auf, ich kümmere mich drum.«

Er fuhr nach Telévras. Wer hätte ihn an einem Julinachmittag während der Siesta auch schon bemerken sollen?

Doch bereits am Anfang der Umgehungsstraße war der Teufel los. Geparkte Autos in großer Zahl, Leute, die daraus ausstiegen und zu Fuß weitergingen, Touristen in Partystimmung, am Ortseingang über die Straße gespannte Fahnen mit Willkommensgrüßen.

Wie hatte er nur das Dorffest, die *Sagra del Cannonau e della Pecora*, vergessen können, das heute Abend offiziell beginnen sollte? Dabei hatte er doch noch, nachdem Malugòru ihm erzählt hatte, dass man es im Andenken an den Landpolizisten abhalten wollte, einen zusätzlichen Streifenwagen eingeplant. Das Fest sollte die ganze Woche lang dauern, um am Sonntag mit dem Wettbewerb zwischen den Weinbauern seinen Höhepunkt zu erreichen ... und er hatte das völlig vergessen.

Er rief sofort in der Kaserne an. Gott sei Dank beruhigte man ihn dort.

»Die Streife ist schon unterwegs. In höchstens einer halben Stunde ist sie da. Die Organisatoren haben die Genehmigung erst im letzten Moment eingeholt, und weil Sie nicht da waren, haben wir schon mal eine Streife losgeschickt, das hätten Sie uns ja ohnehin befohlen.«

Mit seinem Wagen durch die Menge vorwärtszukommen erwies sich als recht schwierig.

Irgendwann erreichte er Samueles Bar und stellte sein Auto mehr schlecht als recht ab.

»Der Brigadiere, da schau einer an. Geben Sie uns zum Dorffest die Ehre?«, fragte Samuele vergnügt.

Alle Welt war gekommen. Wenigstens dieses eine Mal im Jahr klingelte in der Bar die Kasse, wenn die Leute von der Küste hierherkamen, um es bei den günstigen Preisen mal ordentlich krachen zu lassen.

»Ich muss doch beim Führerscheinentzug den Rekord vom letzten Jahr brechen.«

Ettore Tigàssu zog sich mit Schlagfertigkeit aus der Affäre.

Die Stammgäste brachen prompt in Gelächter aus, denn er zog wie in einem Touristenwitz nur die Führerscheine von Autofahrern aus Deutschland, Belgien und Frankreich, sprich aus dem Ausland, ein.

Kriminelle haben bekanntlich ein feines Gespür, das nicht selten im Kontrast zu ihren groben Umgangsformen steht. Vielleicht eine Folge harter Gefängnisjahre oder des Einstudierens von falscher Reue, um eine Strafminderung zu erwirken.

Antoni Malugòru jedenfalls hatte sofort begriffen, dass der Brigadiere nicht gekommen war, um Rekorde aufzustellen oder sich mit allen anderen zu betrinken.

Mit einem Blick bedeutete er ihm, ihm nach draußen zu folgen.

Die Atmosphäre war ideal für vertrauliche Mitteilungen.

Leute mit Weingläsern in der Hand spazierten unter Gelächter, Geschrei und Gekreische in den Gassen auf und ab, die ausnahmsweise belebt waren. Schon jetzt, am Nachmittag, waren Betrunkene zu sehen, wie würde es erst beim Morgengrauen zugehen?

Die Unterhaltung dauerte nicht länger als zehn Minuten. In dieser Zeit taten sie so, als würden sie die Miniröcke und Brüste der Ausländerinnen kommentieren. Niemand hätte ahnen können, was sie einander sagten, nicht einmal Samuele, der so gut Lippen lesen konnte.

Als er sah, dass Antoni auch Peppinu Pisilentzia aufgefordert hatte, nach draußen zu kommen, ahnte Tigàssu, dass hier etwas Entscheidendes im Gange war.

Malugòru kehrte nach der kurzen Runde durchs Dorf in die

Bar zurück und nahm Samuele zur Seite, der gerade mit einer deutschen Touristengruppe beschäftigt war, die einen Kasten Ichnusa ordern wollten. »Wir müssen das so schnell wie möglich über die Bühne bringen.«

»Was? Nein, nicht ausgerechnet an den Tagen im Jahr, an denen sich was verdienen lässt.«

»Uns bleibt nichts anderes übrig, Samuele. Entweder heute Abend oder morgen. Wir haben keine Zeit mehr.«

»Dann eben nach dem Fest. Warum ausgerechnet zum Dorffest?«

»Lass das Dorffest Dorffest sein. Das ist Heiligen und unseren Schutzpatronen gewidmet. Hier geht es um Weltliches. Außerdem schwankt beim Dorffest das Datum, letztes Jahr hat es erst am 12. August stattgefunden, weil nicht mal der Heimatverein mehr Lust hatte, es auf die Beine zu stellen. Mariàca hat mir – durch du weißt schon wen – die Nachricht zukommen lassen, dass sie die Geschichte über die Bühne bringen will. Sie will nicht länger warten. Und wir haben versprochen, ihr zu helfen. Und das Versprechen werden wir halten, klar?«

»Was denkt die sich dabei? Warum diese Eile?«, sagte er grollend. »Muss sie uns das einzige Fest ruinieren? Sie ist doch an einem sicheren Ort. Ein Tag mehr oder weniger ... Das hat uns wirklich noch gefehlt. Das ganze Jahr verirrt sich kaum mal einer hierher ...«

Antoni hob leicht die rechte Augenbraue, wie um zu sagen, dass er darauf keinen Einfluss hatte, weil er nicht Mariàca Tidòngias Gedanken lesen konnte.

»Ich habe dem Brigadiere gerade gesagt, dass wir für ein

Treffen der beiden sorgen werden und dass er davor einen anonymen Anruf erhält. Mariàca möchte das so. Und sie möchte auch, dass wir ihm die Waffen übergeben, ohne dass er einen Schritt in die Kapelle setzt. Er wird schon alles begreifen.«

»Wer? Der Brigadiere? Der soll was begreifen?«

»Ich habe Pisilentzia losgeschickt, er soll die Waffen holen. Er wird sie hier in der Bar vorfinden.«

»Hier? Bist du verrückt geworden? Der nimmt uns fest.«

»Der nimmt niemanden fest, glaub mir. Mariàca übernimmt die Verantwortung für alles.«

Sie unterhielten sich, immer wieder von Gästen unterbrochen, die sich wegen des langsamen Service beklagten, noch eine Weile weiter.

Der Brigadiere war unterdessen wieder zur Kaserne gefahren und wartete darauf, dass die Zentrale ihm den anonymen Anrufer durchstellte. Ihm gingen Fragen durch den Kopf, auf die er keine Antwort fand.

Vor allem fragte er sich, warum man sich im Dorf so entgegenkommend zeigte, als gälte es dort, eine Gruppe Kronzeugen zu schützen.

Er saß in seinem Büro und wartete, überlegte und wartete. Aber das Telefon blieb stumm.

## 40.

»Was soll das ganze Theater? Seid ihr unter die Schauspieler gegangen?«, fragte Brigadiere Tigàssu morgens um drei in Samueles Bar.

Antoni Malugòru hatte den ursprünglichen Plan kurzfristig über den Haufen geworfen, und der Brigadiere war ziemlich sauer.

Er hatte bis um 19 Uhr in der Kaserne auf den Anruf gewartet und war dann, als der nicht kam, etwas essen gegangen. Er würde danach ohnehin nach Telévras fahren müssen, um die Kollegen bei den Kontrollen zu unterstützen. Gegen 22 Uhr hatten sie ihn dann auf dem Handy angerufen und ihn für drei Uhr nachts in die Bar bestellt.

Selbst zu dieser Stunde waren in Telévras noch Leute auf der Straße, vor allem Betrunkene, die Angst hatten, sich ins Auto zu setzen, denn am Ortseingang standen die Carabinieri und kontrollierten. In diesem Jahr hatte man bereits so viele Führerscheine eingezogen wie im Vorjahr, dabei sollte das Dorffest erst in zwei Tagen vorbei sein.

In Samueles Bar war es bereits so gut wie dunkel und die Tür fest verschlossen. Vor dem großen Fenster hatte Antiògu Tranàga sich mit vor der Brust verschränkten Armen aufgebaut und erklärte den letzten Feierlustigen, dass geschlossen sei.

Der Brigadiere erschien in Uniform, aber Samuele fragte trotzdem, ob er ein Glas Wein wolle.

»Ja, schenk mir eins ein, aber von deinem Wein«, sagte er und überraschte damit alle.

Samuele leistete der Aufforderung Folge. Außer ihm waren noch Malugòru anwesend und ganz hinten im Saal mit den Spieltischen, in der Dunkelheit kaum zu erkennen, Pisilentzia mit einem Gewehr auf den Knien. Es war geöffnet, aber geladen, so wie man es auch machte, wenn man bei der Wildschweinjagd von einem Standort zu einem anderen unterwegs war.

Dem Brigadiere wurde bei dem Anblick mulmig.

»Was soll das Gewehr? Die Jagd ist abgeschlossen. Wildert ihr? Obwohl man euch meilenweit hört, wenn ihr schießt?«

»Wir sind nicht auf der Jagd, in dieser Zeit bekommt man kein Wildschwein zu Gesicht.«

»Und was soll das dann?«, fragte er mit erhobener Stimme an Antoni gewandt. Seine Augen hatten sich an das Dunkel gewöhnt, und er bemerkte am Ende des Tresens ein weiteres Gewehr.

»Das gehört mir, Brigadiere. Aber ganz ruhig, das hat mit Ihnen nichts zu tun. Das dient nur der Sicherheit, man kann nie wissen.«

»Man kann nie wissen? Lasst die beiden Gewehre sofort verschwinden. Ihr und diese Mistwildschweine! Ihr lebt ja nur dafür! Was anderes existiert ja für euch nicht ...«, giftete Ettore Tigàssu.

»Wir mögen eben Wildschweine, Brigadiere. Die Tiere liegen uns«, sagte Pisilentzia ironisch.

»Man könnte sich glatt fragen, warum. Dabei sind Wildschweine nicht mal einfach zu jagen.«

»Für uns ist es einfach«, sagte Peppinu von hinten im Saal.

»Von wegen einfach! Ihr macht es euch einfach. Ich weiß genau, dass ihr sie auch in dieser Zeit zur Strecke bringt. Wie macht ihr das eigentlich?«

»Uns reicht es schon, wenn wir anstelle eines Wildschweins einen vom Geheimdienst vor die Flinte kriegen, und dann *paff*! Von denen erwischen wir so viele, wie wir wollen.«

Das hatte gesessen.

Peppinu Pisilentzia traf mit seinem Humor immer ins Schwarze, wie Samuele es formulierte.

Dem Brigadiere gefror das Blut in den Adern. Er war wie betäubt und brachte keine Silbe heraus. Soeben hatte er die Bestätigung eines lang gehegten Verdachts erhalten – nämlich dass man hier immer bereits über alles auf dem Laufenden war, und zwar noch vor den Carabinieri, der Polizei und sämtlichen Staatsorganen von hier bis zur slowenischen Grenze.

»Und warum habt ihr mich im Morgengrauen hierher bestellt? Ich bin, wie ihr wisst, im Dienst. Die Streife steht am Ortseingang, und ich habe den Kollegen gesagt, dass sie nach mir suchen sollen, wenn ich innerhalb einer Stunde nicht wieder auftauche.«

Dem Brigadiere saß die Angst in den Knochen, natürlich hatte er niemandem Bescheid gesagt.

Auf einen Wink von Antoni zog Samuele sich Latexhandschuhe über, wie er sie beim Spülen von Gläsern benutzte, und holte die große Tasche mit den Waffen hervor.

»Gelungene Vorstellung, muss ich sagen. Und wer hat die Regie geführt?«, fragte der Brigadiere, der mittlerweile wieder zur Ironie zurückgefunden hatte.

»Neben der Jagd mögen wir auch Volkstheater. Was wollen Sie ... irgendwie müssen wir uns hier ja die Zeit vertreiben«, erwiderte Samuele.

Antoni Malugòru in seiner fröhlichen Bildungsferne, auf die er so stolz war, ahnte nicht, dass die gelungensten Seiten eines Buchs oft die fehlenden sind, vielleicht verlorengegangen oder herausgeschnitten oder im Lektorat eines Verlags zusammengeknüllt und in den Papierkorb geworfen, weil sie jemandem nicht zusagten.

Und so konnte er nicht wissen, was für ein Geschenk er dem Brigadiere machte, als er ihm einen versiegelten Umschlag überreichte. »Haben Sie vielleicht hiernach gesucht, Brigadiere?«

Ettore Tigàssu öffnete den Umschlag, zog ein Blatt Papier heraus und begann beim Licht eines funzligen Wandlämpchens, das hinter dem Tresen noch brannte, zu lesen.

Das musste das Original sein. Immer noch dieselbe unleserliche Schrift, die er kaum entziffern konnte.

*Hat es euch immer noch nicht gereicht? Was wolltet ihr denn noch? Eine letzte Anstrengung? Jedes Mal war angeblich das letzte Mal, der allerletzte Einsatz. Ging es euch um die Verbindungen zwischen den Leuten, die Drogen anbauen, und den Befürwortern der Unabhän-*

*gikeit Sardiniens? Wir sind hier nicht in Kolumbien. Ihr habt sie erpresst, ihr gedroht, ihre Arbeit im Untergrund publik zu machen. War es nicht so, Signor Staatsanwalt? Aber natürlich nicht über die Presse, wo man immer noch alles abstreiten kann, sondern indem man die Nachricht in Umlauf setzt, Gerüchte streut, vertrauliche Quellen bemüht. Ihr seid die Übeltäter, ihr Parasiten jeglicher Staatsräson. Ihr waltet ungestraft, lebt von Auslassungen, von unsagbaren Geheimnissen. Seid schlimmer als die Entführer und Brandstifter, die dieses Land ruiniert haben. Ihr habt ihr das Schlimmste angedroht, das man jemandem antun kann, nämlich das Gerücht zu streuen, sie bespitzele unsere Gemeinschaft. Eine Bösartigkeit, gegen die kein Kraut gewachsen ist: das Gerücht. Wie auch schon 1972, als man behauptet hatte, dass sie Unglück bringe. Damals brachte ihr Vater sich um, weil er dem Gerücht nicht gewachsen war, demzufolge er der Vater ihres Kindes sein sollte. Ihr habt sie eingeschleust, und sie hat alle für euch zur Strecke gebracht. Brigate Rosse, Autonomia, Rote Armee Fraktion, Action Directe, GRAPO, INLA und 17 N – wie viele waren es insgesamt? Sagen wir dreihundert? Und das sind nur die roten Untergrundbewegungen. Und was ist mit den schwarzen? Allein in Italien von Ordine Nuovo, Nero, Avanguardie Nazionali über Internazionali bis hin zu Nar vielleicht weitere zweihundert? Bis nach Japan habt ihr sie geschickt, damit sie die vom Bombenattentat auf der Piazza Fontana aufstöbert. Und im Jahr 2001 habt ihr eine Muslimin aus ihr gemacht. Wie viele Imams und Fighter hat sie für euch gefangen? Wie viele Leben unschuldiger Leute, die in U-Bahn oder Straßenbahn auf dem Weg zur Arbeit waren, hat sie damit gerettet? Die sind täglich zu Tausenden unterwegs, liebe Signori, die ihr euch die Hände nie schmutzig macht. Natürlich hat sie auch Fehler gemacht. Aber sie hat sie bei euch abgegolten. Nicht mal zwanzig war sie, mit einem fünfjährigen Sohn. Ihr habt dafür gesorgt, dass sie studieren kann, habt ihr zu essen und ein Dach über dem Kopf gegeben. Sie liebte die Freiheit, hätte unmöglich in einer Zelle leben können und alles dafür getan, um zu entfliehen, wie schon am ersten Schultag bei mir, und sich nie wieder sehen zu lassen. Sie besaß eine einzigartige Intelligenz, die mit Schule nichts am Hut hatte. Auf einer Schulbank hätte sie niemals fünf Sprachen in Wort und Schrift gelernt. Vierzig Jahre lang war sie euch zu Diensten. Sie wollte hierher, an diesen Flecken Erde zurückkehren, wo sie geboren wurde, und hier wollte sie sterben. In Frieden mit sich selbst. Ihr habt sie für ihre Vergehen büßen lassen, eine Kriegsmaschine aus ihr gemacht, für euch und andere Regierungen in Frankreich, Deutschland, Spanien, Griechenland, Irland, die USA und Kolumbien. Ihr hattet ihr zugesagt, dass sie mit ihrer Pension vom Innenministerium friedlich würde leben können. Ha, ha, ha ... wirklich ein guter Witz. Ein Job im Ministerium – mit einem Abschluss vom fünften Grundschuljahr? Sogar Titel habt ihr ihr verpasst. Ihr hattet ein Genie in euren Fängen. Aber euch war das egal. Sie ist überall mitgeschwommen, war zu allem bereit, sogar dazu, sich in die Luft zu jagen, und damit habt ihr sie alle gekriegt, selbst die obersten Bosse im Untergrund. Und sie konnte gut schießen, wirklich gut, aber nur als letztes Mittel, wenn sie nicht gerade eines ihrer perfekt getarnten Verbrechen für euch beging. Für buchstäblich einen Kanten Brot. Superteure Schlitten, an denen plötzlich die Bremsen versagten. Diplomaten, die nach dem Genuss einer Tarte Tatin zusammenbrachen. Frisch gewartete Aufzüge, an denen die Stahlseile rissen. Flugzeuge, gerade durchgecheckt, die auf Nimmerwiederse-*

hen vom Radar verschwanden, nur weil irgendein Libanese umgebracht werden sollte. Zweihundert unschuldige Leben, damit das wirkliche Ziel im Verborgenen blieb. Staatliche Kollateralschäden. Sie war auf ihrem Gebiet eine wahre Institution. Eine wahrhaft ungewöhnliche Dienerin des Staates ...

(Marcellino Nonies, *Die Frömmigkeit der Schafe*, Seite 118)

Schweigend las er das Geschriebene, mehrmals.

Und was er dort las, überstieg bei Weitem alles, was er ohnehin geahnt und auch was der Maggiore ihm vertraulich erzählt hatte. Und er begriff, was der Generalone ihm beim Mittagessen hatte sagen wollen.

»Ich muss euch das nicht laut vorlesen, ihr wisst ohnehin, was dort geschrieben steht«, sagte der Brigadiere.

»Wir haben's nicht gelesen, aber wir vertrauen der Person, die uns den Umschlag gegeben hat. Und der haben wir versprochen, dass wir nicht reinschauen, sondern ihn an Sie weitergeben würden. Punkt.« Diesmal ließ Antoni Malugòrus Tonfall keinen Zweifel an der Wahrheit der Aussage.

»Punkt? Genau ... Gott sei Dank ist ja auch das mit den Waffen in der Kirche unter uns beiden geblieben. Danke dir, Antoni. Und selbstverständlich bleibt es ein Geheimnis, wer euch dieses Stück Papier gegeben hat. Die Frage danach kann ich mir sparen. Denn wenn ihr Vertrauen habt ... dann bleibt mir gar nichts anderes übrig, als ebenfalls Vertrauen zu haben«, sagte der Brigadiere verbittert.

»Genau, Brigadiere, denn wir haben doch nichts davon, wenn es anders wäre.«

»Ihr wisst, wo sie steckt ... und haltet ihr euer Versprechen und sorgt dafür, dass ich sie treffen kann?«

»Sie werden sie treffen, wenn sie es wünscht. Warten Sie ab.«

»Und wie lange soll ich abwarten?«

»Einfach abwarten«, sagte Antoni mit einem Schulterzucken und einer Geste, die so viel bedeutete wie, keine Ahnung, das weiß ich auch nicht.

»Vorher schließen wir aber noch eine Abmachung«, fügte er hinzu.

»Was für eine Abmachung? Nichts da ...«, aber er beendete den Satz nicht, weil er begriffen hatte, dass ihm eigentlich kein Verhandlungsspielraum blieb. Außerdem wäre es für ihn persönlich wie auch für den Staat ein großer Erfolg, wenn er sie nur einen Tag, nachdem Sohn und General ihn dazu aufgefordert hatten, aufspüren würde.

»Meinetwegen. Zuerst die Bedingungen, und wenn die für mich passen und nicht schwerwiegend gegen Gesetze verstoßen ...« Wie ein altgedienter Schauspieler legte er die Betonung auf das Wörtchen »schwerwiegend«.

Und dann legte Antoni Malugòru seine ganz persönlichen Bedingungen für die Abmachungen mit dem Staat dar.

»Brigadiere, Sie kennen uns. Sie wissen, wie wir ticken, und wissen, dass wir hier alle für die Unabhängigkeit Sardiniens sind. Aber wir schießen nicht, wir legen keine Bomben, und wir führen keine Aktionen gegen Polizeikasernen durch, wir haben euch nicht einmal die Autoreifen zerstochen. Und vor allem lassen wir die Finger vom Drogenhandel, um unsere Kasse aufzubessern. Wir bleiben arm und schweigen still. Die Wilderei? *Das Wildschwein ist ein Gebet*, hat unser alter Priester von damals gerne gesagt, als die Zeiten noch schön waren und wir viel jünger als heute. Wir reden gerne von den alten Zeiten und singen unsere Lieder. In unseren Herzen sind wir nämlich Romantiker, Brigadiere, und glauben daran, dass unsere Heimat eines Tages unabhängig sein wird ... aber wir tun nichts dafür und sind für euch und den Staat harmlos, und deshalb ...« Er beendete den Satz nicht.

»... und deshalb?«, fragte der Brigadiere.

»Und deshalb frage ich mich, warum ihr Leute zur Kontrolle schickt. Oder welche, die genau protokollieren, was wir in der Bar reden, und die in ihren Berichten schreiben, dass wir *Barones de sa Tirannia* gesungen haben, und andeuten, dass wir unsere Gewehre vielleicht auch zu anderen Zwecken als zur Jagd einsetzen. Haben Sie Peppinu mal schießen sehen? Der trifft auf fünfzig Meter nicht mal einen Lastwagen ... Könnt ihr euch im Ernst vorstellen, dass wir mit unseren Doppelflinten einen Nato-Panzer rauben? Kommen Sie, Brigadiere, lassen Sie uns weiterträumen, das sind doch alles Luftschlösser, die wir uns hier bauen.«

Der Brigadiere musste ihm in vielem recht geben.

»Wir schicken euch Leute? Wen denn? Ich schicke bestimmt niemanden.«

»Ich habe doch gar nicht von Ihnen geredet. Sie sind uns doch sympathisch. Ich meinte die Leute, die erst den Lehrer und dann Cesareddu umgebracht haben.«

»Moment mal! Über den ersten Todesfall lässt sich nichts

Bestimmtes sagen, man geht weiterhin von Selbstmord aus. Im zweiten wird noch ermittelt.«

»Glauben Sie im Ernst, dass die Waffen, die Mariàca in der Kapelle abgelegt hat, von uns stammen? Kein Problem, wir führen den anonymen Anruf durch, und Sie finden die Waffen wieder in der Kapelle vor der Marienstatue. Wir haben mit all dem nichts zu tun, und das wissen Sie auch.«

Er wusste, dass Antoni recht hatte, aber das konnte er, hier vor Zeugen, nicht laut zugeben.

Antoni sagte das alles völlig ungerührt, ohne jedes Pathos.

Eine Weile herrschte Schweigen in der Bar.

Dann sagte der Brigadiere: »Ich habe auch nie gedacht, dass ihr etwas damit zu tun habt. Aber meiner Meinung nach habt ihr sie beschützt und so gut versteckt, dass nicht mal der sardische Jagdverein sie finden würde. Damit hatte ich recht.«

Antoni Malugòru fuhr fort, als hätte er diesen letzten Satz nicht gehört.

»Hier wusste niemand, dass Mariàca Tidòngia zurück ist. Das wissen wir erst seit ein paar Tagen. Wer auch immer dahinter steckt – der Plan hat perfekt funktioniert.«

»Und wer soll sie hierher geschickt haben?«, wandte der Brigadiere ein.

»Sie wird es Ihnen verraten, wenn sie möchte.«

Antoni schaute kurz auf seine Armbanduhr und wechselte dann einen raschen Blick mit Samuele, der, das Handy griffbereit, als erwarte er einen Anruf, hinter der Bar stand.

»Aber irgendeine Vorstellung von allem habt ihr doch sicher mittlerweile? Und es kostet euch nichts, sie mit mir zu teilen, ich werde sie bestimmt nicht in alle Welt hinausposaunen.«

»Eine Vorstellung? Ich versuche es mal, Brigadiere. Ich glaube, dass sie sich beim Wiedersehen mit ihrem Maestro an alles Gute erinnert hat, das er für sie in ihrer Kindheit getan hat, und an all die Gemeinheiten, die er zu ertragen hatte, von denen sie aber damals noch nichts wusste. Und so hat sie sich ihm anvertraut, hat ihm alles erzählt und ihm versprochen, dass sie von nun an keine Verbrechen mehr begehen würde. Aber ...«

»Aber ihr Maestro hat die Vertraulichkeiten nicht für sich behalten, sondern sie aufgeschrieben«, sagte der Brigadiere.

»Vielleicht hat Mariàca dann bereut, ihn eingeweiht zu haben, und hat es mit der Angst zu tun bekommen. Als sie herausgefunden hatte, dass der Maestro alles notierte, was sie ihm anvertraute – was niemand der hier Anwesenden gelesen hat, das will ich nochmal wiederholen –, ist sie auf der Stelle zu ihm gegangen, um ihn dazu zu bewegen, die Seiten zu vernichten, aber da war er bereits tot.«

»Ach, ja? Und warum hat sie nicht das gesamte Manuskript verschwinden lassen, sondern nur diese eine Seite?«

»Keine Ahnung.«

»Habt ihr euch das zusammengereimt, oder hat sie es euch so erzählt?«

»Das haben wir uns überlegt ... Sie wollten doch meine Meinung hören, Brigadiere.«

»Und was soll ich mit euren Überlegungen anfangen? Mir fehlen Indizien und Beweise. Und wer hat eurer Meinung nach

Cesareddu und den Maestro auf dem Gewissen? Ich habe kein Aufnahmegerät dabei, was ihr sagt, bleibt also unter uns. Mein Ehrenwort.«

»Ihr wart das«, sagte Antoni Malugòru schneidend, während die anderen, Samuele Baccanti, Peppinu Pisilentzia und Antiògu Trànaga einvernehmlich nickten.

»Wir? Seid ihr verrückt geworden? Ihr seid verrückt, und ihr überschätzt euch. Wie kannst du dir erlauben, so was zu behaupten? Für wen hältst du dich?«, brüllte der Brigadiere.

»Sie brauchen nicht zu brüllen, Brigadiere. Ich habe Ihnen doch schon gesagt, dass das nichts bringt. Wir sind überzeugt, dass das diese Schatten waren, die in Telévras unterwegs waren. Aber davon konnten Sie natürlich nichts wissen.«

»Was denn für Schatten? Habt ihr denn eine Ahnung, was sie hier überhaupt wollte?«

»Sie sind schwer in Ordnung, Brigadiere. Und Sie werden sehen, am Ende müssen Sie uns recht geben, und Sie werden sich bei uns bedanken.«

Und dabei schaute er immerzu auf seine Uhr und tauschte rasche Blicke mit Samuele.

»Begreifen Sie jetzt, warum ich Ihnen gesagt habe, dass Sie nichts ausrichten können? Was wollen Sie denn jetzt tun? Den Geheimdienst verklagen? Und wer wird Ihnen glauben?«

Stimmt, wer wird mir glauben?

»Nur noch eine Sache, und zwar das Wichtigste überhaupt. Mariàca hatte wirklich beschlossen, künftig die Finger von den Waffen zu lassen. Wahrscheinlich hatte sie sich aufs Neue in ihre Heimat verliebt und hat bei sich gedacht, dass die, die von

Unabhängigkeit reden, gute Menschen sein müssen. Vielleicht täuscht sie sich da, und wir sind gar nicht so gut, aber nach und nach hat sie wirklich an dieses romantische Ideal von Freiheit geglaubt.«

Blödsinn ... in ihre Heimat verliebt ... die üblichen Parolen. Wenn sie nur den Schimmer einer Ahnung hätten, warum sie wirklich hier war.

Schließlich klingelte das Handy. Samuele nahm den Anruf entgegen und sagte dann: »Mariàca ist endlich wieder zur Schule gegangen. Sie treffen Sie in ihrer alten Grundschule an, den Weg dorthin kennen Sie ja. Letzter Raum, Erdgeschoss, ganz hinten links. Die Schultür steht offen, Sie müssen nicht klopfen. Licht gibt es dort keins, haben Sie eine Taschenlampe dabei?«

Und dann reichte Antoni Malugòru, als hätte er auf seinen Einsatz gewartet, so perfekt und fein abgestimmt war der Zeitpunkt, ihm einen zweiten Umschlag. Er sah aus wie ein gewöhnlicher Briefumschlag, war aber so gut zugeklebt, dass er ihn nur mit Mühe aufbrachte. Sogar ein Adressat stand vorne drauf:

*Für Signor Brigadiere Tigàssu*

»Das war also der Clou. Wie im richtigen Theater. Hättet ihr mir den Umschlag nicht schon früher geben können?«

»Wir halten unsere Versprechen, und wir sollten Ihnen den erst nach dem Anruf überreichen. Und jetzt halten Sie Ihr Versprechen. Niemand darf erfahren, woher Sie diese beiden Kuverts haben. Sie werden behaupten, dass Sie sie direkt von Mariàca erhalten haben.«

»Einverstanden. Man wird euch nicht behelligen.«

Abermals handschriftlich beschriebene Seiten, aber diesmal gut leserlich.

Hallo, Brigadiere. Halten wir uns nicht mit Förmlichkeiten auf. Wir sind uns bereits über den Weg gelaufen. Das war ich damals am Hafen, Ihr Bauchgefühl war richtig. Sie hatten nicht mit mir gerechnet, aber auch sonst wusste niemand, nicht einmal mein Sohn, dass ich mich dort aufhielt. Ich bin am übernächsten Hafen ausgestiegen und bin von dort aus zu Fuß weitergegangen. Tut mir leid, dass Sie umsonst auf mich gewartet haben.
Ich will Sie über eine Straftat in Kenntnis setzen. Dann tun Sie, was Sie für richtig halten. Weder Ihre Vorgesetzten noch der Staatsanwalt wissen davon, und die Personen, die Ihnen freundlicherweise die fehlende Manuskriptseite und diesen Brief überreicht haben, erst recht nicht.

Erstens
Ich habe den Maestro umgebracht. Er hatte mich darum gebeten. Er hat mir von seiner Parkinsonerkrankung erzählt und wollte seine letzten Jahre nicht unter Qualen verleben. Weil niemand ihn hätte betreuen können, hätte er den Rest seines Lebens in einer Einrichtung verbracht. Ich habe mich ihm anvertraut, weil ich ihm erklären wollte, wer ich im Kern meines Wesens bin, was ich nach meinem Weggang getan habe und

warum ich nicht mehr mit euch zusammenarbeiten wollte. Aber ich hätte niemals gedacht, dass er alles, was ich ihm erzählte, nach jedem unserer Treffen aufschrieb. Ich habe nur die eine Seite verschwinden lassen, die Vergangenes betrifft. Die Handschrift ist fast unleserlich, aber ich wollte verhindern, dass der Ort, an dem ich geboren wurde, erfahren würde, wer ich wirklich war. Dass ich am Ende diejenige war, die das Mittel in seinem Kräuterschnaps auflöste, spielt keine Rolle, glauben Sie mir. Innerhalb weniger Minuten war alles vorbei. Ich habe es aus Liebe getan. Und ich hätte es für jeden Menschen getan, um ihm Leid zu ersparen. Ich habe ihn wiedergesehen, nachdem ich aus Korsika hier eingetroffen war, und er hatte mir versprochen, dass er darüber schweigen würde, obwohl wir seit Langem vereinbart hatten, dass ich seine Adresse angeben würde. Die Streichungen im Manuskript stammen von mir. Ich wollte jemanden schützen, der mit alldem nichts zu tun hat und der nicht mit hineingezogen werden sollte. Auch er hat in seinem Leben genug gelitten und soll nicht noch mehr Unbill erleiden. Forschen Sie nicht weiter nach. Einen Menschen aus Liebe zu schützen, ist keine Straftat. Übrigens ist es ein Leichtes, das Mittel nachzuweisen. Es heißt Pentobarbital. Ich sage Ihnen das, damit Sie diese Informationen auf ihre Wahrheit überprüfen können.

Zweitens

Ich habe in der Kapelle Waffen für Sie abgelegt, denn ich hatte meinem Maestro versprochen, dass ich mein Leben ändern und trotz meines Alters noch einmal die Schulbank drücken würde. Das war kurz nach seiner Beerdigung. Eine eigenwillige Abfolge.

Erst habe ich einem Mann, der mich liebhatte, beim Sterben geholfen, und dann die Waffen für immer niedergelegt. So war das in meinem Leben. Liebe und Tod.

Drittens

Cesareddu hatte keine so weiße Weste, wie ihr alle geglaubt habt. Sagen Sie das noch nicht den Personen, die Ihnen diesen Brief überreicht haben. Sie werden es leider aus der Zeitung erfahren, und das wird für sie traurig sein. Und doch ist es wahr. Sicherlich werden Sie diesen Brief Ihren Vorgesetzten und auch dem Staatsanwalt vorlegen. Im Augenblick sind Sie neben mir die einzige Person, die davon weiß. Und das wird Sie weiterbringen. Eine Frau aus dem Drogenring, ihr habt sie mittlerweile verhaftet, sie hat noch kein Geständnis abgelegt, hat ihn umgebracht. Er wollte für sein Stillschweigen einen Anteil an dem illegalen Handel. Aber er hat seine Forderungen immer weiter erhöht. Die Frau hat so getan, als hätte sie sich in ihn verliebt. Sie trafen sich auf seinen Kontrollrunden, die aber am Ende nur noch ein Vorwand für seine illegalen Aktionen waren. Sie hat ihn zu einem Stelldichein an der Kapelle eingeladen und ihn dort erschossen. Das wisst ihr alles bereits, hattet aber keine Ahnung, dass er mit von der Partie war. Ich hätte ihn retten können, indem ich für seine Verhaftung sorgte, aber dann hätte ich in die Ermittlungen eingegriffen.

Viertens

An dem Tag, als Sie mich dabei beobachteten, wie ich das Schiff bestieg, auf dem auch der Staatsanwalt war, bin ich zu ihm gegangen, um ihm zu sagen, dass ich nicht mehr mitmachen würde. Ich hatte ihnen bereits die Namen der Personen geliefert, die im Folgenden verhaftet wurden, und auch einige Kundennamen. Fragen Sie doch mal, warum man nur die kleinen Fische festgenommen hat, obwohl auch die Namen der Bosse bekannt sind. Es war eigentlich abgemacht, dass meine Arbeit damit getan war. Und zwar für immer. Das sollte mein letzter Einsatz sein. Stattdessen verlangte er, dass ich so tat, als sei ich eine Separatistin, die nie mit dem Staat kollaboriert hat, um die Finanzströme der unterschiedlichen kriminellen Gruppen aufzudecken, vor allem, was die Verbindung zwischen Sardinien und Korsika angeht. Offen gestanden, völlig lächerlich. Da hat es mir gereicht. Ermittlungen sind ein Kinderspiel, wenn man Kronzeugen oder V-Leute zur Verfügung hat. Sollte er den Job doch einfach selbst machen, anstatt bei Einweihungen und im Fernsehen zu glänzen. Da habe ich begriffen, dass das Ganze für mich nie ein Ende haben und ich niemals wirklich frei sein würde. Ich wollte den Rest meiner Tage in den Bergen meiner Kindheit verbringen. Und so bin ich abgehauen, und die Ermittlungen sind zum Stillstand gekommen. Bin ich schuld daran? Ja, lautet die Antwort, und ich wusste um die Folgen. Falls Sie die nicht kennen, kann ich sie Ihnen hier noch mal aufzählen: Man hätte mich entweder umgebracht oder, noch schlimmer, auffliegen lassen und aufgedeckt, was ich in der Vergangenheit verbrochen habe, und damit wäre ich, obgleich noch am Leben, so gut wie tot gewesen. Ich sage »man«, um Ihnen nicht nahezutreten. Aber Sie sollen wissen, dass diese Leute, die Sie kennen, auf den ersten Blick sanft und kultiviert, in Wahrheit aber zu allem fähig sind. In diesem Punkt, auch das soll gesagt sein, sind sie wie ich.

*Fünftens*

*Ich bin krank. Selbst wenn ich für die französische oder italienische Regierung hätte arbeiten wollen, wäre ich dazu nicht mehr in der Lage gewesen. Ich habe das für mich behalten, selbst mein Sohn weiß nichts davon. Nur der Mensch, der mir in diesen Zeiten Schutz gewährt hat, ist auf dem Laufenden. Ich dachte erst, die Krankheit sei eine Strafe für alles Schlimme, das ich verbrochen habe, aber vielleicht ist er, der Krebs, ja auch ein Geschenk. Wenn ich zwischen einem Tod durch soziale Ächtung oder durch Krebs zu entscheiden hätte, würde ich Letzteres wählen. Glauben Sie mir, ich bin müde, so müde, Brigadiere.*

*Eine große Bitte. Man hat mir gesagt, Sie hätten ein gutes Herz. Stellen Sie keine Nachforschungen zu dem Mann an, der mir Schutz und ein Dach über dem Kopf gewährt hat. Sie wissen ohnehin, wer das war. Sie haben es längst begriffen, und ich danke Ihnen von ganzem Herzen, dass Sie es niemals öffentlich gesagt haben.*

*Jetzt, wenn Sie es wirklich möchten, können Sie mich treffen. Ich erwarte Sie.*

*Herzlich*
*Mariàca Tidòngia*

Es gibt hingemurmelte Sätze, die in die Geschichte eingehen. Und Ettore Tigàssu prägte nach der Lektüre des zweiten Briefs einen solchen Satz, wenigstens was die Bar von Samuele Baccanti betraf: »Weder ich noch ihr hattet den geringsten Schimmer, was wirklich passiert ist.«

Als er die Bar schweigend verließ, war es fast vier Uhr morgens. Der Wind aus Nordosten brachte Abkühlung und war äußerst angenehm. Er schritt langsam dahin, nicht besonders ungeduldig, sie möglichst bald persönlich kennenzulernen.

Endlich kannte er die Wahrheit. Er hatte sie dank eines freiwilligen Geständnisses erfahren, überdies sogar handschriftlich verfasst und mit Unterschrift.

Für die Ermittlungen waren diese Zeilen Gold wert. Und jene Frau, die bei den ersten Befragungen alles abgestritten hatte und jetzt dank Mariàcas Brief des Mordes an dem Landpolizisten überführt war, würde sich umschauen. Mariàca selbst hatte gestanden, dass sie den Maestro umgebracht hatte.

Und doch war er neugierig. Was würde sie zu ihm sagen? Dass er sich nicht weiter um sie kümmern sollte?

Hatte sie sich wirklich geändert? Und würde man sie nicht trotzdem verhaften, weil Sterbehilfe in Italien als Straftat galt?

Was für ein Bombenermittlungserfolg!

Er stellte sich das Telefonat mit dem General und Mariàcas Sohn vor und das Lob, das er entgegennehmen würde.

Er spazierte dahin, während er nachdachte.

Er dachte nach, während er dahinspazierte. Und dabei erinnerte er sich.

Die Schule ... ach, die Schule.

# ERINNERUNGEN
## *Die Schule*

Der runde Filzwischer, der kreideverstaubt an dem Gestell für die Klassentafel hing, war bei den Grundschülern, alle gleichermaßen in schwarze Schulkittel gekleidet, heiß begehrt. In der viertelstündigen Pause lieferte man sich damit gerne Schlachten. Die weißen Kreidespuren waren, wenn die Schule aus war, wie Kriegsverletzungen. Das Schreiben – vertikale Grundstriche, Querstriche, Auf- und Abstriche. Die Federn tief in die Tintenfässchen getaucht, bis die Fingerspitzen schwarz waren. Die Schulmappe aus falschem Leder, in Wirklichkeit war es Pappe, das Federmäppchen war aus Stoff und von der Mutter genäht, denn der Vater war arbeitslos und das Geld knapp. Buntstifte, Marke Giotto, sechs, nie mehr, weil man arm war. Aber man war trotzdem zufrieden damit, denn in der Werbung zeichnete der Sohn von Cimabue damit das Profil eines Schafs auf einen Stein. Und stolz war man auch, denn vielleicht war ja auch Giotto ursprünglich Sarde gewesen, und man hatte ihm auf dem Festland einen neuen Namen gegeben, um uns auch noch die großen Maler wegzunehmen. Dann kam die Zeit für Spitzer und Bleistifte, und man brach sie vorne absichtlich ab, um sie anschließend so spitz wie möglich hinzukriegen, als würde man Messer schleifen. Und ach, wie sehr träumte man von einem Kugelschreiber. Man malte sich schon aus, den Sohn reicher Leute aus der Gegend zu kidnappen und einen Kugelschreiber mit Minen in zehn verschiedenen Farben abzupressen, damit man sich endlich auch reich fühlen konnte. Und zwei Hefte hatte man, eins liniert, das andere kariert. Mit jedem Jahr wurden die Linien enger und die Quadrate kleiner. Und mit jedem Schuljahr hatte die Schleife am Schulkittel eine andere Farbe. Fibel und ABC-Buch. Zwischen den Deckeln von nur zwei Schulbüchern steckte das Wissen der ganzen Welt: Mathematik, Geschichte, Biologie, Chemie, Geographie. Grammatik, Syntax, Vokabular, sämtliche Tempi. Wir wussten alles, wirklich alles. Und egal, ob reich oder arm, waren wir blitzsauber. Jeden Morgen wurden Fingernägel und Ohren inspiziert, auch ob die Schleife sauber war und die Hosentaschen leer, nur ein Taschentuch war erlaubt. In der Schulmappe steckte das Pausenbrot, und sobald es halb elf schlug, brach die Hölle los. Von wegen Nutellabrot. Schweinefleisch vom Vorabend, kurz in Essig eingelegt, gekochtes Schaffleisch, Wildschweinwurst, Fladenbrot mit Öl und Rosmarin, ein Stückchen Pecorino (nur zum Naschen) und natürlich – Cannonau, der Wein aller Weine, von dem mein Vater mir in der Fünften eine Saftflasche füllte, weil Cannonau angeblich gut fürs Blut war.

Und dann diese breiten Holzpulte für zwei, richtig gemütlich … wahre Kunstwerke waren das, und der Lehrer für alle Klassen erzählte, der Heilige Josef, Schutzpatron der Schreiner und Tischler, habe sie erfunden, die Holzpulte in der Schule.

Mariàca Tidòngia saß an ihrem Pult, als er kam. Genau von diesem Pult aus war sie an ihrem ersten Schultag ausgebüchst, indem sie aufs Fensterbrett stieg und sprang, ihre Berge das Ziel.

Sie saß in der letzten Reihe links.

Dem Fenster, aus dem sie einst gesprungen war, am nächsten.

Ettore Tigàssu brauchte seine Diensttaschenlampe nicht.

Ein kleines Lämpchen, das brannte, reichte in dem Klassenzimmer aus.

Da standen sie noch immer, die alten Pulte, die keiner mehr haben wollte.

Als wäre die Zeit stehengeblieben.

Um das Handgelenk hatte sie eine rosa Schleife gebunden.

Als würde sie schlafen.

Der Kopf ruhte auf dem Pult, auf der Fibel, die Maestro Nonies ihr für die ersten Prüfungen geschenkt hatte.

Neben ihrem Körper lag eine Ampulle, ihr Inhalt war dem Brigadiere bekannt.

Daneben eine Venenstaubinde und eine Spritze.

Die kleine Rebellin, über die der Maestro stets schützend seine Hand gehalten hatte – so hatte sie sich aus dem Leben verabschiedet.

Sie wollte niemandem mehr Leid antun. Ihren Leuten am allerwenigsten.

Sie wollte niemanden mit reinziehen. Den Vater ihres Sohnes am allerwenigsten.

Vielleicht wusste dieser einzige Spielgefährte ihrer Kindheit nicht einmal, dass er sie geschwängert hatte.

Aber der Brigadiere hatte verstanden, wer es war.

Er trat hinaus auf den Schulhof. Er rief einen Streifenwagen und wählte dann, wie befohlen, die Nummer von Jacques.

So hatte man es ihm befohlen.

Und daran hielt er sich.

Seit gestern Morgen hängt hinter dem Tresen in Samueles Bar ein kleiner Bilderrahmen. Darin hinter Glas ein Stück Papier, von Kinderhand beschrieben.

Man sagt, Brigadiere Tigàssu hat es bei Mariàca gefunden, über ihrem Herzen, und es heimlich Malugòru gegeben.

Und zwar mit den Worten: »Gib diesen Zettel dem Vater von Mariàcas Sohn. Du weißt ja, wer das ist, auch wenn du so tust, als hättest du keine Ahnung. Sie hat ihn bei ihrem Tod direkt über dem Herzen getragen.«

Darauf stand:

*Schau her, schau die Blüten des Stechginsters an*
*Wir Sarden sind genau wie er*
*Voller Dornen, doch lässt man uns in Frieden*
*Bringen wir die wildesten und schönsten Blüten dieser Welt hervor.*
*Von Mariàca für Gesuino, für immer*